LA PROMESSE D'ODESSA

Née à Saint-Pétersbourg le 28 septembre 1914, Natacha Koltchine arrive en France au début des années vingt, et rencontre son futur mari, le peintre Gaëtan de Rosnay, à Biarritz au début des années trente. Ils se marient à Meudon le 12 avril 1934. Ils ont eu trois enfants (Zina, Joël et Arnaud, disparu le 24 novembre 1984 en mer de Chine), sept petits-enfants et neuf arrière-petits-enfants. Natacha de Rosnay s'est éteinte le 26 février 2005, à Sens, à l'âge de 90 ans. *La Promesse d'Odessa* est son unique roman.

NATACHA DE ROSNAY

La Promesse d'Odessa

LE LIVRE DE POCHE

Mamou,

Je me souviens de toi en train d'écrire ce livre. C'était au début des années 80. Tu avais la soixantaine. Moi, tout juste vingt ans. Je revois la vieille maison de Bourgogne, j'entends encore le tic-tac de la grosse pendule de l'entrée, et je te vois, penchée sur ce bureau étroit qui se trouve à présent chez moi, entourée de tes notes et tes Tempo, car tu n'aimais écrire qu'avec des feutres noirs ou bleus. Tu utilisais des copies d'écolier que tu insérais ensuite dans des classeurs aux motifs fleuris. Je me souviens de ton écriture haute et pointue comme les lettres de l'alphabet cyrillique. Tu me disais que tu romançais l'histoire de ta famille, la vie de ton arrière-arrière-grand-mère, une certaine Zinaïda.

Il n'y avait pas plus russe que toi. Tu avais quitté ton pays dans les années 20, tu avais grandi en France, à Meudon, sans perdre ton accent, ta façon de rouler les « r ». Tu n'étais pas une grand-mère classique. Tu n'avais rien de classique. Tu avais appelé ta fille aînée Zinaïda, le même prénom que portait l'aïeule qui t'avait marquée. Zina, ma tante, m'a récemment confié que tu souhaitais écrire ce livre pour te réapproprier ton pays, car tu n'étais pas retournée dans ta terre natale. Tu n'as jamais revu Saint-Pétersbourg.

Ce roman est paru en 1988. Tu nous l'avais dédié, à tes sept petits-enfants. Tu nous as quittés en février 2005, à presque 90 ans. Le jour de ton enterrement, dans le petit cimetière bourguignon, la neige était tombée par gros flocons tourbillonnants, comme pour saluer celle qui était née sur les rives de la Neva.

Aujourd'hui, grâce à cette nouvelle édition, ton livre revit et, en le parcourant à nouveau, c'est ton âme russe que je sens palpiter à chaque page.

Ta petite-fille,
Tatiana

À mes petits-enfants

PREMIÈRE PARTIE

Zinaïda

1

Je m'appelle Zinaïda Barthelomé. Née à Moscou, j'ai passé mon enfance à Koursk, à mi-chemin entre Moscou et Saint-Pétersbourg. Aujourd'hui encore, à la seule évocation de la demeure familiale, je revois le lac, les prés et cette forêt de bouleaux qui venaient battre les grilles du parc. Je sens l'odeur, cette odeur si particulière faite de mousse et de champignons, et j'entends le chant des rossignols qui se mêle au murmure du vent dans les arbres.

Nous étions trois enfants : Nicolas, vingt ans, Anna seize ans et moi quatorze. Mon frère ne faisait guère partie de mon univers mais ma sœur m'était très proche, en dépit de nos différences. J'enviais ses boucles châtaines, ses yeux bleus rieurs, ses rondeurs et son sourire aguichant. Je la trouvais ravissante et son caractère primesautier, ses enthousiasmes et même ses colères ajoutaient à son charme. Anna adorait les réceptions, les sorties et ne voulait voir dans la vie qu'une longue suite de plaisirs.

Quant à moi, grande et mince, je la dépassais d'une tête malgré mes deux ans de moins. Mon visage, plutôt ingrat avec mes petits yeux marron perçants et mes cheveux blonds irrémédiablement raides, me désolait. Anxieuse, timide, renfermée, je vivais dans un monde imaginaire et secret, peuplé des héros de mes lectures. J'avais envie de tout connaître, j'aimais les livres, ils m'aideraient à comprendre la Russie, les arts, la vie et la passion. Ma curiosité n'avait pas de limites.

Ce 20 août 1862, une atmosphère de nostalgie planait sur la maison. Anna et moi partions le lendemain pour l'institut Smolny[1] à Saint-Pétersbourg, laissant derrière nous une enfance heureuse, protégée par des parents qui s'entendaient à merveille. J'allais quitter ma famille, ma niania[2] Fedossia, pour affronter l'inconnu. Que nous réservait Smolny ? Comment savoir ? Nous l'avions pourtant tellement évoqué, imaginé, pendant des soirées entières.

Dans ma chambre, Fedossia avait soigneusement posé sur le canapé mon manteau, mon chapeau, mon manchon de drap. Un sac de voyage entrouvert attendait mes effets personnels. Tout était prêt, cette pièce où j'avais vécu quatorze ans de ma vie appartenait déjà au passé.

Soudain, Anna entra en coup de vent et se jeta sur mon lit en sanglotant.

— Garde tes larmes pour demain, lui-dis-je un peu excédée par son goût des grandes démonstrations.

— C'est incroyable ce que tu peux être insensible.

----

1. L'institut Smolny, pensionnat pour jeunes filles nobles, fut créé par Catherine II.
2. Niania : nounou.

Moi, je m'inquiète, comment va-t-on nous accueillir là-bas ? Crois-tu que nous aurons des amies ? Est-ce que l'on m'aimera ?

Anna n'avait pas besoin de se faire de souci. Elle attirait partout la sympathie par son rire communicatif et son exubérance. Je laissai passer ces reproches. Déjà le chagrin était oublié, Anna pensait à l'avenir, demain elle serait la tendre, l'affectueuse, celle qu'on regrette de quitter.

Je la rassurai malgré tout, ajoutant :

— De toute façon, nous serons ensemble.

Étais-je indifférente ? Peut-être un peu, les détails de la vie quotidienne ne comptaient pas beaucoup pour moi. Mais j'étais moins tranquille que je ne l'affichais, et cette dernière nuit fut entrecoupée de cauchemars.

Quand Fedossia ouvrit mes volets, le radieux soleil d'août éclata dans la chambre. Je regardai une dernière fois ces arbres dont je connaissais la moindre courbe, la plus petite ramification. Le moment était venu. Je sentis mon cœur se serrer, mais il ne fallait à aucun prix s'attendrir.

Les adieux se déroulèrent exactement comme je l'avais prévu. Famille et serviteurs s'étaient rassemblés au grand complet dans l'entrée, il y eut l'inévitable minute de silence suivie de tendres effusions et, pour finir, les signes de croix et les bénédictions. J'étais profondément émue. Je commençais une vie nouvelle et je perdais quelque chose que je ne savais pas encore nommer.

Anna sanglotait, Fedossia essuyait une larme et maman, très droite, avait le regard voilé. Ses petits cheveux fous qui retombaient si joliment dans son cou me touchèrent. Mais je ne m'attardai pas sur cette image que je rangeai précieusement dans le tiroir secret de mes souvenirs. Maman. Ce n'est que bien des années plus tard que je comprendrais combien elle m'avait influencée par sa sérénité et son équilibre, son indulgence et son sens de la justice.

Mon père partait avec nous dans la diligence. Il nous accompagnait jusqu'à Moscou où sa cousine Élisabeth devait nous héberger quelques jours. Elle nous emmènerait ensuite à Saint-Pétersbourg et à Smolny. La voiture roulait, papa parlait sans arrêt comme pour atténuer la tristesse de cette première séparation et nous arracher aux images de notre enfance.

Il reprit son souffle et nous demanda :

— Connaissez-vous l'incroyable et triste histoire de vos tantes Élisabeth et Ludmilla ? Après la mort accidentelle de leur père et de leur mère, elles furent confiées à une parente, qui n'était pas une méchante femme mais qui avait un caractère dur et revêche. Le physique agréable des jeunes filles leur aurait permis de se trouver un mari, si elles avaient eu de la fortune.

«Heureusement, grâce aux relations nouées pendant leurs études à Smolny, elles parvinrent à subvenir à leurs besoins : Ludmilla donnait des leçons de piano, Élisabeth enseignait l'histoire, la littérature et le français. Élisabeth, effacée, pâlotte, était d'une timidité maladive, tandis que Ludmilla, plus expansive, avait une sensibilité exacerbée et passait par des phases d'exaltation auxquelles succédait une profonde mélancolie. Son entourage attribuait ces sautes d'humeur de plus en plus fréquentes à son tempérament d'artiste. Jusqu'au jour où Ludmilla se mit à se promener toute nue devant les fenêtres en hurlant :

« — J'ai reçu le message. Finissons-en avec toutes ces hypocrisies, revenons à notre état originel !

« Sa tante, horrifiée, l'enferma dans sa chambre et vint annoncer le désastre à Élisabeth :

« — Mon enfant, ta sœur est devenue folle !

« Le médecin, appelé aussitôt, confirma le terrible diagnostic. Ludmilla avait bien perdu la raison. Pis, son mal se révélait incurable et la seule solution était de la placer dans un asile. Il leur recommanda un établissement dont il connaissait le directeur.

« Pour la préparer, Élisabeth lui expliqua que son état de santé nécessitait une cure de repos dans une maison spécialisée. Le regard absent, prostrée, Ludmilla semblait indifférente à tout mais, la veille du départ, elle rompit son silence pour demander à sa sœur :

« — Je suis folle, n'est-ce pas ? Tu vas me faire enfermer ?

« Se refusant à lui mentir, Élisabeth l'embrassa tendrement, essayant de compenser son impuissance par son affection. Cette lucidité accusait encore plus l'horreur de la situation et laissait en outre prévoir une séparation dramatique. Il n'en fut rien et les derniers instants se déroulèrent sans incident. Ludmilla, très calme, parfaitement à l'aise, s'installa dans la voiture en compagnie du directeur de la clinique, venu en personne la chercher. Elle s'adressa à Élisabeth qui s'apprêtait à monter à son tour :

« — Excuse-moi, ma chérie, j'ai oublié mon sac dans ma chambre. Sois gentille, va le chercher.

« Élisabeth s'empressa d'y aller. Alors, se tournant vers le médecin, avec un sourire bienveillant, Ludmilla lui dit, sur le ton de la confidence :

« — Voyez-vous, docteur, c'est vraiment terrible d'abandonner sa chère sœur en des mains étrangères. Promettez-moi de veiller personnellement sur elle. Je dois aussi vous prévenir, si elle refuse de vous suivre sous prétexte que c'est une erreur, ne vous fiez pas à son air raisonnable.

« — N'ayez pas d'inquiétude, mademoiselle, répondit le médecin, et comptez sur moi pour prendre soin de votre sœur.

« La voiture s'ébranla. Ludmilla, détendue, d'humeur joyeuse même, bavardait avec le médecin. Quant à Élisabeth, tassée dans son coin, elle ne disait pas un mot. Finalement, un doute la saisit lorsqu'elle prit conscience de l'air naturel de sa sœur et des regards compatissants qui lui étaient destinés. Soudain, elle entrevit la méprise, mais sa timidité naturelle ajoutée à son angoisse la rendit muette.

« À l'arrivée, tout se déroula très vite : l'apparition des infirmières, le geste paternel du médecin, le visage bouleversé de Ludmilla qui l'enlaçait et, déjà, elle était entraînée vers sa cellule, en dépit de ses faibles protestations. Au moment de quitter le docteur, Ludmilla lui demanda de lui accorder une consultation. Une fois dans son cabinet, elle lui déclara avec le plus grand sérieux :

« — J'aimerais que vous m'auscultiez, il m'arrive une drôle de chose, je suis en voie de famille.

« — Et depuis combien de temps ?

« — Oh ! Cela m'arrive constamment, mais cette fois je le sais, je vais donner naissance à plusieurs généraux. Je suis épuisée, aidez-moi, je vous en prie.

« — Naturellement, nous allons vous délivrer de ces intrus, répondit le médecin, réalisant alors son erreur.

« Quand Élisabeth ressortit aux côtés du médecin qui se confondait en excuses, elle vit les arbres, le ciel, elle respira profondément et murmura : "Merci, mon Dieu."

— Papa, ton histoire est incroyable. Pauvre tante Élisabeth !

Nous poursuivions notre voyage. Les champs de blé caressés par le vent se succédaient et la monotonie du paysage, ajoutée au bavardage incessant d'Anna, m'entretenait dans une rêverie vagabonde.

Le rire de mon père me tira de mes songes. Cher papa, si attachant, si bon, d'humeur perpétuellement joyeuse, aimant les femmes bien qu'étant passionnément épris de ma mère. Il n'avait pas son pareil pour conter une histoire, charmer son auditoire. Ferme, tolérant, il trouvait toujours une solution à tous mes problèmes – et Dieu sait qu'à cet âge ils me paraissaient importants. Grâce à lui, j'ai toujours pensé qu'un père était un être à part qu'on ne peut comparer aux autres hommes. Plus tard, quand j'évoquais les jours heureux de mon enfance, j'éprouvais une immense gratitude pour mes parents et j'espérais qu'à mon tour, je saurais créer autour de mes enfants une harmonie aussi parfaite.

À notre arrivée, nous étions épuisés, affamés, assoiffés, mais nous étions à Moscou. Tante Élisabeth avait préparé un délicieux souper et, d'emblée, j'éprouvai une profonde affection pour cette femme. Elle supportait sa solitude courageusement, sans qu'aucune aigreur vienne altérer son regard clair et affectueux.

Par chance, elle connaissait bien la directrice de Smolny, ce qui rendait l'endroit un peu moins inquiétant, et elle s'était finalement proposée pour nous accompagner durant la fin du voyage, afin de relayer papa retenu à Moscou.

Nous eûmes deux jours pour visiter Moscou, rencontrer tous les parents et amis de la famille, sans oublier d'aller voir la maison qui m'avait vue naître. Quel cérémonial autour d'une enfant si jeune !

Cette fois, la séparation eut lieu sur le quai de la gare.

Nous prenions le train pour la première fois. Quelle aventure ! Les gens pressés, la vapeur, les coups de sifflet… Nous courions, sans aucune nécessité, persuadées que le train allait partir sans nous.

Pour cacher son émotion, notre père nous accablait de recommandations que nous n'écoutions qu'à moitié, mais dont nous nous souviendrions avec nostalgie. Anna, pâle, muette, étrangement sérieuse, ne se livrait pas à ses démonstrations habituelles. Le train eut un soubresaut. Papa nous signa, nous serra très fort dans ses bras et descendit sur le quai au moment où le train s'ébranlait.

La gorge serrée, les yeux embués, je fixais sa longue silhouette qui s'estompait peu à peu. Voilà, c'était fini : l'enfance s'enfuyait avec papa. Il allait falloir faire l'apprentissage de la vie, perdre ses illusions…

2

J'ai tout de suite adoré Smolny, son odeur, un certain mystère, ses longs couloirs, sa sévère discipline. À notre arrivée, tante Élisabeth, Anna et moi avons été introduites dans le bureau de la directrice. Une femme pleine de charme, à la voix mélodieuse, s'adressa à nous en français :

— Bienvenue à Smolny, mesdemoiselles. Vous vous nommez Anna et Zinaïda, n'est-ce pas ?

Ma sœur et moi plongeâmes dans une révérence, les yeux baissés.

— Je vais vous présenter à vos compagnes de classe. (Puis s'adressant à notre tante :) Elisaveta Petrovna, voulez-vous attendre ici ? Vos nièces reviendront vous dire au revoir.

Après avoir emprunté des corridors qui me parurent interminables, elle s'arrêta devant une porte vitrée marquée quatrième classe. Ma classe, désormais. Anna resta dans le couloir. Toutes les jeunes filles, ainsi que le professeur, se levèrent dans un brouhaha général.

— Mesdemoiselles, voici une nouvelle.

Je me sentis inspectée, détaillée, je ne voyais plus

que des yeux ! Moqueurs, rieurs, méchants, indulgents !

— Veuillez la conduire chez l'intendante afin qu'elle lui remette son trousseau.

Smolny, en effet, n'acceptait aucun vêtement personnel.

Une élève se détacha des premiers pupitres. Comme toutes les autres, elle était vêtue d'une robe bleu turquoise avec de longues manches serrées par un cordon, protégée par un tablier blanc. Je la suivis tel un automate, trop émue pour être moi-même.

Après avoir pris mes mesures, on me remit une robe, un tablier, une cravate rose, des bottines prune à tirettes, des bas, des chemises et des jupons que j'emportai au dortoir. Dans cette immense pièce claire s'alignaient, séparés par des rideaux blancs, une trentaine de lits et autant d'armoires numérotées.

En retournant au parloir, la jeune fille me demanda mon prénom et me dit le sien : Hélène. Son sourire amical me fit penser qu'elle serait une alliée. Après avoir fait nos adieux à tante Élisabeth, nous eûmes droit à un petit discours de la directrice :

— Vous avez satisfait à l'examen préliminaire, il faut maintenant vous habituer à nos règlements et à nos horaires. Cette première semaine, vous suivrez notre vie en observatrices. Je tiens à vous prévenir qu'une discipline très stricte est à respecter, aussi bien pendant les cours que dans les dortoirs. Il vous sera précisé les moments où vous avez le droit de parler. Votre emploi du temps se présente ainsi : 7 heures, prière, 8 heures, thé, puis cinquante minutes de classe suivies de dix minutes de récréation, classe de nouveau jusqu'à midi et demi, déjeuner à 1 heure et demie, reprise des cours jusqu'à 5 heures, une heure de marche dans le parc, 6 heures dîner, de 7 à 8 préparation des leçons, récréation, et coucher à 9 heures. Je suis sûre que vous vous plairez parmi nous et je serai toujours prête à vous recevoir, à vous écouter, vous conseiller. Veuillez gagner vos classes et tâchez de ne pas vous perdre dans les couloirs. Au revoir, mesdemoiselles.

Dehors, instinctivement, Anna se jeta dans mes bras. Elle était la plus âgée, pourtant je savais que c'était moi qui devais la protéger.

— Zina[1], j'ai peur, je ne pourrai jamais m'y faire, il me faudra tout le temps surveiller mes fous rires !

— Allons, ne t'inquiète pas, nous nous habituerons très vite, tu te feras plein d'amies. Sais-tu où est ta classe ?

— Oui, je crois. Merci, je te reverrai à la récréation.

Anna était en seconde. Nos classes n'étaient pas très éloignées l'une de l'autre. J'entrai dans la mienne. Une femme entre deux âges me dit :

— Asseyez-vous près d'Hélène puisque vous la connaissez.

C'était jour « russe », tous les cours se faisaient dans notre langue. Le lendemain, le français serait uniquement employé. J'essayai de comprendre les explications du professeur qui donnait une leçon de grammaire. Très vite, la voix s'estompa et je me mis à inspecter la salle, puis les élèves. Nous devions être

1. Zina : diminutif de Zinaïda.

une quarantaine. Hélène me sourit et je me sentis rassurée.

J'ai du mal à me souvenir de chacun des détails de cette première journée. Tout était tellement nouveau. Le déjeuner fut une épreuve, j'eus droit à mille questions qui fusaient de toutes parts, mais je m'en sortis assez bien, feignant d'ignorer certaines petites pointes et indiscrétions. Quant à Anna, entourée, fêtée, elle répondait avec volubilité et de grands éclats de rire.

Les visites des familles étaient autorisées le jeudi de cinq heures à six heures, pendant la couture, et le dimanche de deux heures à cinq heures, au moment de la lecture. Quelle joie quand une *pepinierka* (une grande) entrait et nous annonçait la venue de nos parents. Mais quelle déception aussi, quand personne ne nous appelait – ce qui arrivait souvent, la plupart des familles habitant loin de Smolny. Tous les quinze jours, on nous conduisait aux Bains, un établissement spécialisé situé en dehors de l'institut.

Nous avions des leçons de maintien, de dessin, de musique. J'aimais le piano que j'étudiais depuis six ans et j'étais heureuse de poursuivre mes études avec un professeur à l'accent allemand, plus très jeune, mais d'une patience infinie. Grâce au cours de danse, ma gaucherie, ma timidité s'envolaient. La fille renfrognée, aux cheveux tristes, toute maigre et plate, se métamorphosait, du moins c'est ce que j'imaginais.

En peu de temps je m'adaptai au rythme de Smolny et me fis deux amies : Hélène, originaire d'une riche famille balte de noblesse très ancienne, et Génia, dont les parents, de petite noblesse, avaient des revenus fort modestes. Cette dernière était acceptée gratuitement à l'institut : chaque élève fortunée versait obligatoirement un supplément annuel destiné aux frais des pensionnaires sans fortune.

Nous étions toutes très fières de vivre à Smolny, dans cet ensemble admirable par sa rigueur et sa simplicité que Giacomo Quarenghi avait terminé au début du siècle. L'institut et la cathédrale se faisaient face, séparés par des pelouses soigneusement entretenues. Lorsque je pénétrai dans l'église construite d'après les plans de Bartolomeo Rastrelli, environ un siècle auparavant, j'eus le souffle coupé par cette profusion d'or et de lumières. La richesse de la décoration intérieure exécutée par Vassili Stasov convenait parfaitement au recueillement, à la prière et je récitai un Notre Père plein de ferveur.

Il m'arrivait de songer à mes parents, à leur vie sans nous à Koursk. Que faisait ma mère à cette heure-ci ? Mon père avait-il fini son inspection de la propriété ? Parlaient-ils de nous ? Ces instants de nostalgie ne duraient pas, grâce à l'intérêt que j'éprouvais pour mes études. L'histoire de mon pays, la grande aventure du peuple russe me passionnaient. Pour la première fois, je sortais de mon petit monde douillet et je me posais des questions. Comment vivaient les gens ? Quelle vie menait tel ou tel professeur, ou cet homme qui aidait aux cuisines ? Je me rendais compte d'une autre existence dure, laborieuse, même si ce n'étaient que des visions fugitives.

Deux mois s'écoulèrent. Un jeudi, tante Élisabeth arriva, les bras chargés de gâteaux, bonbons, chocolats. Elle nous questionna sur notre vie. Chacune à notre façon, nous aimions Smolny, et tante Élisabeth partit rassurée. Cette visite me parut trop courte.

Anna était dans tous ses états à la perspective du bal annuel de Smolny qui était réservé aux jeunes filles de plus de quinze ans, et qui avait lieu à la mi-novembre. Comment se coifferait-elle ? Aurait-elle du succès ou ferait-elle tapisserie ? N'allait-elle pas écraser les pieds de son cavalier en dansant ?

Comme je m'y attendais, elle eut un succès fou. Son carnet de bal fut instantanément rempli et, le lendemain, elle ne parlait plus que d'un jeune cadet à la voix douce et au sourire irrésistible dont elle se disait follement amoureuse.

Nous n'avions pas les mêmes goûts et l'idée de ce bal me remplissait de terreur. Heureusement, j'avais encore un an devant moi. Mes moments préférés étaient les heures de classe. N'étant pas jolie, je sentais confusément que je devais séduire par mon intelligence. Mais surtout, j'aimais apprendre, la connaissance représentait pour moi l'évasion, la liberté, le bonheur. Or, Smolny se voulait à l'écoute de tout ce qui se passait, en Russie comme à l'étranger, et les événements y étaient discutés avec passion. Que de choses se chuchotaient pendant les récréations !

Oui, Smolny fut véritablement le berceau de ma vie d'adulte.

À Smolny, on ne considérait pas les études comme un simple passe-temps pour jeunes filles de bonne famille. Faute de résultats suffisants, la pauvre Anna fut condamnée à passer ses vacances de Noël en pension. Je l'abandonnai donc et pris avec mon père, venu me chercher, le chemin de Koursk.

À notre arrivée, il faisait très froid, la neige crissait sous mes pas, une vieille mélodie que ma mère jouait au piano s'échappait du salon et le thé nous attendait devant un feu joyeux. Que c'était bon d'être chez soi, bien en sécurité dans cette atmosphère chaleureuse ! En l'absence de ma sœur, j'étais doublement fêtée et, je l'avoue à ma grande honte, plutôt satisfaite d'être le centre de toutes les attentions. Maman me trouva grandie, moins maigre et surtout plus mûre. Désormais, je me mêlais à la conversation. L'abolition du servage décrétée l'année précédente par le tsar Alexandre II faisait l'objet de vives discussions. Mon père, qui avait depuis longtemps accordé la liberté à ses paysans, jugeait cette mesure inévitable. Mon frère Nicolas, plus conservateur, la trouvait en revanche prématurée et s'inquiétait des réformes entreprises dans la justice, l'administration, la presse et l'armée. Le tsar avait tort, selon lui, de se plier à la volonté de ces libéraux qui voulaient doter la Russie d'institutions calquées sur les Occidentaux.

Je bavardais aussi avec le jardinier ou avec Fedossia, qui ne m'apparaissait plus seulement comme ma niania, mais comme une femme dont la vie et les opinions m'intéressaient. Depuis mon séjour à l'institut, je redécouvrais le monde de mon enfance.

De retour à Smolny, le 6 janvier 1863, d'agréables nouvelles m'attendaient : première de ma classe, je passais en troisième haut la main. J'étais fière de mes succès scolaires et surtout flattée, car les professeurs, conscients de mon désir d'apprendre, avaient tendance à faire leurs cours en s'adressant à moi.

Sous cette carapace de bonne élève, attentive et studieuse, brûlait un feu violent. Je me sentais troublée par une bouche bien dessinée, l'intensité d'un regard. Quand un jeune professeur me fixait, ma voix s'éraillait et je perdais le fil de mon exposé.

Les filles de première aimaient à dominer les élèves de seconde ou de troisième et, bien souvent, je surprenais un regard lourd d'adoration d'une petite envers une grande. J'aurais souhaité, moi aussi, attirer l'attention, la protection d'une aînée mais, hélas, je devais manquer de charme car je ne suscitais aucune passion.

Toutes les filles ne parlaient que de leurs amours ! Pour l'une, c'était ce professeur au regard si bleu, pour l'autre ce cousin chéri depuis l'enfance, mais moi je n'avais personne. Je pensais ne jamais connaître ce sentiment qui faisait battre leurs cœurs et je cachais au plus profond de moi ce besoin d'aimer. Comment deviner alors que toute ma vie ne serait qu'un grand amour dévorant ?

Hélène aussi avait été admise en troisième, et nous bavardions, faisant des projets d'avenir. Pour mon amie, la voie semblait toute tracée. Elle était amoureuse d'un garçon également originaire de Riga et leurs parents, voisins et amis, se connaissaient depuis plusieurs générations. Hélène et Igor avaient passé leur enfance ensemble et ils avaient décidé que leurs vies s'uniraient pour toujours.

Leur certitude, leur fidélité m'attendrissaient. En même temps, je comprenais mal cette espèce de soumission à un destin fixé une fois pour toutes. Nous avions beaucoup de points communs, le goût des études, l'amour de l'art et de la littérature, mais notre vision du monde différait. Hélène envisageait l'avenir en termes de mariage, foyer, enfants, tandis que pour moi, même si je m'en défendais, une seule chose comptait : vivre un amour fou avec l'homme de ma vie.

À Smolny, nous recevions évidemment un enseignement religieux et notre vie était rythmée par les grandes fêtes religieuses, en particulier celle de Pâques. J'étais sensible à l'émotion qui se dégageait de cette cérémonie toute simple, l'allégresse du «Christ est ressuscité» à laquelle la foule répondait en chœur : «Oui, il est ressuscité», à l'odeur particulière de l'encens mêlée à celle des bougies, à ce moment aussi du Grand Pardon où l'homme communie dans un élan de bonté et de joie.

Depuis notre naissance, la religion faisait partie de notre vie quotidienne, Dieu était présent dans chacun de nos actes, même si ce n'était que vers l'âge de douze ans, lors de notre première confession, que nous devions rendre compte de notre conduite. Je me rappelle cette première confession : l'émotion, la peur d'oublier un péché, d'être face au prêtre qui m'avait préparée et qui soudain devenait mon «sévère confesseur». Car nous orthodoxes, recevions la communion dès le baptême. Les premières années de sa vie, le parrain et la marraine portaient les péchés de leur filleul, mais après la première confession nous devenions adultes, et le poids de nos péchés était parfois terrifiant.

Un carême de quarante jours nous préparait à cette «messe de minuit» si attendue du «Christ est ressuscité», puis, en sortant de l'église notre bougie à la main, nous partions jusqu'à la maison où une table si belle, couverte de mets raffinés, nous attendait : caviar, saumon fumé, cochon de lait et tant d'autres délices. Un peu partout, des œufs multicolores étaient posés dans des paniers remplis de gazon frais. La *paskha*, le *koulitch* étaient les emblèmes de cette grande fête religieuse et joyeuse. Tous les serviteurs venaient nous embrasser trois fois et prendre part au repas de cette table renouvelée trois jours de suite, car amis et voisins allaient les uns chez les autres se féliciter et redire : «Oui, le Christ est ressuscité.» J'étais alors profondément croyante, je ne savais encore rien du malheur qui vous frappe injustement.

Je passai ces vacances chez mes parents, cette fois en compagnie d'Anna, et ce second séjour à Koursk reste dans mon souvenir comme un moment d'harmonie parfaite, comme le dernier écho d'une innocence où les rires joyeux de ma sœur et de mon frère Nicolas emplissaient la maison.

C'était, je l'ignorais, la dernière fois que nous devions le voir car, rappelé dans son régiment pour apaiser une révolte en Pologne, il fut tué peu après au cours d'une embuscade. Pour mes parents, la disparition de ce fils unique fut une tragédie dont ils ne se remirent jamais. Maman s'isola dans un mutisme désespéré et ferma son piano à tout jamais. Mon père perdit sa joie de vivre, il ne parvenait pas à comprendre comment une telle infortune leur était arrivée.

La nouvelle de sa mort parvint à Smolny en septembre. La directrice nous convoqua, ma sœur et moi, pour nous remettre la lettre de nos parents. Mon père, voulant nous épargner l'atmosphère endeuillée de la maison, nous demandait de ne pas interrompre nos études. Il préférait rester seul avec notre mère, tous deux enfermés dans ce deuil que notre jeunesse ne pouvait comprendre.

Pauvre cher papa, comment lui exprimer notre amour, lui dire : «Nous sommes là !» C'était souligner cette perte cruelle. Par la suite, le visage de Nicolas s'imposa souvent à moi et j'éprouvais une sorte de malaise en pensant à ce frère que je n'avais pas eu le temps de bien connaître à cause de notre différence d'âge. Je ressentais sa disparition prématurée comme une injustice et je ne pouvais m'empêcher de me poser des questions : Pourquoi Nicolas n'avait-il pas eu le droit de vivre ? Avait-il réalisé qu'il allait mourir ? Était-il fier de donner sa vie pour cette Russie qu'il aimait tant ?

Pour mes quinze ans, le 4 octobre, maman m'envoya un ravissant médaillon entouré de perles, qui avait appartenu à mon arrière-grand-mère. La mort de Nicolas m'empêcha de participer au bal de fin d'année et de porter cette charmante miniature. Anna était navrée de manquer cette soirée, quant à moi j'éprouvai au contraire un grand soulagement.

À Noël, je déclinai l'invitation d'Hélène qui m'avait demandé de passer les vacances dans sa famille, et partis avec ma sœur pour Koursk. J'avais hâte de retrouver mes parents et tellement envie de leur prouver mon affection. Mon père me parut très changé. Vieilli, courbé, sa gaieté coutumière s'était envolée et sa mauvaise mine m'impressionna. Maman semblait moins éprouvée par le chagrin. Les femmes sont souvent plus fortes face au malheur, peut-être parce qu'elles ont l'habitude de contrôler leur plus grande sensibilité.

Elle recherchait ma présence qui correspondait mieux à son état d'âme, alors qu'Anna, toujours en mouvement, ne pouvait s'empêcher de se distraire d'un rien. Ma mère évoquait souvent notre enfance, mais elle ne prononçait jamais le nom de Nicolas, se bornant à dire « les enfants ». Je me retrouvais un peu en elle et j'aimais à lui poser des questions sur sa jeunesse. Qu'éprouvait-elle à mon âge ? Quels étaient ses désirs ?

Mon père nous fuyait plutôt, se réfugiant dans la solitude de son cabinet, mais je lisais dans son regard une immense tendresse qu'il nous manifestait par cette prière muette : Que Dieu les préserve !

Lorsque nous les avons quittés pour retourner au collège, nous eûmes le sentiment d'avoir pour un temps un peu allégé la peine de nos parents.

L'ambiance joyeuse de Smolny et les retrouvailles avec nos amies effacèrent vite notre mélancolie… Je repris avec enthousiasme mes études et mes interminables discussions avec Hélène et Génia.

Hélène, élève fort brillante, donnait l'impression de réussir sans travailler. Pour elle, tout était écrit d'avance et elle envisageait l'avenir avec confiance, dans une Russie sereine et protégée. Elle appréciait le calme des grandes étendues, le murmure des forêts, le folklore villageois et le peuple russe si divers. Elle avait foi en la sagesse infinie de nos dirigeants, elle admirait les immenses progrès accomplis par son pays comparé aux autres nations.

Pour Génia, Smolny était une chance, celle de s'instruire, de connaître des amis qu'elle n'aurait jamais eu autrement l'occasion de rencontrer. Les grandes villes avaient sa préférence. « Une ville, c'est comme un cœur qui bat, aimait-elle à dire. Saint-Pétersbourg : quelle merveille d'équilibre ! Son architecture, ses jardins, ses palais et la Neva, surtout l'hiver quand les patineurs dessinent des arabesques compliquées sur la glace. »

C'est là qu'elle vivrait. Elle se voyait en directrice de théâtre, tenant un salon où elle recevrait sans exclusive le Tout-Saint-Pétersbourg, écrivains, artistes, militaires, hauts fonctionnaires.

Et moi ? Comment voyais-je ma Russie ? Je la considérais sans idéalisme ni pessimisme excessifs, même si la folie meurtrière qui s'était emparée d'elle parfois au cours des siècles m'effarait. Quelle cruauté chez ce peuple pourtant profondément croyant et naïf, dont le patriotisme exalté nourrissait un goût de la conquête bien inquiétant ! La pensée de ces jeunes soldats envoyés dans de lointaines contrées me ramenait inévitablement à mon frère Nicolas.

Mes réflexions m'entraînaient souvent au-delà de nos frontières, dans cette France que les Russes admiraient tant, dans l'Angleterre brumeuse ou la romantique Italie. Et pourquoi pas en Orient ou en Amérique ?

Dans ces voyages imaginaires, je n'étais jamais seule. Nous étions toujours deux à parcourir le vaste monde. Cet homme que je voulais tant rencontrer avait toutes les qualités, le charme et la beauté. Je vivais des moments de rêverie près d'un être que j'étais sûre de rencontrer un jour.

3

Bientôt Pâques et mon séjour dans la famille d'Hélène près de Riga. J'avais quinze ans et demi et pour ma première sortie dans le monde, je voulais paraître à mon avantage. Tante Élisabeth venait justement de s'installer à Saint-Pétersbourg pour assurer l'éducation d'une jeune fille dont la santé trop fragile lui interdisait d'entrer au collège. Ma mère la chargea de me constituer un trousseau : souliers, lingerie, chapeaux, toilettes. Certains modèles de Paris étaient si seyants que je me trouvais presque belle. Tante Élisabeth se réjouissait visiblement de la transformation qui s'opérait sous ses yeux. Son cœur si généreux ne savait qu'inventer : elle m'offrit des mouchoirs brodés à mes initiales, un sac, une ravissante ombrelle.

Smolny m'avait donné de l'assurance. Grâce aux leçons de danse et de maintien, mon corps d'adolescente avait perdu de sa gaucherie. Je parlais couramment l'allemand, l'anglais, le français et pouvais soutenir une conversation sur l'art, l'histoire ou la littérature. Désormais, je n'étais plus une petite provinciale effarouchée. Anna aussi volait de ses propres ailes ; elle n'avait plus besoin de ma protection et partait de son côté chez des amis à Tsarskoïe Selo, lieu de résidence de la famille impériale.

En quittant Smolny, je pressentis que quelque chose allait m'arriver.

Au cours du voyage, Hélène, alors âgée de dix-sept ans, me parla de sa famille et surtout de ses trois frères. Anton, son aîné de douze ans, l'intimidait un peu. Marié depuis quatre ans à une charmante Française, Jeanne, il avait une petite fille, Delphine. Hélène éprouvait quelque difficulté à comprendre sa belle-sœur, dont le petit air moqueur la prenait au dépourvu. «Enfin, du moment qu'Anton est heureux», pensait-elle.

Ludwig, vingt-sept ans, officier de marine, était la joie de vivre personnifiée. Il adorait les femmes et rapportait de ses voyages des récits fabuleux. Mais son préféré était Alexeï, le plus jeune, qui avait vingt-trois ans : son charme, sa sensibilité, son goût pour les arts... Il possédait, selon Hélène, toutes les qualités de l'homme idéal.

— Zina, promets-moi de me dire franchement ce que tu penses des différents membres de ma famille. J'attends ton avis avec une telle impatience !

Que faire, sinon obéir ? Je promis.

L'attelage remontait une allée ombragée d'arbres centenaires qui débouchait sur une vieille demeure en pierre. Au loin, on apercevait deux cygnes qui évoluaient gracieusement sur un étang, et au pied du perron, un vieux serviteur en livrée nous attendait.

— Bienvenue, notre demoiselle…

Gregory était visiblement ému de revoir sa jeune maîtresse. Un monumental escalier de bois sculpté conduisait aux étages. Nos pas résonnaient sur les dalles grises. Gregory ouvrit les doubles portes du salon, et je me souviens encore de l'émerveillement qui me saisit à la vue de cette vaste pièce. Inondée de lumière, elle s'ouvrait sur une terrasse qui surplombait une pelouse doucement inclinée. Un parfum discret de fleurs, de cire et de feu de bois flottait dans l'air.

— Mon enfant chérie !

La voix grave d'une femme grande, élégante, qui serrait Hélène dans ses bras me sortit de ma contemplation.

— Maman, voici ma meilleure amie, Zinaïda Barthelomé.

— Ravie de faire votre connaissance, Zinaïda. J'espère que vous vous plairez à Soulima.

Elle s'exprimait en français le plus naturellement du monde. Je m'inclinai, et, ne sachant au juste que répondre à ses paroles d'accueil, me contentai de sourire.

— Nos voisins viennent dîner. Hélène, Igor est impatient de te revoir. Montez dans vos chambres vous reposer, défaire vos bagages, et soyez prêtes pour sept heures. Hélène, viens me retrouver ici dans une demi-heure. Nous avons tant de choses à nous raconter.

Comme nous sortions, la niania d'Hélène se précipita sur elle au cri de « *Lia lia Maïa Doutchka* » et la couvrit de baisers.

— Voici votre chambre, Mademoiselle, elle est à côté de celle de Mademoiselle Hélène, dit Gregory en ouvrant l'une des lourdes portes de chêne.

La pièce était dans les vert pâle avec des rechampissages parme, de lourds rideaux dans les mêmes tons, un lit à baldaquin et un poêle de faïence, une coiffeuse, un miroir en pied. Je me regardai dans la psyché qui me faisait face et me trouvai à mon avantage. Cette glace, indulgente, me donnait envie d'être belle. Un miroir, pour moi, c'est un mystère dont il est prudent de se méfier, car il doit conserver à tout jamais votre premier reflet. Je prenais mon temps, laissant Hélène retrouver les siens. Des aboiements, des cris de joie, des bruissements de longues robes dans le couloir parvenaient jusqu'à moi. Hélène passa en coup de vent m'avertir qu'elle viendrait me chercher à sept heures moins le quart.

Je brossai soigneusement mes cheveux, puis les séparai en deux bandeaux bien lisses rassemblés en un chignon bas. Après maintes hésitations, je me décidai pour une robe de velours pain brûlé, adoucie de dentelles aux poignets et autour du cou, très ajustée à la taille. J'ajoutai le médaillon offert par ma mère, que je portais avec émotion pour la première fois.

Hélène entra dans un frou-frou de taffetas bleu Nattier, et son air surpris me fit plaisir.

— Tu sais, Zina, tu as vraiment une jolie silhouette. Un peu sévère, peut-être, mais quelle élégance !

Notre apparition fut saluée par de multiples exclamations. Hélène me présenta à son père. Il me parut un peu froid. Seul son sourire, qui réchauffait ce visage aux traits presque trop réguliers, me rassura. Ce fut ensuite au tour d'Igor, de sa sœur et de ses parents, puis d'Anton et de sa femme, enfin de Ludwig et d'Alexeï.

Je me sentais à l'aise, malgré tous ces gens qui m'examinaient. Jeanne, me prenant par le bras, me posa mille questions sur ma famille, mes goûts, mes idées. Elle m'écoutait avec attention et ses façons franches et détendues me plaisaient. Igor et sa sœur Mary nous invitèrent à les retrouver le lendemain dans leur datcha qui était apparemment le rendez-vous de la jeunesse.

Mon regard croisa celui d'abord distrait puis incisif d'Alexeï. Je me troublai, ma voix s'enroua et je baissai les yeux. Il ne m'adressa pas la parole mais son regard fixé sur moi m'attirait comme un aimant. Je lui adressai un sourire qui contenait toute mon âme.

— Zinaïda Pavlovna, vous avez une telle tendresse au fond des yeux. Puis-je venir m'y réchauffer ?

Ludwig avait rompu le charme.

— Ne te laisse pas faire par ce complimenteur ! s'écria Hélène.

Je me mis à bavarder avec Ludwig que j'interrogeai sur ses voyages. Flatté, il se lança dans une histoire, puis dans une autre. Tout le monde l'écoutait évoquer avec talent les mœurs de pays lointains et ses innombrables aventures. Plus tard, je réalisai que si les gens vous posent des questions c'est seulement par politesse. Les hommes aiment qu'on s'intéresse à eux, qu'on les écoute et ils recherchent plus volontiers la présence des femmes attentives à leurs paroles. J'en eus, ce jour-là, la première intuition.

À table, j'étais placée entre le père d'Igor, un terrien bon vivant qui s'occupait surtout de sa voisine de gauche au décolleté profond, et Alexeï.

— Les aventures de mon frère semblaient vous passionner, vous devez adorer les romans, me dit-il.

— Vous avez deviné, je suis curieuse de tout et les récits de Ludwig m'ont vivement intéressée.

— Etes-vous aussi musicienne ?

— Oui, j'étudie le piano depuis huit ans, sans me lasser. Malheureusement, je n'ai encore jamais assisté à un concert.

Il me considéra avec attention, puis me dit d'une voix douce :

— Vous n'avez pas seize ans et me paraissez pourtant très mûre.

— Comme je suis contente de vous l'entendre dire. Parlez-moi de vous, j'aime tellement comprendre et connaître les gens.

— Que pourrais-je vous dire de ma vie ? Elle est apparemment sans histoire. Dans notre milieu, vous savez, chaque chose est soigneusement réglée depuis l'enfance, de la tendre niania, à l'école des cadets et au régiment. Je n'ai guère de goût pour la vie militaire. Ma raison seule m'ordonne de faire certaines choses. Et puis, mon destin est déjà fixé.

« Ce qui me plaît vraiment ? La musique, la peinture, les ballets. J'aurais voulu être écrivain, mais cela demande du talent et de la persévérance. J'ai connu beaucoup d'artistes, ils sont tous d'accord : l'enthousiasme et les dons ne suffisent pas, il faut travailler, persévérer malgré les déceptions et les doutes, se remettre sans cesse en question et considérer l'exercice de son art comme un sacerdoce. Les affres de la création, ça existe et l'art n'autorise pas le dilettantisme. Or, dans notre milieu volontiers frivole, nous ne sommes pas habitués à l'effort, et je le regrette. Mais je vous ennuie, avec mes considérations.

— Pourquoi ? Vous estimez que les femmes sont incapables de comprendre, d'encourager ou même d'inspirer un artiste ? Que faites-vous de Marie d'Agoult et de Liszt, de George Sand et de Chopin ?

Alexeï, surpris par mon ton véhément, me dit :

— Mais vous êtes une véritable fanatique !

Il me regardait et je savais qu'il ne sortirait pas de mes pensées. Il y avait une espèce d'harmonie, de confiance mutuelle dans nos propos.

Après le dîner, nous continuâmes à deviser tranquillement jusqu'à l'arrivée d'Hélène et d'Igor, qui nous entraînèrent dehors pour une promenade au clair de lune. Nous suivîmes à contrecœur le flot rieur de nos amis.

Une fois dans mon lit, je me remémorai chaque regard, chaque sourire, chaque parole d'Alexeï. Le destin s'emparait de ma vie.

Le lendemain, je n'eus guère le temps de cultiver mes états d'âme. La demeure des parents d'Igor était belle, sans toutefois dégager l'impression de noblesse qui émanait de Soulima. Un peu à l'écart, dans le parc, une autre maison appartenait aux jeunes. Igor et Mary avaient invité une foule d'amis et la grande attraction était un jeu de croquet installé dans un immense jardin d'hiver. En équipe avec Ludwig, je remportai toutes les parties. Alexeï ne quittait pas une ravissante jeune fille que je détaillai avec envie : très brune, d'immenses yeux bleus et un long cou qui lui donnait un port de reine ; elle évoluait avec assurance et son regard volontaire, un peu dur, savait se faire séduisant, surtout quand elle s'adressait à Alexeï. J'entendis son nom, Larissa von T., et j'appris par la suite que tout le monde la considérait comme la fiancée d'Alexeï. Quel couple ils feraient ! Elle avait beau être aimable, tout en elle me déplaisait, surtout l'expression de ses yeux.

Dans la soirée, l'un des convives se mit au piano et attaqua une valse de Strauss. À ma joie, tout le monde s'élança. Immédiatement, Ludwig me souleva dans ses bras. Il dansait admirablement, mon cœur battait à se rompre et nous étions le point de mire de l'assistance. Je ne savais pas qu'être choisie par Ludwig était un immense privilège.

— Je n'ai jamais dansé avec quelqu'un d'aussi léger. Je ne veux danser qu'avec vous, me dit-il.

J'oubliai Alexeï, Larissa, le monde entier, mes pieds ne touchaient plus terre, nous étions infatigables. La voix du pianiste nous arrêta :

— De grâce, laissez-moi souffler.

Je ne devais jamais oublier cette première valse. On pouvait donc séduire autrement que par la beauté. Ce fut mon premier bonheur d'adulte, inoubliable. Tous les danseurs s'installèrent à des tables de jeu. Ne jouant pas aux cartes, je craignais de me retrouver seule, quand Alexeï s'avança :

— Tenons-nous compagnie, voulez-vous ? Moi non plus, je ne sais pas jouer.

Larissa s'éloigna, nous jetant un regard condescendant. Elle me jugeait incapable d'intéresser Alexeï. Elle était si belle, si rayonnante. Je soupirai.

— Pourquoi cet air triste ? demanda Alexeï.

— Que Larissa est belle !

— C'est vrai, dit-il sans autre commentaire. Je vous ai observée avec Ludwig. Vous dansez très bien.

— Avec votre frère, ce n'est pas difficile, dis-je, dissimulant le plaisir que me procurait ce compliment.

En même temps, je songeais : « Pourquoi me taire, pourquoi ne pas lui avouer comme je suis bien à ses côtés ? »

— Zinaïda Pavlovna, vous êtes bien rêveuse. Je donnerais cher pour deviner vos pensées.

— À quoi bon, nous n'exprimons jamais vraiment le fond de notre cœur. Notre éducation nous oblige à maîtriser nos élans, nos impulsions, heureusement ou malheureusement, je l'ignore.

— Eh bien, moi je vais vous dire ce que j'ai en tête : je me sens parfaitement bien avec vous.

Troublée, je répondis :

— Moi aussi.

Il lisait donc en moi !

— Vous savez, j'ai l'impression de vous connaître depuis toujours, Hélène me parle si souvent de vous.

Sa voix était douce, affectueuse, il avait certainement conscience de l'admiration béate que j'éprouvais pour lui. Mais pourquoi s'en défendre ? C'était si voluptueux cette chaleur qui envahissait mon corps et l'engourdissait.

La partie de cartes terminée, notre dévoué musicien se remit au piano. Sans un mot, Alexeï prit ma main, m'enlaça. Cette danse dura, pour moi, une éternité. Les mots sont impuissants à décrire l'état où je me trouvais. Je ne touchais pas terre, j'avais l'impression que mon ivresse était partagée. Sa voix me parvint, de très loin :

— Merci.

C'était fini. Ainsi commença le seul, l'unique amour de ma vie.

Je ne dormis pas beaucoup, cette nuit-là, revivant chaque moment, chaque instant de cette soirée. À nouveau, je dansais dans les bras d'Alexeï une valse qui durait une éternité.

Ces quinze jours sous le même toit que lui furent les plus heureux de mon existence. Il recherchait ma compagnie, prenant un plaisir évident à nos discussions sur les sujets les plus divers. Le point d'orgue de ce bonheur coïncida avec un concert donné par un jeune compositeur de vingt-quatre ans, Tchaïkovski, au théâtre de Riga où la famille d'Alexeï avait une loge. Mon premier concert, avec en plus à mes côtés l'élu de mon cœur ! Transportée, je vibrais à la moindre intonation comme une corde tendue. J'avais l'impression que le pianiste ne jouait que pour moi, improvisant un langage que j'étais seule à comprendre, où alternaient joie et tristesse, douceur et violence. Je regardai Alexeï et compris à son expression qu'il était avec moi, partageant lui aussi ce moment exceptionnel. Nos âmes se rejoignaient dans une intimité profonde créée par cette musique admirable.

La veille de mon départ, par la porte-fenêtre du salon, je regardais avec mélancolie le paysage, tentant d'en graver dans ma mémoire les moindres détails, quand je sentis une présence :

— Zinaïda, je suis heureux de vous trouver seule. Vous partez demain, sachez que je regretterai ces journées passées avec vous et que nos longues conversations me manqueront.

Il s'était rapproché de moi. Sans réfléchir, je me jetai dans ses bras, appuyant ma tête sur son épaule. Avec une infinie douceur, il resserra son étreinte, caressa mes cheveux et m'embrassa tendrement sur le front. Je me rendis compte de mon impulsion ridicule, puis je le regardai. Ses yeux semblaient si doux. J'eus honte et je me sauvai dans ma chambre.

Comment avais-je pu me laisser aller à ce geste irraisonné ! Je venais de gâcher ces quinze jours si heureux. Il devait tellement me mépriser.

Hélène, qui entrait dans ma chambre, s'arrêta net à la vue de mon visage défait.

— Tu es livide, qu'as-tu donc ? Es-tu malade ?

Je fondis en larmes et lui expliquai les raisons de mon état.

— Et moi qui te parle sans cesse de lui, s'exclama-t-elle. C'est ma faute, je n'aurais jamais imaginé que tu puisses éprouver de l'attirance pour mon frère. Mais ne t'inquiète pas, à ses yeux, tu n'es encore qu'une enfant. Ton élan de tendresse l'aura certainement touché ; et puis, ne l'a-t-il pas un peu provoqué ?

Je crois que cette confession me fit du bien. Mais je lui demandai de ne pas ajouter à ma honte en ayant l'air d'être au courant de ma mésaventure.

— Honte ? Mais de quoi aurais-tu honte, Zina ? C'est bien normal à ton âge d'être attirée par un garçon. Cesse de te torturer et descends dîner comme si de rien n'était. Tu verras, tout se passera très bien. Je te promets de ne rien dire à personne.

Je m'habillai avec soin, étrennant la robe de taffetas vert que j'avais gardée pour cette ultime soirée. J'aimais Alexeï, et rien ne m'aurait empêchée de le voir une dernière fois. Quelle folle j'étais avec ma passion, mes espoirs et mes chimères ! En entrant dans le salon, le sourire d'Alexeï dissipa mon inquiétude. Personne n'existait que lui. Tout mon être le réclamait. Ce désir l'attira, je crois. Il vint m'inviter à danser. Je tremblais si fort, mes pieds devenaient lourds. Je sentais son odeur et son bras m'enlaçait. Nous n'avons pas prononcé une parole. Comme je lui étais reconnaissante ! Peut-être le faisait-il par pitié. Je voulais croire que non.

Plus tard, j'essayai de comprendre pourquoi Alexeï avait été si prévenant et tendre avec moi pendant ce séjour à Soulima, car je me rappelais ses propres paroles : « Notre vie est tracée d'avance. »

Je n'avais pas seize ans. Que pouvais-je comprendre à un homme, à ses instincts, à sa curiosité devant une gamine qui lui montrait si ouvertement son admiration ?

4

Il me fallait absolument oublier les emballements de mon cœur, faire taire cette force intérieure qui submergeait ma raison et, contre les chimères, je ne connaissais qu'un seul remède : le travail. À Smolny, je me remis donc à mes chères études pour préserver mon équilibre.

Anna était revenue enchantée de ses vacances à Tsarskoïe Selo. Elle aussi avait rencontré l'homme de sa vie, Nicolas Svertschkoff, un peintre animalier qui jouissait déjà d'une certaine notoriété. Il était même reçu à la cour, me précisa-t-elle, non sans fierté. Nicolas et ses parents devaient se rendre cet été à Koursk pour demander la main d'Anna. Heureusement pour elle, leurs projets se révélaient plus réalisables que les miens.

Quand je rencontrai Nicolas pour la première fois, au mois d'août, je fus frappée par sa ressemblance avec ma sœur. Il était en homme ce qu'Anna était en femme. Les cheveux châtains, de taille moyenne mais beau et distingué, il avait un tempérament exubérant et un esprit qui ne manquait pas de mordant. Il aimait plaire, être entouré et avait le cœur sur la main. En fait, Nicolas Svertschkoff ne correspondait pas du tout à l'image que je me faisais d'un artiste. Napoléon III venait de lui acheter une toile représentant une chasse à l'ours. Ses parents me parurent plutôt pompeux et distants – à leurs yeux, je n'existais pas –, mais ils se montrèrent adorables avec Anna et c'était là l'essentiel. Le mariage fut fixé à Koursk au printemps suivant.

«Alexeï, Soulima» : je devais impérativement chasser ces deux mots de mon esprit, car ils l'envahissaient et se transformaient en rêveries passionnées. Combat incessant acharné, d'autant qu'Hélène et moi étions inséparables et qu'elle ne pouvait s'empêcher de me tenir au courant des faits et gestes de sa famille. Il faut dire que je l'y encourageais, heureuse d'avoir ainsi des nouvelles d'Alexeï. Elle se faisait ma complice, tout en évitant de me bercer d'illusions. Elle évoquait non sans raison ma jeunesse, mon manque d'expérience, ma naïveté. Je savais aussi que ma modeste personne, mon physique ingrat ne pouvaient convenir au brillant Alexeï.

Hélène m'avoua un jour, à ma grande satisfaction, qu'elle ne sympathisait guère avec celle qu'elle considérait déjà comme sa belle-sœur.

Je réussis les examens de fin d'année et passai en première. Les cours de philosophie, de littérature étrangère m'avaient ouvert des horizons nouveaux et je lisais de plus en plus. Un jour, au cours de l'une de ses visites, tante Élisabeth me parla d'un cousin éloigné qui lui était cher, Vladimir Barthelomé. Il était âgé d'une trentaine d'années et, orphelin, avait été élevé par un oncle général toujours absent. Il enseignait le russe et la littérature et ma tante avait demandé à la directrice de lui envoyer une invitation pour le bal de novembre.

Mon premier bal.

… Depuis ma valse remarquée avec Ludwig, je n'appréhendais plus cet événement. Les murs de Smolny s'imprégnaient de cette effervescence qui, chaque année à la même époque, s'emparait de l'école. Les rires se faisaient plus aigus, les intrigues se multipliaient, une impression de vague à l'âme flottait dans les couloirs. Les rares glaces étaient prises d'assaut par des visages anxieux.

Cette atmosphère s'accordait mal avec le caractère austère des bâtiments qui m'avait frappée à mon arrivée, même si Smolny n'en perdait pas pour autant son sens de l'étiquette.

Cette année, l'impératrice Maria Alexandrovna devait être présente en dépit de sa santé précaire. Pour nous préparer à cette épreuve si importante, nous nous exercions tous les jours à faire des révérences et à répondre sans bégayer à d'éventuelles questions. Cela donnait lieu à des répétitions où une élève tenait le rôle de l'impératrice et nous posait des questions improvisées auxquelles nous devions répondre sans balbutier.

Enfin, le grand soir. Un dernier coup d'œil à la glace me rassura. Ma coiffure, avec ses mèches mutines qui retombaient dans mon cou, égayait la sévérité de l'uniforme. L'impératrice, le teint diaphane, l'air impénétrable, me fit l'honneur de m'adresser la parole et je m'en tirai honorablement, répondant sans trop d'hésitation.

Je fis la connaissance de Vladimir Barthelomé. Il avait des traits fins et distingués, des yeux bleu très pâle. Je passai une soirée fort agréable, invitée par de nombreux danseurs pendant la première partie, puis Vladimir remplit mon carnet. J'appréciai sa compagnie, il dansait bien, sa conversation enthousiaste m'amusait, mais je ne pouvais m'empêcher de penser : « Si c'était Alexeï », et mon cœur se mettait à battre. Vladimir me regarda, l'air étonné, et remarqua comme Alexeï :

— Comment faites-vous pour savoir tant de choses à votre âge, Zinaïda Pavlovna ?

— Pour vous, je ne suis pas Zinaïda Pavlovna, mais Zina. Ne sommes-nous pas cousins, Vladimir ?

L'année prochaine, j'aurais le droit de sortir. Nous avions décidé de nous revoir chez tante Élisabeth.

À Noël, je retrouvai seule la maison, mes parents, niania et le souvenir de mon enfance. Anna passait les fêtes chez ses futurs beaux-parents. J'étais partagée entre la mélancolie et le plaisir d'être à Koursk. Aussi, lorsque ma mère m'interrogea sur mon séjour à Soulima, je lui confiai spontanément mon amour sans espoir.

— Ne t'illusionne pas, mon enfant. Essaie de te détacher par ton travail. Comme je suis triste pour toi ! À ton âge, la séparation efface bien des choses.

J'évoquai aussi le bal et ma rencontre avec Vladimir, qui me semblait si simple, si sympathique.

Pendant ces vacances, j'essayai de distraire mon

père par des randonnées en forêt ou des promenades en calèche. Autrefois il s'intéressait à tout, racontant des anecdotes sur les paysans, discutant des heures avec son régisseur de l'achat d'un bois de trembles ou de la meilleure saison pour semer le trèfle. Maintenant, il avait perdu son enthousiasme. Le père si joyeux de mon enfance n'existait plus. Ma maison perdait soudain de son importance, il ne restait que les images du passé.

Je remplaçais ma mère au piano, je dessinais des natures mortes mais surtout je m'enfermais dans la bibliothèque et je me plongeais dans les œuvres de Gogol. La sorcière à cheval sur son balai, le diable qui rend visite au curé du village toujours entre deux vins… Tous ces récits où l'écrivain mettait en scène la petite Russie avec ses coutumes régionales faisaient ma joie, jusqu'au fou rire parfois.

Mon désœuvrement me portait à la rêverie et j'inventais des contes de fées autour de mon amour pour Alexeï, m'enfermant dans mes songes. De temps à autre, je surprenais le regard de ma mère qui semblait dire : « Reviens parmi nous. »

Maman, songeant au mariage d'Anna, souhaitait renouer avec certaines relations qu'elle avait négligées depuis la mort tragique de mon frère. Elle organisa à la maison un réveillon particulièrement réussi. Cela faisait longtemps que les murs de notre vieille demeure n'avaient pas retenti de conversations aussi animées, de rires aussi spontanés.

On discuta beaucoup politique. Pour la première fois, j'entendis parler de ces nihilistes, qui regroupaient des membres de l'intelligentsia et des enseignants venus de l'étranger. La jeunesse s'enflammait, réclamant des modernisations, les plus âgés s'inquiétaient devant ces réformes qu'ils jugeaient hâtivement menées, et je repensais à Nicolas et à sa peur de la suppression du servage. Le nom de Dostoïevski revenait souvent. Après les *Souvenirs de la maison des morts*, écrits au retour de son exil en Sibérie, il venait de publier *Mémoires écrits dans un souterrain* et je me promis de le lire.

Déjà les douze coups de minuit. Chacun fit en secret un vœu, selon la coutume, et je n'eus aucun mal à choisir le mien. Il tenait en deux mots : revoir Alexeï.

De retour à Smolny, mon souhait ne tarda pas à se réaliser. Un matin de janvier, Jeanne et Anton, en séjour à Pétersbourg, se présentèrent à Smolny et demandèrent à la directrice la permission de nous emmener, Hélène et moi, à un concert de Rimski-Korsakov. L'autorisation fut donnée sans difficulté : à Smolny nous étions très fiers de nos musiciens qui s'inspiraient du folklore national.

Cette symphonie en *mi* bémol majeur était un enchantement ! Machinalement, mes yeux couraient d'une loge à l'autre, quand, soudain, je reconnus Alexeï avec Larissa, entourés de femmes très élégantes et d'officiers.

— As-tu vu ton frère ? murmurai-je à Hélène.

— C'est bien lui, tu as vraiment les yeux de l'amour. À l'entracte, Anton lui fera signe.

J'étais incapable de détourner les yeux de l'endroit où se trouvait Alexeï : tout devenait secondaire. Seul comptait mon bonheur de le voir. Je suivis distraitement le concert.

À l'entracte, il vint dans notre loge. Lorsqu'il me dit : «Bonsoir», je crus surprendre un réel plaisir dans ses yeux. «À tout à l'heure», ajouta-t-il en me regardant avec insistance. Je devais passer la nuit chez les parents d'Hélène où un souper nous attendait.

On ne parla que de la superbe interprétation de Rimski-Korsakov. Le temps passait, Alexeï n'arrivait toujours pas. J'avais beau me dire «faites qu'il vienne, mon Dieu», en vain. La pendule de bronze égrenait les heures. Je bavardai avec Hélène, retardant le moment où je devrais regagner ma chambre, mais il fallut cependant m'y résoudre. Je restai plantée devant la glace, les bras ballants, ne me résignant pas à me déshabiller, un fol espoir subsistait encore. Il fallait que je tente l'impossible. J'ouvris doucement la porte, descendis le grand escalier de bois et me dirigeai vers la bibliothèque. J'avais un prétexte, en cas de rencontre inopportune : ne parvenant pas à trouver le sommeil, je voulais emprunter un livre.

Un bruit sec, la porte d'entrée se refermait, Alexeï entrait. Je le savais, je le désirais tant. Il ne parut même pas étonné de me trouver là et, cette fois, ce fut lui qui me prit dans ses bras. Un regard, et sa bouche rencontra la mienne.

Je me pressai contre lui, abandonnée, sans force, sans volonté, ni l'envie de rien changer à ce moment que j'avais tant souhaité. Je sentais ses mains chaudes qui me communiquaient une sensation inconnue et me forçaient à lui dire : «Prends-moi!» Ce désir avait jailli de tout mon corps sans que je comprenne ce que je voulais au juste.

— Non, me dit-il en s'écartant, je n'ai pas le droit car j'ai donné ma parole à Larissa.

Il soupira :

— Pourtant je n'ai jamais éprouvé une émotion aussi intense. Depuis le jour où tu t'es jetée dans mes bras avec toute ta candeur d'enfant, je n'ai cessé de vouloir te serrer contre moi. Je me sentais si bien auprès de toi. Au théâtre, j'ai à nouveau éprouvé cette joie, ce sentiment étrange qui m'a fait peur alors, j'ai préféré rester avec Larissa et ne pas te revoir. Pourquoi a-t-il fallu que je lui demande d'être ma femme justement cette semaine ? Cela devait être ainsi... Embrasse-moi encore.

Son cœur battait aussi fort que le mien. J'aurais voulu arrêter la vie.

— Non, je me mépriserais si je profitais de ton innocence. Je suis déjà impardonnable d'avoir provoqué en toi de tels bouleversements.

— Mais, ces bouleversements, je les adore. Pour rien au monde, je n'y renoncerais. Pourquoi me priver du plaisir d'être dans tes bras, de t'embrasser ? Je serai à toi, je le veux, et rien d'autre ne compte.

— Tu es si sûre de toi, Zina. Moi, je n'ai pas ta force. Je n'accepte pas une aventure qui engage nos vies sans réfléchir. Je te ferai savoir par Hélène ce que j'ai décidé.

Je tentai de le retenir, en me blottissant contre lui, en caressant sa nuque, mais son regard avait perdu sa tendresse. Brusquement, tout me parut hostile, ses yeux, cette maison, le silence.

— Tu as raison, bonsoir.

Et je montai dans ma chambre. Je me jetai sur mon lit le corps brûlant d'amour et mes mains apaisèrent ce désir insatisfait tandis que mon esprit, grisé par ces sensations nouvelles, se désespérait de cette passion sans issue.

Le réveil fut pénible. Au fur et à mesure que la journée s'avançait, je constatai avec surprise qu'il y avait deux personnes en moi. L'une devisait calmement avec Hélène, évoquant le concert ou les examens qui nous attendaient ; l'autre ressassait en silence les derniers événements. Surtout dans le silence de la nuit où mon imagination et mon désir m'entraînaient vers Alexeï.

5

Je n'abandonnai pas mes études, au contraire, je lisais énormément, suivais mes cours, essayant de me pénétrer de tout ce que Smolny nous enseignait. Je m'initiais au dessin. Notre professeur avait un enthousiasme communicatif : «Observez la nature, disait-il, laissez votre mémoire retenir ce qui vous frappe, oubliez les alentours, suivez votre première impression, ne vous perdez pas trop dans les détails.» Je demandai à Hélène de poser et fis son portrait. Au bout de plusieurs séances, je commençai à comprendre dans quelles difficultés je m'étais lancée. Mon professeur ayant approuvé mon essai venait sans cesse regarder, me donner des conseils et surtout m'encourager, car il trouvait que j'étais réellement douée. Mon portrait au fusain prenait tournure. Hélène posait avec une très grande patience, moi j'oubliais tout, absorbée dans ce travail nouveau et enthousiasmant.

Toutes les semaines, j'allais retrouver tante Élisabeth. Souvent Vladimir Barthelomé se trouvait là, nous prenions le thé, en parlant d'Histoire. Vladimir était enthousiaste et nous aimions évoquer l'influence des civilisations passées sur notre pays, ainsi que les soubresauts du monde actuel, comme la guerre civile aux États-Unis. Ces moments agréables commençaient à me mettre en contact avec le monde extérieur et me libéraient de l'ambiance trop protectrice de Smolny. Il me fallait voler de mes propres ailes.

J'attendais tous les jours des nouvelles d'Alexeï, mais rien ne venait. Le mariage d'Anna était fixé juste après Pâques. Elle était venue me voir à Smolny, me raconter tous les détails de son trousseau, me montrer sa bague. Elle courait les couturières et les magasins, accompagnée de tante Élisabeth. Anna me paraissait désormais beaucoup plus étrangère qu'Hélène ou Génia. Pourtant, pour mes parents, nous étions toujours aussi chéries.

J'avais fini le portrait d'Hélène, il était assez ressemblant, sûrement banal et classique, mais je sentais que cet art me passionnerait toute ma vie. Fin mars, Hélène reçut une lettre d'Alexeï; il lui demandait de me faire ses amitiés, et lui disait avoir remis son mariage simplement à l'année prochaine. C'était une lettre d'adieu, car il partait parcourir l'Europe : la France, l'Italie, l'Angleterre, avant de faire le point à son retour.

Je compris qu'il n'y avait pas de place pour moi dans ses projets ; d'ailleurs, jamais je ne m'étais fait d'illusions à ce sujet. Malgré tout l'amour que je portais à Alexeï, je savais bien qu'il était indécis, ce qui ne m'empêchait pas de croire que nos vies se croiseraient encore.

Je dus renoncer à l'invitation d'Hélène pour les

vacances de Pâques à Soulima, le mariage d'Anna devant avoir lieu à Koursk début mai.

J'invitai Génia, car de la voir rester à Smolny pour les vacances m'attristait. Heureusement que notre maison était assez grande pour accueillir également tante Élisabeth, Nicolas, et un de ses amis anglais, Don, ainsi que Vladimir Barthelomé. Pâques était tard cette année-là, ce qui nous permit d'obtenir sans difficulté l'autorisation de prolonger nos vacances pour le mariage, et grâce aussi aux bons résultats de ce trimestre. La joie de Génia me faisait plaisir, je me rendis compte très vite que Don, l'ami de Nicolas, s'intéressait beaucoup à elle. Il préparait son professorat de langues étrangères et étudiait le russe.

La maison était en pleine effervescence. Beaucoup d'amis vinrent nous y retrouver et nous invitèrent à toutes sortes de festivités.

Tous les jours, je voyais Génia regarder Don avec plus de tendresse et je me disais : « Adieu, son désir de vivre à Saint-Pétersbourg ! » Dans ses rêves les plus fous, seule la brumeuse Angleterre l'attirait. Don, toujours un peu dans la lune, nous entraînait dans des marches interminables ; sa gaieté, son humour nous enchantaient tous.

Et puis commencèrent les préparatifs du mariage, qui occupèrent la fin de nos vacances. Une atmosphère inhabituelle régnait dans la maison. Seul mon père n'y participait d'aucune façon, toujours solitaire, ne nous retrouvant qu'aux repas.

Enfin le grand jour arriva : le calme d'Anna m'impressionnait. Peut-être cette vie nouvelle la rendait-elle songeuse ? Toute sa tendresse se portait vers notre père. Son subconscient devait avoir peur de cet homme nouveau qui allait être le compagnon de sa vie future.

La veille du mariage, Nicolas partit dîner avec ses amis pour «enterrer sa vie de garçon». Dès ce moment, il lui était strictement défendu de voir sa fiancée jusqu'à la cérémonie. Nous tenions beaucoup à nos vieilles coutumes.

Nous tournions toutes autour d'Anna tandis qu'elle s'habillait, se boutonnait, ajustait une mèche et nous demandait de l'aider. Sa robe en taffetas, très serrée à la taille, mettait en valeur sa poitrine, son long cou et son teint si délicat. Un voile de tulle bordé d'une dentelle ancienne retenait la couronne de fleurs d'oranger. Il était temps. Maman, très calme, bénit Anna, et nous partîmes tous pour la cérémonie.

Une foule énorme nous accueillit. Tous nos paysans étaient venus assister au mariage de la *barichnia*. Anna entra au bras de papa, s'arrêtant devant un autel spécialement placé au milieu de l'église, puis mon père se retira et Nicolas rejoignit sa fiancée, pendant que deux garçons d'honneur se plaçaient derrière les mariés, tenant au-dessus de leurs têtes des couronnes en or serties de pierres précieuses. Un tapis de satin rose reposait devant l'autel. Anna posa résolument son pied sur ce tapis. Un dicton disait : «Le premier qui pose le pied dirige le couple.» Je l'aurais parié !

Quand le chœur chanta le Notre Père, une émotion profonde s'empara de nous.

Cette église, si jolie, scintillant de fleurs et d'icônes, restait mystérieuse pour moi. Le prêtre qui nous avait baptisés, préparés à notre première confession paraissait aussi ému que mes parents. Je sentais une allégresse et priais pour Anna : «Faites qu'elle soit heureuse.» Que pouvais-je demander pour moi? Mon vœu restait irréalisable.

Des calèches décorées de guirlandes nous ramenèrent à la maison. L'ambiance faisait oublier les soucis, les tristesses. Même mon père souriait en accueillant les invités. Maman était belle dans une robe prune, ses cheveux joliment coiffés, un collier parsemé de brillants retenant un diamant en forme de goutte.

Cette journée ensoleillée de tendresse devait rester pour moi un souvenir inoubliable.

Ma dernière vision fut le départ des mariés. D'abord dans un des salons se retrouvèrent parents, niania et le personnel de la maison qui avait pris part à notre vie et nous avait servis avec tant de fidélité. Tous assis, nous avons respecté la minute de silence. Ma mère et mon père bénirent les époux avec une icône qu'ils emporteraient et qui serait un lien, une protection tout au long de leur vie. Niania pleurait son bébé. Chacun exprimait son attachement et ses vœux de bonheur.

Après avoir rejoint les invités, Anna et Nicolas allèrent se changer. La voiture les attendait devant le perron. Ils furent accueillis par les cris et félicitations des amis, des serviteurs.

Malgré notre mélancolie, la soirée continua. On entendait les rires, la musique, mais nos cœurs n'étaient plus au diapason de la fête.

Tard dans la nuit, Génia vint dans ma chambre, tout émue. Don l'avait embrassée, Don lui avait déclaré sa flamme, Don voulait l'épouser. Il retournait en Angleterre passer ses examens, avertir ses parents de ses intentions et reviendrait au plus vite la chercher.

Chère Génia ! En regardant son visage, on pouvait en être sûr : le bonheur existait sur cette terre. Une nostalgie m'envahit à la pensée que je ne connaîtrais pas de semblables moments. Ma passion à moi était comme une brûlure perpétuelle.

Je demeurai quelques jours auprès de mes parents, essayant de combler le vide que laissait le départ d'Anna. Maman, encore toute à la joie du mariage, ne me posa heureusement aucune question à propos d'Alexeï.

À Smolny, Génia et moi fûmes assaillies de questions sur la cérémonie qu'il fallut raconter dans les moindres détails. Je retrouvai avec plaisir Hélène, qui me parla de ses vacances avec Anton et Jeanne à Soulima, pas un mot sur Alexeï.

Elle évoqua Igor, leurs goûts communs, leur entente. Il s'occupait d'une fabrique de papier, ainsi que d'une propriété près de Riga, laissée en héritage par son parrain.

Génia et Hélène, déjà sorties de notre petit monde de Smolny, mon sort serait probablement la solitude. À moins que ?… Je voyais souvent Vladimir et savais que je ne le laissais pas insensible, je me sentais bien en sa compagnie. Mais comment l'encourager, quand mon cœur désirait autre chose ?

Pourtant, je m'imaginais mal finissant mes jours à Koursk entre le piano, le dessin et la tapisserie. Il existait une autre possibilité, qui n'était pas pour me déplaire : l'enseignement, de préférence les littératures russe et étrangères. Aussi fut-ce avec une ardeur nouvelle que j'abordai Molière, Balzac, George Sand, Dumas, Dickens et les sœurs Brontë. Sans oublier nos auteurs, Tourgueniev et Tolstoï bien sûr. Ce dernier venait de publier un livre admirable, *Guerre et Paix*, où il faisait une peinture saisissante de notre Russie. L'inoubliable Natacha et son amour pour le prince André, quel dénouement inattendu !

Je profitais aussi de mes loisirs pour mieux faire connaissance avec Pétersbourg. Je connaissais déjà le palais d'Hiver, le jardin d'Été, j'avais arpenté la Perspective Nevski, les berges de la Neva… mais je les avais toujours regardés de l'extérieur.

Un après-midi, je flânais sur la Perspective Nevski quand un rire joyeux me fit sursauter. Ce rire, je l'aurais reconnu entre mille : c'était celui d'Alexeï. J'aurais voulu me fondre dans la foule, devenir invisible. Hélas, quand Larissa fut arrivée à ma hauteur, son regard pétillant croisa le mien.

— Zina, quelle bonne surprise !

Plus de fuite possible, je me trouvai face à Alexeï qui tenait Larissa par le bras.

— Je suis heureuse de vous annoncer notre mariage au printemps prochain, dit-elle. Nous aimerions que vous soyez des nôtres, ce jour-là.

— Toutes mes félicitations, je serai ravie d'être parmi vos amis.

Alexeï semblait pétrifié. Larissa s'en aperçut.

— Mon cher, où es-tu ?

— Oh ! excusez-moi, Zina, quel hasard de vous

rencontrer ici ! J'espère que nous nous reverrons avant le printemps.

— Vous êtes très élégante, ajouta Larissa.

— Merci, à bientôt.

Et je m'éloignai. Je me sentais oppressée et surtout humiliée par l'hypocrisie de mon sourire. J'errai sans but. Pourquoi fallait-il que le destin me fasse entendre le rire heureux d'Alexeï ? Ne plus jamais revoir ce couple.

À mon retour à Smolny, je ne racontai rien à Hélène. Je la fuyais d'ailleurs un peu, car elle représentait à mes yeux tout ce que je voulais oublier. Génia, en revanche, me distrayait. Elle attendait Don, qui venait avec ses parents pour faire sa connaissance. Il avait brillamment réussi ses examens et Génia dévorait tous les livres qui, de près ou de loin, touchaient à l'Angleterre, me faisant part de ses commentaires enthousiastes.

Une semaine après la pénible rencontre avec Alexeï, Hélène me proposa de l'accompagner à un opéra d'Alexandre Dargomyjski, *Roussalka*. Son frère serait présent, mais sans Larissa. Je me préparais à dire « non », mais ma bouche prononça un « oui » sans réserve.

Jeanne et Anton vinrent me prendre chez tante Élisabeth où j'étais allée m'habiller. Ma première robe noire ! Que de souvenirs s'attachent à cette robe de taffetas au décolleté audacieux, à la taille marquée, achetée avec l'argent envoyé par ma mère pour mes dix-sept ans. « Du noir, à ton âge », avait observé ma tante, l'air désapprobateur. J'avais pourtant tenu bon.

La mode était alors aux corsets mais, avec ma taille, je pouvais me dispenser de cet instrument de torture et mes amies m'enviaient ce privilège. Une raie au milieu, des bandeaux, un chignon bas, je me coiffai exactement comme lors de ma première apparition à Soulima.

Juste avant mon départ, ma tante passa à mon cou une chaîne de platine à laquelle était suspendue une grosse perle noire en forme de poire.

— Ce bijou appartenait à ma mère, je t'en ferai cadeau pour ton mariage, si tu n'es pas superstitieuse, ajouta-t-elle, car on dit que «perle noire fait pleurer».

Je lui sautai au cou.

— Ne crains rien, je ne suis nullement super-stitieuse.

Elle me prêta aussi une longue cape de drap noir.

Alexeï nous attendait au théâtre. Son regard admi-ratif, quand il m'aida à ôter ma cape, me donna une petite vanité qui me chauffa le cœur. Dans la salle, Jeanne, comme à l'accoutumée, me nomma les per-sonnalités présentes : le grand-duc Vladimir, deu-xième fils du tsar ; la comtesse Léon Tolstoï, Anton Rubinstein, le compositeur… ajoutant une remarque ironique, un commentaire plaisant ou perfide. L'opéra se traînait un peu et la plantureuse cantatrice qui incarnait la diaphane sylphide aux nattes blondes, Roussalka, ne pouvait faire illusion en dépit de sa voix magnifique.

À l'entracte, Alexeï me chuchota :

— Zina, il faut absolument que je te voie seule un instant.

— À quoi bon, nous n'avons plus rien à nous dire.

— Je t'en prie, je te le demande comme une faveur, rejoins-moi après souper, dans la bibliothèque.

— Je viendrai.

Je me raisonnais, je m'interdisais d'y aller. Pourtant, au fond de moi-même, je savais que je ne pourrais résister au bonheur de me retrouver dans ses bras.

Il m'attendait, faisant les cent pas dans la pièce.

— Zina, pardonne-moi, je suis un faible, un lâche, mais je suis si malheureux depuis notre dernière rencontre !

— Tu avais l'air pourtant joyeux ce jour-là.

— Écoute, comprends-moi. Larissa est belle, gaie, attirante. Pendant des jours j'ai essayé de rompre, mais la force de l'habitude, les pressions familiales, le respect des convenances, je n'ai pu m'y résoudre. Pourtant je sens que notre union sera un échec et que, petit à petit, je deviendrai un personnage respectable et un peu falot, un monsieur bien comme il faut. Me croiras-tu, aujourd'hui, si je te jure que c'est toi que j'aime ?

— Je te plains, Alexeï, si tu es vraiment sincère. Je t'aime aussi, mais aucun homme ne m'empêchera d'être moi-même. Plus tard, je me marierai sûrement, mais je préviendrai mon mari du sentiment que j'ai pour toi. Je n'aime pas tricher, je n'ai pas d'amour-propre et si, un jour, le hasard nous réunit, je serai à toi comme je te l'ai déjà dit.

Alexeï se leva. Je vins vers lui et l'embrassai. Si je l'avais supplié à ce moment-là, qui sait ?… Il était si indécis.

Nous restâmes longtemps unis. Puis, brusquement, je me libérai et m'enfuis, affligée par tant de faiblesse.

Dans ma chambre, mon cœur battait à se rompre mais ma tête raisonnait avec lucidité : contraindre Alexeï à quitter Larissa ? Il me le reprocherait certainement un jour ou l'autre. Ou bien, c'est moi qui le mépriserais pour son manque de volonté. Mieux valait le laisser suivre son destin.

Rentrée à Smolny, je trouvai une lettre d'Anna de retour de son voyage de noces ; elle me racontait sa vie, sa maison qu'elle aimait déjà tant. Ses beaux-parents attendaient au printemps la visite de Don avec ses parents. Anna me demandait de venir faire un séjour à ce moment-là. C'était un bon prétexte pour refuser l'invitation au mariage d'Alexeï.

6

Je ne sais pourquoi mais j'étais sûre que cette année 1865, celle de mes dix-sept ans, marquerait un tournant dans ma vie. Il me fallait choisir : rester une année de plus à Smolny comme répétitrice des petites classes ou retourner à Koursk chez mes parents.

J'avais l'intention de prendre conseil auprès de ma tante Élisabeth avant d'arrêter ma décision. À cette époque, comme toutes mes compagnes, je vivais dans l'attente du bal annuel. L'uniforme – égayé pour l'occasion – était obligatoire. Je regrettais de ne pouvoir mettre ma chère robe noire qui m'apparaissait comme un gage de succès.

Je retrouvai avec plaisir mon cousin Vladimir. Mais finalement, sa présence se révéla un peu encombrante, car je l'abandonnais souvent pour d'autres danseurs. Je passai la soirée à tourbillonner de cavalier en cavalier, les joues enflammées par l'excitation. Je plaisais, mieux : je séduisais. J'exultais et pour la première fois, je comprenais ce que « grisé par le succès » voulait dire. Vladimir était amoureux de moi, je le savais, et ce petit jeu cruel m'amusait.

Aussi, pour me faire pardonner, lui avais-je donné

rendez-vous chez ma tante le lendemain. Une énorme surprise m'attendait.

— Ma chère Zina, me dit tante Élisabeth, j'ai une proposition à te faire. Pendant les vacances de Noël, je dois accompagner mon élève à l'étranger. Le docteur voudrait lui éviter l'hiver humide de la Russie et il conseille à ses parents de l'envoyer sous le doux climat du sud de la France où ils possèdent une villa. Pour lui éviter la solitude, ils t'invitent à lui tenir compagnie avec moi.

Je croyais rêver, j'en oubliai de dire bonjour à Vladimir qui entrait à ce moment-là.

— Mon Dieu ! est-ce possible ?

Je dis oui immédiatement.

— Avant tout, écris à tes parents pour obtenir leur autorisation. Viens, nous allons faire connaissance avec mon élève et sa mère, et leur dire qu'en principe c'est entendu, car je pense que tes parents seront d'accord et heureux pour toi. Vladimir, installe-toi, nous serons vite de retour.

Chez les Skoroubsky, ma tante dit à une très jeune fille qui l'attendait avec impatience :

— Viens, Irina, que je te présente ma nièce.

Irina s'avança vers moi. Elle était menue, avec de beaux cheveux blonds ondulés et un sourire qui fit immédiatement ma conquête.

— Quelle joie de partir en votre compagnie ! Dites-moi vite que nous serons de grandes amies.

— Je le désire également. Ma tante m'a beaucoup parlé de vous.

— Oui, Mlle Barthelomé ne tarit pas d'éloges sur vous et comme je l'adore, nous serons trois amies.

En finissant sa phrase, elle me sauta au cou avec tant de naturel que je lui rendis son baiser sans contrainte.

— Allons voir maman.

Nous pénétrâmes dans un boudoir. Une dame qui ressemblait à Irina vint à moi. Mais avant qu'elle n'ouvrît la bouche, Irina s'exclama :

— Maman, maman, elle veut bien, je suis tellement heureuse !

Comme Irina était enthousiaste ! On avait peine à croire qu'elle était si fragile.

— Chère Zinaïda (puis-je vous appeler ainsi ?), c'est un grand souci en moins de vous savoir avec ma fille, car il m'est impossible de l'accompagner. Merci d'avoir accepté.

Après quelques moments d'entretien, nous retrouvâmes Vladimir, fort attristé à la perspective de cette séparation.

Je questionnai beaucoup tante Élisabeth pour connaître notre itinéraire.

— Nous parlerons du voyage quand tu me porteras une lettre de ta mère.

J'écrivis immédiatement en chargeant ma tante de la poster.

La réponse ne se fit pas attendre. Ma mère, regrettant mon absence à Noël, me donnait son consentement ainsi que celui de mon père. Mon cœur débordait de reconnaissance pour des parents si peu égoïstes. Il fallut demander une permission spéciale pour partir avant la fin des classes. Ce que j'obtins facilement, vu mes très bonnes notes dans presque toutes les matières.

J'allai retrouver tante Élisabeth, nous faisions des courses en vue du voyage. Je voyais chaque fois Irina et je m'attachais de plus en plus à cette jeune fille franche et spontanée. Nous devions nous rendre en dernière étape à Nice, ville française depuis peu. Mais avant, nous nous arrêterions six jours à Paris, ma tante et Irina chez des amis des parents et moi, dans la famille de Jeanne, la belle-sœur d'Hélène.

Paris, enfin ! Cette ville, je croyais la connaître, j'en avais tellement rêvé à travers mes lectures. Tout m'émerveillait, pourtant. On me déposa en bordure du parc Monceau, devant un hôtel particulier où habitaient les parents de Jeanne. Un maître d'hôtel m'ouvrit. Je fus introduite auprès d'un groupe assez nombreux dont se détacha une dame qui s'avança à ma rencontre.

— Bonjour, Zinaïda, je suis ravie de faire votre connaissance.

Elle me présenta à son mari et aux autres personnes, des parents ou amis de Jeanne. On me conduisit ensuite vers la chambre qui m'était destinée. En entrant dans la pièce, je ne pus retenir une exclamation : « Comme c'est joli ! » Ma fenêtre donnait sur le parc Monceau. Je détaillai ma chambre. L'harmonie parfaite, créée par l'élégance, le choix des coloris et des détails, me fit comprendre le goût exquis des Français. Je me rafraîchis, puis je descendis rejoindre mes hôtes.

Je fus littéralement assaillie de questions, chacun désirant savoir comment se portait Jeanne. Un peu étourdie par le parler rapide de mes interlocuteurs, j'essayai de répondre de mon mieux. Après quoi, tout le monde voulut organiser mon court séjour, me guider à travers Paris. Pour les soirées : théâtre, Opéra, restaurants. J'acquiesçai, mais je gardai – avec beaucoup de mal – mes matinées, bien décidée à découvrir la ville par moi-même.

Mes hôtes organisèrent alors le soir même une réception en mon honneur, à laquelle ils convièrent ma tante et Irina. Mes compagnes de voyage, que j'allai retrouver après le thé, accueillirent avec joie cette invitation. Elles résidaient dans le même quartier que moi, chez un couple de diplomates âgés en poste à Paris. Les icônes dans les chambres, le velours cramoisi recouvrant des meubles de chêne assez lourds donnaient à cet appartement une note typiquement russe.

Irina, ravie à l'idée d'aller danser, essayait toutes ses robes, changeait dix fois de coiffure. Sur mon conseil, elle laissa à ses cheveux leur mouvement naturel et se décida pour une robe de velours rouge. Comme elle était délicate et jolie !

De retour dans la famille de Jeanne, je me dépêchai de monter me changer, non sans jeter au passage un coup d'œil sur la tenue des jeunes femmes présentes. Les décolletés généreux, les parures somptueuses que j'aperçus me firent opter pour ma robe noire dont la forme et la coupe avaient un petit air parisien.

Le dîner fut fort animé, avec des mets exquis disposés sur deux grandes tables fleuries arrangées avec goût. Mon pays intéressait énormément les Français, malgré leur répugnance évidente pour les voyages. Ils semblaient surpris par mon français et mes manières. Ils prenaient sûrement la Russie pour un pays de sauvages et, par certains côtés, ils n'avaient pas tout à fait tort.

La politique revenait sans cesse dans la conversation. Je m'étonnais de la férocité des critiques, des sarcasmes qu'on se permettait à l'égard de Napoléon III et de ses ministres. Le souverain était alors engagé dans la malheureuse expédition du Mexique et les projets antiréformistes de son gouvernement mécontentaient la presse libérale.

Je rassurai mes hôtes sur la vie de Jeanne, car des bruits couraient sur les complots, les tentatives d'assassinat contre la personne d'Alexandre II. Mais les connaissances de mes interlocuteurs m'intéressèrent vivement ; on ne parlait pas tant de « l'âme », de « sentiments » que de peinture, de musique et de littérature. La nouvelle tendance en peinture se dissertait avec passion : ces taches jetées en désordre, cette orgie de couleurs vives choquaient. Moi, cela me donnait envie de me rendre compte par moi-même.

L'un de mes voisins, un ingénieur qui arrivait de Suez, m'expliqua en détail les travaux du canal, assez surpris que je sois au courant de ce projet. Mon autre voisin, un jeune poète romantique, me parla de Baudelaire et de ses poèmes si contestés, avec un enthousiasme tel que je me promis d'acheter dès le lendemain les livres qu'il me conseillait. Hélas, je fus déçue car à cette époque Baudelaire n'était publié qu'en Angleterre.

Au cours de cette soirée, je dansai beaucoup, recevant une foule de compliments sur ma grâce et sur ma prononciation un peu rauque, si envoûtante. Ma tante évoquait sans se lasser la lointaine Russie.

Quant à Irina, ses yeux brillaient, son rire fusait et elle m'annonça, ravie, que quelques-uns des jeunes gens invités partaient pour Nice où ils comptaient bien la revoir.

Le lendemain, j'eus beaucoup de mal à me réveiller. Une accorte femme de chambre ouvrit mes rideaux et m'apporta un copieux petit déjeuner au lit. Quel luxe ! Adélaïde, la petite sœur de Jeanne, proposa de se mettre à ma disposition et me donna un plan de la capitale.

Je prétextai un rendez-vous avec ma tante et je partis me promener seule, contente de cette liberté. Je pris une voiture de louage et demandai au cocher de me conduire à Notre-Dame en choisissant le plus bel itinéraire. Je tentai d'imprimer dans ma mémoire ce que je rencontrai sur mon passage, car il faut être poète pour décrire Paris avec talent, mieux valait garder mes impressions pour moi.

Ce qui me produisit une sensation inconnue, ce fut mon contact avec l'intérieur de Notre-Dame. Je me sentis complètement étrangère en pénétrant dans cet endroit glacial, imposant par son immensité. Aucune communication avec Dieu. C'était une œuvre d'art, certes, mais pour moi, Dieu se trouvait dans mon église de Koursk, riante, familiale, intime avec ses icônes, ses bougies et ses chœurs. Ici, je pensais à Nicolas, à la mort. En sortant, j'eus l'impression d'être minuscule, mais bien vivante.

J'aspirai une grande bouffée d'air et me dirigeai vers les quais. Les gens se pressaient, les amoureux marchaient les yeux dans les yeux, et les petits vieux courbaient le dos sous le vent froid. Je flânai, m'arrêtant devant les bouquinistes, feuilletant les livres, regardant les gravures.

Soudain, à quelques pas de moi, un profil d'homme me fit tressaillir. Sa silhouette ressemblait à s'y tromper à celle d'Alexeï. Je ne pouvais en détacher les yeux. Lorsqu'il se tourna vers moi, je remarquai tout de suite ses yeux, d'un bleu-gris profond. Un sourire naquit sur ses lèvres.

— Puis-je vous être utile à quelque chose ? me demanda-t-il avec un fort accent étranger.

— Excusez-moi, dis-je sans cacher ma déception, je vous avais pris pour un ami.

— Vu votre mine attristée, je regrette de vous désappointer, dit-il en souriant. Je me présente : Wilghlem, je suis allemand et j'étudie la peinture ici. Et vous ?

— De passage à Paris, je visitais Notre-Dame. En sortant, je me suis sentie un peu perdue. J'accepte votre aide. Et j'ai très faim.

C'est ainsi que je me retrouvai assise devant un café crème, des croissants et un inconnu. Un fou rire irrésistible me prit, je n'arrivais plus à m'arrêter. Devant l'air surpris et vaguement inquiet de mon compagnon, je lui expliquai la raison de mon hilarité.

— Vous comprenez, me voilà, moi, Zinaïda, la petite Russe tout droit sortie de ses steppes lointaines, en compagnie d'un parfait étranger – et en plus à Paris. Quelle jubilation !

— Eh bien moi, je suis ravi du hasard qui m'a fait rencontrer quelqu'un d'aussi spontané. Je vais bien sûr vous affirmer que je suis un garçon tout à fait respectable. Le croirez-vous ? Peu importe ! Nous sommes là, ensemble, racontez-moi ce que vous faites à Paris.

Je lui exposai les raisons de mon séjour, l'attrait que j'avais toujours eu pour les voyages, l'intérêt passionné que je portais à la peinture. Sans oublier mon désir de profiter au maximum de mon passage dans la capitale pour progresser en dessin.

Wilghlem proposa de m'emmener visiter l'École des beaux-arts, et nous prîmes rendez-vous pour le lendemain. Comment exprimer ma joie à l'idée de découvrir Paris avec cet homme au visage résolu, au regard discret et profond qui m'inspirait confiance ?

L'après-midi, je rejoignis ma tante et Irina pour une longue tournée des musées, au terme de laquelle nous ne tenions plus sur nos jambes. En apprenant ma rencontre avec Wilghlem, Irina applaudit sans réserve tandis que ma tante, qui croyait pourtant en mon bon sens, manifesta quelque inquiétude.

Le soir, mes amis m'emmenèrent au théâtre voir une pièce de Marivaux. La langue française si musicale, le sujet léger et distrayant, l'ambiance à l'entracte, les conversations ajoutés à l'élégance et à la beauté des femmes… c'était le Paris de mes rêves.

Le lendemain, je retrouvai Wilghlem devant l'École des beaux-arts. Cette école jouissait d'une grande réputation, mais son enseignement ne correspondait pas aux idées esthétiques de mon compagnon. Il aimait la nature, le plein air et se sentait plus proche des peintres qui s'opposaient à ce que l'on appelait le «grand art».

Il me parla d'une école très connue, celle de Thomas Couture à laquelle nous nous sommes rendus. Il me présenta quelques amis et le maître Thomas Couture vint me parler. Apprenant que j'étudiais le dessin, il me proposa de faire une étude d'après le modèle féminin qui posait pour un sujet mythologique. Je reçus un papier, un fusain et pour tout encouragement un bref « allez-y ».

D'abord affreusement intimidée, je n'osai lever les yeux puis, discrètement, j'inspectai l'assistance, tout en ayant l'air d'étudier le modèle. Réalisant que, absorbé par le travail, nul ne me prêtait attention, j'observai le modèle : drapée dans une tunique, la main droite invoquant le ciel, la gauche posée sur son cœur, elle me parut ridicule et empruntée. Décidant de l'humaniser, je la représentai devant une rangée de maisons, vêtue de haillons et demandant la charité à un personnage regardant d'un balcon.

Toute à mon esquisse, je n'entendis pas le maître arriver derrière moi. Je sursautai, lorsque, avec un gros rire, il s'exclama :

— Ma parole, mais c'est une nihiliste russe. La voilà qui transforme notre matrone antique en pauvresse des rues !

Je rougis, fort gênée d'être devenue l'objet de la curiosité générale.

Après avoir examiné les dessins des autres élèves, nous partîmes au *Guerbois*, un café surnommé l'« école des Batignolles », où poètes, écrivains et peintres se retrouvaient.

J'eus droit à quelques compliments de la part des élèves et même du maître. Étaient-ils sincères ? Je n'y croyais pas vraiment. Wilghlem, en revanche, avait l'air sidéré par mon dessin, il me parlait maintenant peinture comme à une professionnelle. Mon compagnon m'indiquait les noms de nos voisins de table. Il y avait Zola, Fantin-Latour, Whistler, personnages qui m'étaient inconnus, et bien d'autres dont j'ai oublié les noms. J'entendis parler d'un certain Manet qui était alors en Espagne. J'essayai d'enregistrer tout ce que j'entendais, pensant que peut-être plus tard ce seraient des souvenirs inestimables. J'étais si bien dans cette ambiance, près de Wilghlem qui me disait éprouver la même sensation. Plus que trois jours à Paris ! Nous voulions les passer ensemble à discuter peinture.

Jamais je ne m'étais sentie aussi à l'aise avec un homme. Oubliés mon pays, mes coutumes, mes soucis… Paris me donnait une impression de totale indépendance et je commençais à comprendre l'attachement des artistes étrangers pour cette ville qu'on avait tant de mal à quitter. D'où venait cette attirance ? Peut-être de sa lumière si particulière, des méandres capricieux de la Seine, des quais, des jardins. L'élégance des femmes, la galanterie des hommes y contribuaient sûrement aussi.

Adélaïde m'emmena chez une modiste, puis dans la plus célèbre maison de couture, celle de l'Anglais Worth, qui présentait ses modèles sur des mannequins vivants. Le soir, le dîner au restaurant fut suivi d'un vaudeville sur les Grands Boulevards. Je consacrai la journée du lendemain à faire des courses avec Irina et ma tante.

Toutes ces festivités ne m'empêchaient pas de retrouver Wilghlem, discret sur sa vie privée, mais toujours disponible pendant mon séjour. Juste avant de nous quitter, je lui demandai de faire avec moi quelques pas sur les quais, comme la première fois. Instinctivement, je lui pris le bras et il serra ma main dans la sienne ; nous marchions sans parler, heureux de ces instants fugitifs. Au moment de nous séparer, nos yeux se rencontrèrent, Wilghlem m'embrassa.

— Promettez-moi de m'écrire, je suis tellement bien avec vous ! Vous savez, un jour je viendrai vous rejoindre en Russie, me dit-il.

Cela me fit rire. Et pourtant, la vie est si curieuse parfois.

Dans le train qui nous emmenait à Nice, toutes ces impressions nouvelles occupaient mon esprit et j'avais un peu de mal à m'intéresser au babillage incessant d'Irina.

Nous arrivâmes à Nice par un clair matin, et ma première sensation fut une odeur extraordinaire faite de cannelle, de pin et d'air marin. Je remarquai la douceur du ciel, le balancement des palmiers, le jaune des mimosas, le rouge des géraniums… et surtout la mer gris-bleu. Nous étions en décembre et cependant je me serais crue au début d'un été russe. L'accent méridional mêlé d'italien me charmait. « Ce voyage, quelle chance inouïe ! Merci, mon Dieu », murmurai-je du plus profond de mon cœur.

Notre villa s'appelait *Les Bougainvillées*. Toutes les fenêtres donnaient sur des terrasses, et le jardin descendait en paliers jusqu'à la mer. Au rez-de-chaussée, un grand salon était meublé de canapés profonds et de fauteuils au tissu fleuri. Le parquet reluisait, des consoles et des glaces ornaient la pièce ainsi que des gravures représentant le pays et des têtes d'enfants.

Les gardiens ne ménageaient pas leurs efforts pour rendre notre séjour agréable. Marie, grosse femme à l'accent chantant, était cuisinière et femme de chambre ; son mari, Justin, jardinier, maître d'hôtel, cocher. Juliette, une jeune fille du village, les secondait.

Notre première journée fut consacrée au choix des chambres et au rangement de nos affaires. Après un délicieux déjeuner, légumes crus, olives, anchois, poissons grillés et tarte maison, nous descendîmes prendre le café au jardin, munies de nos ombrelles, car malgré la saison, le soleil était lumineux. Je n'abritai pas mon visage et me laissai caresser par ses rayons, au risque de prendre quelques couleurs.

Le lendemain matin, la calèche nous emmena au marché, animé et bruyant. Les gens avaient le rire facile, les discussions allaient bon train. Les cris des maraîchères vantant leurs produits, les monceaux de poissons, les légumes inconnus… Nous voulions tout acheter, tout goûter. Un peu plus loin, au marché aux fleurs, nous fûmes émerveillées par les couleurs chatoyantes et les senteurs enivrantes. J'appris que la plupart des variétés, notamment ces fleurs appelées glaïeuls choisies par Irina, étaient cultivées dans des serres. Nous consacrâmes l'après-midi aux magasins, et pour clore cette journée, tante Élisabeth m'offrit une ravissante robe bleu lavande, en moussecline vaporeuse, agrémentée de volants de dentelles. Ma première robe française…

Quelques jours après notre arrivée, je reçus une

lettre de Wilghlem me disant combien je lui manquais. Il m'oublierait certainement très vite, mais c'était bon de se savoir désirée.

Un beau matin, Hubert de Saint-E., ce jeune homme si empressé auprès d'Irina lors de notre première soirée parisienne, se présenta à la villa et, de ce jour, ne nous quitta plus. Nous rencontrâmes ses parents, des Niçois charmants qui semblaient enthousiasmés par la conquête de leur fils. Celle-ci était d'ailleurs transformée : plus de toux, de pâleur, de langueur. Au contraire, une énergie incroyable et tant de rêves dans ses grands yeux. Cette nouvelle Irina et son amour naissant me rappelaient ma propre métamorphose, mon amour déçu. J'en avais presque mal physiquement.

Ce mois passa trop vite. Les promenades dans les environs, entre Cannes et Monaco, les pique-niques organisés par Hubert et ses amis, sans oublier les soirées, les concerts, le théâtre. Et même, à la demande expresse de Wilghlem, qui m'écrivait régulièrement, une séance chez le photographe à l'issue de laquelle, me trouvant presque belle, je commandai plusieurs photos.

La séparation entre Hubert et Irina fut un déchirement. Début janvier, nous quittâmes Nice, pour séjourner vingt-quatre heures à Paris et faire nos adieux aux parents de Jeanne. J'emportai une malle entière de cadeaux pour leurs enfants chéris. Je vis rapidement Wilghlem. Et nous étions en route pour notre lointain pays.

Le retour fut silencieux, chacune était plongée dans ses souvenirs. Je revoyais le réveillon du

31 décembre chez les parents d'Hubert, où Irina avait reçu un très joli camée en cadeau d'adieu, tante Élisabeth une gravure de Nice et moi un éventail. Aucun vœu ne m'était venu à l'esprit aux douze coups de minuit. J'étais gaie et reconnaissante des moments vécus. J'attendais que le sort décide de ma vie.

7

À notre arrivée à Saint-Pétersbourg, la neige, le froid et le ciel gris étaient au rendez-vous. Je passai deux jours avec ma mère et Anna venues me retrouver chez tante Élisabeth. Il fallut tout leur raconter, et puis recommencer pour Jeanne qui attendait la visite de sa sœur Adélaïde au printemps.

J'offris à Anna un châle pour camoufler ses rondeurs, un très joli sac à ouvrage à maman, un bonnet de dentelle à ma niania que je n'avais pas oubliée. Et pour mon père, un livre sur Nice, magnifiquement illustré.

Ce fut un choc de retrouver Smolny pour cette dernière année, un retour brutal dans l'enfance. La vue d'Hélène raviva sur-le-champ les sentiments que j'avais enfouis pendant ce mois à l'étranger. Je n'osais lui demander des nouvelles d'Alexeï, malgré mon désir fou de le revoir, d'être auprès de lui. Rien n'avait pu détruire ma passion, ni l'éloignement ni le fait de plaire à d'autres hommes.

Je me remis sérieusement au travail et m'appliquai particulièrement en littérature et en dessin, me plongeant dans les livres rapportés de France. La clarté d'expression de Zola me plut, *La Dame aux camélias* de Dumas me rappela l'atmosphère des salons parisiens, brillants et légers comme des feux d'artifice.

À Paris comme à Nice, j'avais été en contact avec bon nombre de Français, et j'aimais leur sens de la repartie, leur esprit moqueur, la rapidité et la clarté de leur raisonnement. Souvent, d'une simple boutade surgissaient, au fil de la conversation, des réflexions profondes et justes. Je les admirais beaucoup, ils étaient divertissants et surprenants. J'allais souvent chez ma tante bavarder avec Irina et je rencontrais parfois Vladimir, qui était enchanté de mon retour mais n'aimait pas m'entendre évoquer mes amis français et surtout pas Wilghlem.

Le printemps était là, les vacances de Pâques approchaient et je me faisais une fête de mon prochain séjour chez Anna. Hélas ! je dus renoncer à tous ces beaux projets. En mars, une lettre de ma mère m'annonça que mon père avait eu une attaque. Elle me demandait de rentrer immédiatement à la maison. Je partis avec Anna, venue me rejoindre à Saint-Pétersbourg. Elle était enceinte de six mois. Notre mère lui avait instamment recommandé de ne pas bouger, mais il ne pouvait en être question, surtout pour papa qui lui était si cher. À notre arrivée, une mauvaise nouvelle nous attendait.

Une autre attaque l'avait frappé et cette rechute, si rapprochée, inquiétait le médecin qui ne nous cacha pas son pessimisme : une troisième alerte serait fatale. Notre père nous reconnaissait mais parlait avec difficulté, une partie de son corps étant paralysée.

Maman conservait son calme, s'occupant de tout, dirigeant la maison comme à l'accoutumée et nous questionnant sur nos vies. Nous nous relayions auprès de papa. Anna surtout restait auprès de lui avec son tricot. Maman et moi sentions combien sa présence le rendait heureux. Cinq jours passèrent sans aucune amélioration. Au matin du sixième jour, la garde réveilla ma mère et lui annonça que papa était mort durant son sommeil.

Complètement désorientée, j'avais l'impression qu'une autre personne agissait à ma place, lorsque je reçus les amis et voisins venus témoigner leur sympathie. Le matin de l'enterrement, il y avait une foule énorme dans l'église et au-dehors. Les paysans venaient manifester leur reconnaissance pour une liberté acquise avant le fameux décret.

Le moment le plus pénible fut le retour à la maison. Elle me sembla si froide. Je pensais à mon enfance, à ce père si rieur, à Nicolas. Était-ce bien nous, ces gens heureux ? Pourquoi fallait-il vieillir, souffrir ? Nous nous trouvions dans le salon avec tante Élisabeth venue nous rejoindre, incapables de parler, encore moins d'imaginer l'avenir.

Et pourtant, il fallut bien envisager la situation. Anna avait déjà une vie établie, un foyer ; elle serait bientôt mère. Ma tante, la première, proposa une solution :

— Maria, tu ne peux vivre seule dans cette maison, laisse-moi te chercher un appartement à Pétersbourg. Tu seras près de tes filles. Zina aura fini Smolny en août, vous pourrez alors déménager, mais en attendant, viens habiter chez moi.

— Élisabeth, ta proposition me touche beaucoup, mais je ne puis me résoudre à quitter si vite
cette maison, j'aurais l'impression de trahir Pavel en
désertant.

— Maman, dis-je, laisse-moi rester avec toi, tant
pis pour la fin de mon année scolaire.

— Certainement pas, tu dois terminer tes études,
tu es une si brillante élève.

Tante Élisabeth intervint alors :

— J'ai une autre idée. Je demande un congé aux
parents d'Irina, et je m'installe ici avec toi.

Anna ne nous laissa pas répondre.

— Merci, ma tante, c'est certainement la meilleure
solution puisque ni Zina ni moi ne pouvons demeurer
auprès de toi, maman. Je voulais t'emmener avec moi,
mais je comprends ton refus de partir. Et puis, dans
trois mois, j'aurai mon enfant. Tu seras bien obligée
de venir auprès de nous.

— Je suis navrée de bouleverser vos vies. Ma chère
Élisabeth, j'accepte ta proposition et je t'en remercie
du fond du cœur.

Quel soulagement de laisser ma chère maman en
de si bonnes mains ! Nous restâmes jusqu'au retour
de ma tante, partie à Pétersbourg prévenir la famille
d'Irina.

Je ne parlais pas de mon père avec maman,
connaissant son caractère semblable au mien. Je savais
qu'elle n'aimait pas faire part de sa douleur à
quelqu'un d'aussi proche que sa propre fille, sans
doute par crainte de trop s'attendrir. Anna, préve-
nante, plus pondérée, s'était épanouie et son visage
respirait la sérénité. Elle m'invita à nouveau chez elle,

avec Génia, en avril, mais je déclinai son offre, préférant retrouver maman pour Pâques.

De retour à Smolny, je repensai à papa avec tendresse. Tout comme Anna je savais que depuis la mort de Nicolas, il voulait quitter la vie, doucement comme il l'avait fait.

Depuis plusieurs années déjà, je m'étais éloignée de mes parents, mais j'avais toujours gardé une image heureuse de mon enfance.

Peu après mon retour à Pétersbourg, je reçus la visite de Mme Skoroubsky, la mère d'Irina. À la demande de tante Élisabeth, elle nous avait trouvé un appartement qu'elle m'emmena visiter. Il comprenait un salon, une salle à manger, un boudoir, quatre chambres, une cuisine, une lingerie, trois pièces pour les domestiques et surtout deux entrées indépendantes. Nous avions également la disposition d'une partie du jardin.

Je m'y plus tout de suite. La propriétaire, Nadiejda Petrovna Elisseeff, veuve, venait de marier sa fille unique. Elle semblait douce et charmante. Je me dis que ma mère comblerait un peu sa solitude en trouvant une amie.

La possibilité de commencer les travaux en juillet et d'emménager en septembre nous convenait parfaitement, et je donnai sur-le-champ mon accord.

Je sentais que je devais protéger maman, l'entourer de mon affection, alléger ses responsabilités et lui organiser une vie paisible et confortable. Tante Élisabeth s'y employait aussi et la préparait à ce déménagement avec beaucoup de tact. Leurs liens de parenté se renforcèrent à cette occasion d'une amitié profonde.

Je voyais régulièrement Vladimir et nous allions ensemble au spectacle, patiner, ou prendre le thé. Lors d'un concert, il me déclara sa flamme tout en précisant qu'il était prêt à patienter le temps nécessaire. Pour construire ma vie, j'aurais préféré – à défaut d'Alexeï – Wilghlem, avec qui j'avais tant d'affinités. Mais que savais-je de lui, de son caractère, de sa famille ? Avec Vladimir, je ne prenais pas de risques. C'était un parent éloigné, fort cultivé, toujours de mon avis – peut-être trop, à mon goût. Mais de là à envisager un mariage de raison, une vie plate et résignée… J'avais le temps, je ne voulais rien brusquer, et je ne le décourageai pas tout en lui avouant qu'un autre homme occupait mes pensées, un amour impossible puisqu'il allait se marier au printemps prochain.

Maman demeurait à Koursk où elle mettait de l'ordre dans les affaires de papa. Le notaire l'avait mise au courant de notre situation financière qui se révéla peu brillante. Le testament de papa attribuait à ma mère le domaine de Koursk, à ma sœur et à moi une propriété en Crimée, mais les modestes revenus qu'il nous laissait nous obligeaient à vendre Koursk.

Désormais, notre nouvelle maison de famille se situerait en Crimée. Anna et moi envisagions sans trop de regret la perte du berceau de la famille car il nous rappelait maintenant trop de tristes souvenirs. Maman, elle, aurait certainement beaucoup de mal à s'arracher à cette demeure où s'étaient déroulés les principaux épisodes de sa vie. Mais que faire ?

En quittant Smolny, je craignais de perdre mes deux amies intimes, Génia et Hélène. Bien sûr, l'amitié n'a qu'un temps, et souvent, au fil des ans, l'on n'a plus aucun contact, mais ce ne fut pas le cas. Génia partait prochainement chez Anna retrouver Don, quant à Hélène, qui devait épouser Igor à Noël, elle était plongée dans les préparatifs du mariage d'Alexeï. J'insistai pour qu'elle me raconte l'événement dans le détail, car, connaissant le sentiment qui m'attachait à lui, elle n'osait pas m'en parler de peur de me peiner.

Le destin me réservait cependant un bonheur intense.

Souvent, pendant mes après-midi de liberté, je me promenais un peu au hasard dans Pétersbourg. Un jour, une force irrésistible m'entraîna vers la demeure des parents d'Hélène et je contemplai avec mélancolie le porche quand, soudain, je vis surgir Alexeï qui venait droit sur moi, absorbé dans ses pensées. Mon cœur se mit à battre et, d'une voix enrouée par l'émotion, je murmurai : «Alexeï». Je lus une grande joie dans son regard et je lui tendis la main.

— Viens, me dit-il.

Je le suivis, comme envoûtée, dans une maison silencieuse et déserte. Le vestibule, l'escalier, sa chambre et déjà, j'étais dans ses bras, ivre de bonheur à l'idée de lui appartenir avant son mariage. Je me déshabillai lentement, calmement, chaque mouvement me semblait naturel. Alexeï me regardait, son désir égalait le mien. Je me donnai avec une passion dont j'avais pressenti l'ampleur. La pénombre qui envahissait la pièce nous fit sortir de cet état impossible à décrire. Cela avait-il duré une seconde, une éternité ?

Je retrouvai Alexeï quatre jours de suite, inventant des prétextes variés pour justifier mes sorties. Je flottais dans un monde irréel, plongeant de tout mon corps dans une vague de sensualité partagée. J'étais femme et comblée. Hélas, le temps courait si vite…

Nous nous sommes séparés avec désespoir, sans un mot. Juste une dernière étreinte et je m'en allai, consciente d'avoir obtenu ce que j'avais tant espéré. Bien des femmes ne connaîtraient jamais de pareils instants au cours de leur existence.

Je me replongeai dans les études. De temps à autre, je recevais des nouvelles de Wilghlem, qui regrettait encore la brièveté de notre rencontre et me racontait ses enthousiasmes et ses déceptions en peinture. Dans une de ses lettres, il m'annonça la venue, en octobre, d'un de ses cousins nommé professeur de littérature allemande à Pétersbourg. Il lui donnerait mon adresse afin qu'il vienne me voir.

En retrouvant ma mère à Koursk pour Pâques, j'étais persuadée qu'elle allait tout deviner et je n'osais la regarder en face, mais il n'en fut rien. Elle me posait beaucoup de questions sur cet appartement qui devait devenir notre nouvelle demeure. Je savais qu'elle avait hâte, à présent, de quitter la maison. Je m'enfonçais dans le passé, je me revoyais dans le parc avec mon frère et Anna, j'allais au village voir les compagnons de nos jeux d'enfants, je me promenais dans cette forêt sombre et dense qui autrefois nous terrifiait. Nous avions la tête pleine de contes de fées et nous croyions entendre, dans le bruissement des trembles et des bouleaux, le pas des loups et le rire des sorcières.

Le jour de Pâques, je dus trouver un prétexte pour éviter de me confesser et de communier à la messe de minuit, et j'en éprouvai quelque remords. Le soir, dans ma chambre, mes rêves se transformaient en roman d'amour. Alexeï me prenait dans ses bras et j'oubliais tout dans son étreinte. Je me réveillai insatisfaite, la gorge serrée à la perspective de l'avenir. Impossible d'oublier le mariage de mon amant, qui venait d'avoir lieu. Quand le reverrais-je ? J'avais vécu de chimères. Et maintenant tout mon corps n'était que désir.

J'essayai de me distraire, de ne pas rester prisonnière de cette passion. Je dessinai notre maison, certains endroits qui m'étaient chers et que je ne reverrais plus, et je relisais les ouvrages concernant l'histoire de notre grande Russie, même si leur version des événements me paraissait parfois contestable.

Nous parlions souvent, maman et moi, de notre futur appartement qu'elle connaissait déjà et qui lui plaisait beaucoup. Elle avait aussi rencontré la propriétaire, Mme Elisseeff, et elles avaient immédiatement sympathisé.

Nous avions décidé d'emmener avec nous à Pétersbourg Macha la femme de chambre, Trofim le cocher, Fedossia la niania, ainsi que sa fille qui était notre cuisinière. Tous nos domestiques voulaient nous suivre. Ils étaient libres et profondément attachés à notre famille. L'un de nos voisins et amis rachetait le domaine pour son fils et, trop content de trouver une maison déjà organisée, il gardait le reste des serviteurs.

Dès mon retour à Smolny, j'eus droit, par l'entremise d'Hélène, au récit détaillé du mariage : la robe de Larissa, sa beauté rayonnante, l'air sérieux, un peu absent d'Alexeï, leur voyage de noces en France et en Italie. Tout cela me fit mal, mais n'avais-je pas demandé moi-même à mon amie de m'infliger cette torture ?

À la demande de ma mère, partie fin juin à Tsarskoïe Selo pour l'accouchement d'Anna, je m'occupai entièrement de l'aménagement de l'appartement. Son premier petit-fils, Georgui, naquit le 29 juin 1866, pour la plus grande fierté de toute la famille.

Génia retrouva également Smolny pour finir son année. Les parents de Don, heureux du choix de leur fils, faisaient mille projets pour la vie future du jeune couple. Toutes mes amies voyaient petit à petit leur sort se dessiner. Je restais seule, sans aucun avenir, avec mon impossible amour !

Ce dernier trimestre à l'institut se passa sans incident particulier, avec, au moment des adieux, les larmes traditionnelles des *pepinierki* qui partaient chacune de leur côté suivre une voie qui pour elles était souvent déjà tracée. Smolny me laisserait, sans aucun doute, une empreinte indélébile.

Je revins ensuite avec tante Élisabeth retrouver maman à Koursk pour mon ultime été dans la maison de mon enfance. Nous passions nos journées à classer, ranger, emballer, nous avions tant de bibelots, livres, meubles, vaisselle à emporter. Quel travail fastidieux ! Mais au moins, cela chassait la mélancolie. Et puis, il y avait ma tante, dont le sens pratique nous était d'un grand secours.

Les travaux étaient très avancés dans notre appartement et nous pourrions déménager début septembre, comme prévu. Le jour du départ, maman, qui dirigeait les opérations, donnait l'impression de partir en voyage. Ni larmes ni faiblesse, pas même au moment où paysans et serviteurs réunis pour les adieux manifestèrent bruyamment leur chagrin.

Dans la voiture, ma mère poussa un profond soupir et ce fut sa seule marque de tristesse. Comme j'admirais son courage ! J'avais envie de la serrer dans mes bras mais nous préférions éviter les effusions et nous restions silencieuses, seules avec notre chagrin.

Ma tante, les domestiques partis avec elle pour préparer notre arrivée et Mme Elisseeff nous attendaient devant la maison. L'appartement sentait encore le neuf. Le salon, tout éclairé, était empli de nos objets familiers, des bibliothèques encadraient une cheminée surmontée d'une glace, une superbe peau d'ours blanche s'étalait devant le feu, entre deux canapés. Un autre coin confortable s'organisait autour du piano, avec des fauteuils, une table, des fleurs. Une vie nouvelle commençait. Un léger sourire éclaira le visage grave de maman. Dans la chambre, les meubles apportés de Koursk nous donnaient l'illusion d'être chez nous. Les rideaux et les sièges recouverts d'un tissu à grosses pivoines, dans les tons rose et vert, égayaient l'ensemble. Je m'étais inspirée des intérieurs que j'avais vus à Paris et à Nice pour créer une ambiance intime et chaleureuse. J'étais fière que maman me complimente sur mon goût.

8

Il nous fallut un certain temps pour nous accoutumer à cette nouvelle existence. Nous avions perdu le prestige de la terre, notre monde, pour celui des citadins. Le contact avec la nature, la maison toujours ouverte, les voisins qui passaient nous voir à toute heure, c'était bien fini. Notre deuil récent permettait à ma mère de remettre à plus tard les visites obligatoires. Pour ma part, je retrouvai avec plaisir beaucoup d'amies de Smolny, sans compter Irina et aussi Vladimir, qui prit l'habitude de venir à l'heure du thé et qui plaisait assez à maman.

Pour célébrer mes dix-huit ans, mon cousin m'invita à un concert et, après m'avoir raccompagnée, juste avant de me quitter, il me demanda :

— Veux-tu être ma femme ?

Touchée par la simplicité de sa déclaration à brûle-pourpoint, je ne dis pas non, tout en lui faisant comprendre que mon deuil m'interdisait d'y songer si tôt. Il me prit alors dans ses bras et me couvrit de baisers. À ma grande surprise, je partageai son émoi et j'éprouvai même quelque honte à admettre que son corps ne me laissait pas insensible. Mais à quoi bon ne pas reconnaître que l'amour physique faisait partie de ma nature. J'aimais bien Vladimir : je savais qu'un jour, je serais sa femme.

C'est alors qu'un autre homme fit irruption dans ma vie. Par un après-midi d'octobre, un étranger sonna à notre porte et s'inclina devant moi en claquant des talons :

— Permettez-moi de me présenter, je suis Berthold Weiss, le cousin de Wilghlem.

Je fus impressionnée par son allure. Il était grand, blond, très beau. Son regard autoritaire et incisif me troubla.

Il poursuivit, un peu comme s'il s'agissait de faire un rapport :

— Arrivé il y a quinze jours à Saint-Pétersbourg, j'ai trouvé un logement, j'ai effectué une visite au collège où je vais enseigner, j'ai contacté quelques amis. Puis, libéré de toutes ces obligations, j'ai sonné à votre porte.

— Soyez le bienvenu, Berthold. Nous allions prendre le thé, restez donc avec nous, j'aimerais vous présenter à ma mère.

Il créait par son ton neutre et sa politesse extrême une ambiance un peu guindée. Son regard me glaçait et m'attirait à la fois. Je me réjouissais de l'absence de Vladimir, pressentant qu'ils ne sympathiseraient pas. Ma mère le questionna sur sa famille, ses goûts. Berthold appartenait à une famille prussienne et son père, l'oncle de Wilghlem, était avocat. En l'écoutant, je cherchais vainement chez ce fils unique le côté rêveur, le tempérament artiste, qui m'avaient séduite chez son cousin.

Berthold s'intéressait à la Loi, à la Justice, aux rapports humains, à la vie des peuples, et quand il abordait l'un des thèmes qui lui tenaient à cœur, sa raideur, son débit saccadé disparaissaient. Il savait alors se montrer persuasif, jouer de son charme, et ses yeux gris-bleu perdaient leur éclat métallique.

J'étais fascinée.

Le cousin de Wilghlem prit l'habitude de passer après le dîner et, maman partie, nous restions à discuter des heures. Il avait pour maîtres Hegel et Marx et se sentait investi d'une mission : venir en aide à tous les opprimés.

Feuerbach, le père de la philosophie moderne, le *Que faire ?* de Tchernychevski écrit en prison... voilà ce que je lisais désormais. Petit à petit, Berthold me persuada que les tsars étaient des tyrans et que notre religion était arriérée, pleine de superstitions. Dieu ? Le diable ? Des vues de l'esprit, la première destinée à nous rassurer à l'heure de notre mort, la seconde à nous terrifier afin de nous rendre dociles. Nous devions substituer à ces idoles défuntes ces « hommes nouveaux » inspirés des philosophes et pour lesquels toute croyance nécessite un fondement scientifique.

J'éprouvais bien des difficultés à renier ma foi, à regarder mes parents comme des personnes anonymes ne méritant ni affection ni respect, à chasser Dieu de ma vie quotidienne.

Pourtant, ces théories ne me laissaient pas insensible. Je ne pouvais remettre en cause mon amour pour ma mère, mais Dieu, que je considérais comme le guide de mon âme ? Au fait, avions-nous vraiment une âme ? La vie frivole de notre société, le manque d'idéal me poussaient à chercher un sens à mon existence, à m'engager dans un combat, et puis, pourquoi le nier ? Berthold me tenait sous son emprise, je buvais ses paroles. Un soir, je me décidai :

— Berthold, je crois profondément en cette cause que vos amis et vous défendez. Je veux adhérer à votre mouvement, y consacrer mon énergie, en faire le but de mon existence.

Il m'avertit :

— Il vous faudra supporter la discipline de notre groupe, maîtriser l'hypersensibilité féminine, réprimer vos élans sexuels et dénouer les liens familiaux.

Peu à peu, devant mon entêtement et mon enthousiasme, il se laissa convaincre et accepta de m'intégrer à son groupe. Ainsi commença pour moi une nouvelle vie, celle de militante au sein de l'Œuvre.

Il commença par m'amener à des réunions. Dès la première fois, je m'aperçus du silence qui régnait quand il prenait la parole ; son ton persuasif en faisait un grand orateur. En observant les membres du groupe, je vis surtout des hommes jeunes : des instituteurs, des étudiants, quelques étrangers et des artistes. À ma grande surprise, aucun homme de mon milieu, ni de riches commerçants, peu de femmes, plutôt laides et entre deux âges ; en les regardant, je me fis cette réflexion : « Qui se ressemble s'assemble. » Il y avait des anodines dans mon genre, certes pas des beautés.

J'écoutais avec attention les aspirations, les améliorations souhaitées dans notre pays pour une vie juste avec des biens équitablement répartis. Petit à petit, notre idéologie gagnerait tous les continents. La sincérité, l'élan de tous ces gens exaltaient mes propres convictions, je buvais les paroles de Berthold, qui devenait pour moi une sorte de prophète.

Je ne pensais plus à rien d'autre, circulant dans la vie courante comme un automate.

Ma mère essaya de me questionner sur ces sorties nocturnes. Je lui racontai que des cours de philosophie et de littérature me prenaient mes soirées, mon professeur n'étant libre qu'à ces moments-là. Pauvre maman, si naïve et facile à tromper !

Vladimir me demanda également des précisions sur mes relations avec Berthold. J'essayai de lui transmettre mon enthousiasme mais sans y parvenir, car il avait des idées bien ancrées et mes théories idéalistes ne le séduisaient nullement. Il me mit en garde, me conseilla de bien approfondir ce que j'entendais raconter au cours des réunions et de garder toute ma lucidité.

De jour en jour je participais plus activement aux débats, en tant que secrétaire préparant les discours de Berthold et annotant ses réflexions. J'y consacrais des heures, entrecoupées des nouvelles lectures qu'il me recommandait.

À Noël, j'assistai au mariage d'Hélène. J'appréhendais ce moment, sachant y rencontrer Alexeï. J'avais beau me dire que l'amour ne comptait plus, que seuls le bonheur et l'union des humains avaient de l'importance, mes théories furent balayées par les battements précipités de mon cœur en le voyant. La sérénité s'éloignait de moi.

Le mariage avait lieu à Saint-Pétersbourg, une foule d'invités se pressa à l'église, puis un souper et un bal terminèrent la cérémonie. Hélène me parut radieuse, reflétant le bonheur. Je retrouvai avec plaisir pas mal d'amies de Smolny. Ce fut une réunion très mondaine et élégante. Je circulais de groupe en groupe, quand j'aperçus Larissa. Sa robe en faille rouge lui allait à ravir. Elle portait un collier de perles qui faisait ressortir l'éclat de sa peau et de ses cheveux sombres. Et quelle aisance ! J'avais choisi pour la circonstance une robe couleur parme, en tulle, avec les épaules découvertes et les cheveux relevés dégageant mon cou. Mais comment rivaliser avec l'assurance et la beauté de ma rivale ? Je me demandai si Alexeï aurait le courage de venir à moi. Oui, il s'avança et me salua d'un banal bonsoir.

Pour le souper, Ludwig me pria de prendre place à sa table. Il me présenta à une très belle femme, une célèbre cantatrice française. Je compris vite que c'était sa nouvelle passion. Le cousin de Jeanne exprima le souhait d'être mon voisin. Je l'avais rencontré à Paris. Il sembla très content de trouver une âme sœur parmi cette foule d'inconnus. Je me sentais gaie et heureuse. Ma « conversion » et Berthold s'estompaient. Les toilettes et les parures somptueuses, le champagne qui coulait à flots… je me plongeai avec délice dans cette ambiance de fête.

À la fin du souper, Alexeï vint tout naturellement s'asseoir entre son frère Ludwig et moi, se mêlant à la conversation, et je lus dans son regard cherchant le mien une profonde tendresse qui m'alla droit au cœur. Malgré son mariage, il ne m'avait pas oubliée.

Quand l'orchestre attaqua la première valse, Ludwig s'envola dans les bras de sa cantatrice, Alexeï rejoignit Larissa et le cousin de Jeanne s'inclina devant moi.

Tout en dansant avec mon cavalier qui se montrait fort empressé, je surveillais du coin de l'œil Alexeï et sa femme : difficile de le nier, ils formaient un beau couple.

En fin de soirée, libéré de ses obligations, Alexeï s'approcha de moi.

— Enfin, Zina, je peux te parler. J'ai tant attendu cet instant, j'ai tellement de questions à te poser et si peu de temps. Mais dis-moi d'abord, quel est cet homme que tu vois si souvent ?

— Berthold ? Comment es-tu au courant ?

— Quand on aime comme je t'aime, on sait s'informer. Qui est ce Berthold ?

Je lui expliquai comment j'avais connu Berthold, sans toutefois préciser la nature de nos relations. Pourquoi serais-je la seule à me ronger de jalousie et à désespérer ?

— Bien sûr, tu as raison, répondit-il, l'air abattu. C'est ma faute, je n'ai aucun droit sur ta vie. Mais je peux t'avouer que je regrette amèrement mon mariage. Sans cesse, je revois ton visage, ton corps. J'ai besoin de ta présence, intensément. Je te le jure.

— Trop tard, à chacun son destin, c'est toi qui l'as voulu ainsi.

Je ne reconnaissais pas ma voix, froide, impersonnelle, quand mon cœur débordait de tendresse. À la vue de la tristesse qui voilait son regard, je murmurai :

— Mon Alexeï, je t'aime plus que jamais.

La danse se terminait et quand il me quitta, une lueur d'espoir brillait dans ses yeux.

Ainsi, oubliant mes fermes résolutions, j'avais succombé aux élans de mon cœur. Cette faiblesse passagère me faisait honte et je me jetai encore plus à fond dans la Cause. Mes diverses activités se multipliaient : porter des tracts chez un imprimeur, faire passer des messages clandestins, des articles à recopier dont les auteurs habitaient Zurich, comme la plupart des têtes pensantes du mouvement. Je croyais vraiment être le modeste maillon d'une chaîne de solidarité qui, à terme, atteindrait son ambitieux objectif : faire le bonheur du genre humain. Peu importaient le temps, les efforts que nécessiterait notre tâche, puisque l'objectif me paraissait juste. Je ne voyais que le côté altruiste, désintéressé de mes compagnons. Il ne me venait pas à l'idée qu'un mouvement révolutionnaire pouvait porter en lui des intrigues, des rivalités et des haines. Peut-être cet idéalisme provenait-il de mon éducation religieuse ?

Pour ce premier réveillon dans notre nouvelle demeure, maman avait invité tante Élisabeth, notre propriétaire Mme Elisseeff et mon cousin Vladimir. En me souhaitant une bonne année, maman me dit :

— J'espère que tu trouveras le bonheur et que tu

me feras davantage partager ta vie. J'ai besoin de ta confiance, de ton affection.

Ma mère n'était pas de nature expansive, aussi ses paroles me touchèrent-elles profondément. Je me reprochai mon égoïsme, ma négligence à son égard et je me promis d'y remédier.

C'est pourquoi, lorsque Berthold me proposa de l'accompagner dans une ville où il donnait une conférence, je répondis :

— C'est impossible, ma mère vit avec moi et je ne peux la quitter brusquement sans raison.

— J'ai absolument besoin d'une secrétaire, répliqua-t-il sèchement. Comment peux-tu être encore aussi attachée à ta mère ?

— Parce que je l'aime, tout simplement, parce que je lui dois beaucoup et que j'en suis fière. Je suis libre. Si cela te déplaît, ne reviens plus ici.

Berthold ne dit mot, mais je savais qu'en faisant preuve d'indépendance, j'avais marqué un point. Mieux, le lendemain il me demanda la permission de prendre le thé avec ma mère et se montra parfaitement courtois, presque chaleureux, et je constatai qu'il avait à cœur de la rassurer. Son attitude ne réussit cependant pas à me faire oublier sa terrible remarque : « Comment peux-tu être aussi attachée à ta mère ? »

Nous recrutions de plus en plus de membres dans toutes les classes y compris la bourgeoisie. Nous nous retrouvions dans différents milieux, même mondains, car il fallait déjouer les soupçons de la police.

Mon esprit était pénétré de tous ces beaux principes qui nous aideraient à changer la face du monde. Notre révolution se ferait au nom de l'humanité, elle apporterait la liberté, l'égalité et nous débarrasserait de l'emprise tyrannique d'une Église rétrograde. Par quels moyens ? Je ne m'en souciais point.

En revanche, j'observais avec intérêt mes compagnons, les classant en différentes catégories selon leur tempérament. Les « meneurs », Berthold en tête, étaient des gens froids, parfaitement insensibles. Indifférents aux plaisirs de la vie, ils ne riaient jamais et condamnaient les plaisanteries. Ils avaient pour mission de recruter et de convaincre les nouveaux venus par leur brillante intelligence et la subtilité de leur raisonnement. Ces meneurs subjuguaient particulièrement les femmes, qui leur obéissaient aveuglément. Et là, je dois avouer que mon attachement pour Alexeï jouait un rôle bénéfique puisqu'il m'empêchait de succomber à leur emprise, me permettant de les juger avec un peu de recul.

Les « beaux parleurs » dissimulaient sous un flot de paroles leur manque d'arguments. Ils dénigraient toujours les propositions des autres et avançaient des idées sans fondements, enrobées dans une pseudo-philosophie. Ils servaient de rabatteurs et, grâce à leur bonne présentation, ils pouvaient s'introduire dans les milieux bourgeois.

Les « intellectuels », qui s'écoutaient volontiers parler, réduisaient le monde à des théories plus ou moins irréalistes, en utilisant un langage impénétrable pour les profanes.

En bas de l'échelle, les « hommes de main » étaient sincèrement persuadés qu'il fallait obéir sans discuter aux ordres venus d'en haut. Je n'oubliais pas les femmes, pour la plupart des institutrices que l'on pouvait diviser en « laissées-pour-compte », « exaltées » ou « fanatiques ».

Et moi, où me ranger ? Aucun groupe ne me convenait. J'étais en fait une « observatrice au grand cœur ».

Un soir où Berthold, avec son charisme habituel, tenait l'assemblée sous son emprise, je remarquai qu'il développait une théorie diamétralement opposée à celle qu'il prônait peu de temps auparavant. Stupéfaite, j'allai le trouver dès la fin de la réunion et lui demandai de s'expliquer.

— Ma pauvre Zinaïda, le problème n'est pas d'avoir raison, mais de dominer à tout prix et de choisir son texte selon les circonstances.

Sa réponse me choqua. Si le mensonge était licite, tout était donc permis, même ce que notre conscience réprouvait. Et dans ce cas, on justifiait jusqu'aux crimes.

Quelque temps plus tôt, Karakosoff avait tenté d'assassiner Alexandre II, et son geste m'avait vivement impressionnée. Bien sûr, nous ne prêchions pas le terrorisme, mais cet attentat ne découlait-il pas d'une pensée proche de la nôtre qui remettait en cause le tsar et sa politique ?

J'éprouvais le besoin urgent de clarifier mes idées, de faire le point avec Berthold. Je lui fixai un rendez-vous à la maison, et d'emblée lui dis, non sans agressivité :

— Pour quelles raisons as-tu jeté ton dévolu sur moi ?

— Parce que tu possèdes certaines qualités, rares chez une femme. Tu es intelligente, réceptive.

— Berthold, je veux savoir. Si l'un de tes supérieurs t'ordonnait de supprimer une personne au nom de la Cause, que ferais-tu ?

— Si c'était nécessaire, alors j'obéirais. Mais rassure-toi, dans ce cas, ce n'est pas moi qui éliminerais l'ennemi. Nous disposons, pour ce genre de besogne, de spécialistes parfaitement entraînés, répondit-il avec une pointe de dédain.

— Mais enfin, pourquoi es-tu venu en Russie ?

— On m'a envoyé ici.

J'étais désemparée, sans trop savoir pourquoi, je lui demandai :

— Au moins, es-tu capable d'aimer ?

— Plus maintenant. J'ai appris à mépriser les sentiments personnels. Comme le dit Tchernychevski : «Ma fiancée, c'est la Révolution et il faut s'y consacrer entièrement.» Notre révolution populaire, spontanée, détruira la civilisation bourgeoise, c'est à cela que nous travaillons.

— Même au prix d'innombrables victimes ? Crois-tu qu'il soit si noble de dresser les gens les uns contre les autres ?

— Tu oublies qu'il s'agit de faire le bonheur de l'humanité.

Malgré ses réponses évasives, je lisais dans ses yeux une implacable détermination et, soudain, il m'apparut sous un aspect radicalement différent.

— Es-tu prête à obéir, à exécuter un ordre sans discuter ?

Sa question me tira de mes réflexions.

— C'est une question trop grave. Je dois y réfléchir. Reviens demain à la même heure, je te répondrai.

Je m'enfermai dans ma chambre et, plongée dans l'obscurité, tentai de mettre de l'ordre dans mes idées. Une scène, toujours la même, passait et repassait devant mes yeux. Des champs de blé à l'infini, des épis parsemés de coquelicots et de bleuets, balayés par le vent. Mais voilà que ces mêmes champs réapparaissaient, cette fois brûlés, ravagés. Pendant que des hommes se cachaient et que d'autres se battaient, des femmes et des enfants en haillons fuyaient, une expression de terreur dans les yeux. Non, je ne pouvais voir souffrir ma Russie et participer à sa destruction.

Comment avais-je pu me montrer aussi naïve et croire en cet homme, capable d'utiliser n'importe quel moyen pour parvenir à ses fins ? Berthold incarnait le froid, la destruction, et moi je recherchais la chaleur, la paix et la vie. Ma décision devint irrévocable : je quitterais le Mouvement.

Dès le lendemain, je l'annonçai à un Berthold aussi stupéfait que déçu. Rompant le lourd silence qui s'était établi entre nous, je lui affirmai :

— Personne, absolument personne ne saura que j'ai appartenu à l'Œuvre. Tu as ma parole d'honneur.

— J'ai totalement confiance en toi, Zinaïda. J'ajoutai qu'en cas de difficultés personnelles, mon aide lui serait toujours acquise.

Nos adieux furent brefs. Il devait se rendre en Pologne pour au moins une année.

Voilà, ce chapitre de ma vie se terminait : je n'avais pas l'étoffe d'une révolutionnaire.

9

J'avais besoin d'amour, d'équilibre; j'avais envie de rire, de faire des bêtises, j'éprouvais un sentiment de liberté. Je me rapprochai de ma mère et de ma tante, manifestement ravies de cette métamorphose inattendue.

Génia partit se marier en Angleterre. Dans sa dernière lettre, elle me demandait de venir la rejoindre. Malgré mon envie, j'hésitais à entreprendre un si long voyage seule, à laisser ma mère.

Après avoir décliné son invitation, je me décidai à accepter celle d'Anna et je partis avec ma mère pour Tsarskoïe Selo.

Ma sœur attendait déjà un deuxième enfant mais sa grossesse encore discrète la laissait svelte, et les admirateurs ne lui manquaient pas. Nicolas ne manifestait aucune jalousie, il paraissait au contraire très fier de sa femme, qui n'avait pas perdu le goût des invitations et recevait en maîtresse de maison accomplie.

Par moments, j'avais l'impression de sortir d'un tunnel et ce bain de mondanités convenait parfaitement à mon état d'esprit. Je regardais Anna avec tendresse tout en déplorant la difficulté que nous avions à communiquer. Pourtant, elle se donnait beaucoup de mal pour rendre mon séjour agréable en m'emmenant aux courses, aux soirées et au théâtre.

Malheureusement, je restais tout à fait étrangère à ses amis, je ne connaissais ni leurs mots-clefs ni leurs codes secrets qui m'auraient ouvert les portes de leur société. Et puis le physique et l'élégance avaient tant d'importance pour eux. Je me rendais bien compte qu'ils ne m'acceptaient que comme la sœur de la brillante Anna.

Je me rattrapai dans un autre domaine, celui du vélocipède qui faisait alors fureur. Cet engin, récemment venu de France, comportait deux grandes roues, deux pédales et un minuscule siège sur lequel on s'asseyait. L'objectif consistait à avancer en pédalant, tout en maintenant son équilibre. Les nombreuses chutes spectaculaires provoquaient l'hilarité générale et je ne sais comment, je parvins à me maintenir en selle, ce qui me valut le titre de « reine du vélocipède ».

Le spectacle monté par un ami de Nicolas nous occupa tous, car il fallait des musiciens, des chanteurs et des comédiens. Je me sentais là dans mon élément, accompagnant au piano chanteurs et danseurs. Notre pièce reçut un accueil enthousiaste et Anna, qui jouait un petit rôle, m'étonna par son aisance et son naturel.

Après ces quinze jours plutôt mouvementés, nous reprîmes le chemin de Pétersbourg. Maman avait beaucoup apprécié son séjour, mais je voyais qu'elle avait envie de retrouver le calme de son univers quotidien. D'ailleurs, Anna n'insista guère pour nous garder auprès d'elle. Ma sœur avait sa vie, son monde et à la longue, nous risquions de devenir une gêne.

Au retour, un peu étourdie par ces festivités, j'éprouvai le besoin de faire le point. L'Œuvre, Tsarskoïe Selo : je ne pouvais m'empêcher de comparer ces deux mondes si différents que je venais de côtoyer. En fin de compte, ces quelques jours chez Anna me laissaient un goût d'amertume et d'ennui. Ce milieu où l'on croisait des gens soi-disant intelligents et cultivés me frappait par sa frivolité et son côté superficiel.

Ma rencontre avec Berthold avait changé mon regard sur la société. Je pressentais que des évolutions s'imposaient, mais pas à n'importe quel prix. Je savais que le peuple, ce troupeau qui a besoin d'un guide, resterait toujours manipulé et grugé.

Berthold irait loin, j'en étais convaincue. Hélas ! le bien de l'humanité, l'avenir et l'intégrité de la Russie, il s'en moquait. Pour faire triompher au nom de l'humanité sa révolution, il sacrifierait autant de vies qu'il le faudrait.

Et cette perspective me faisait froid dans le dos.

Je voyais souvent Vladimir auquel je fis comprendre, sans entrer dans les détails, mes désillusions.

— J'étais sûr que ton bon sens te garderait de tout emballement. Maintenant, oublie le passé et songe à l'avenir. Je te le demande à nouveau : veux-tu être ma femme ?

— Vladimir, je suis bien avec toi, mais je tiens à être honnête. J'aime un autre homme, il a été mon amant et pourtant il ne m'épousera jamais. Si je le rencontrais à nouveau je ne lui résisterais pas – et je ne voudrais pas te faire souffrir. Voudras-tu de moi après ce que je viens de te dire ?

— Zinaïda, ce qui s'est passé avant moi ne m'intéresse pas. Je t'aime et n'ai qu'un désir, vivre avec toi. Fiançons-nous et fixons le mariage au printemps de l'année prochaine. Tu auras ainsi le temps de réfléchir et moi je pourrai te voir plus souvent. Je viens d'obtenir un poste de sous-directeur dans un gymnase[1] et je dispose maintenant d'un salaire confortable.

— Vladimir, je suis profondément touchée que tu m'acceptes telle que je suis. J'essaierai de me montrer toujours aussi franche avec toi, lui dis-je en l'embrassant. Demain, si tu veux, nous annoncerons nos fiançailles à maman.

Comment décrire la joie de ma mère et de tante Élisabeth ? Le sage, le discret, l'affectueux Vladimir était naturellement l'élu de leur cœur depuis bien longtemps.

L'année s'évanouit littéralement, Wilghlem me fit part de son mariage. Ludwig, définitivement installé en France, avait épousé sa cantatrice et renoncé à sa carrière d'officier de marine ; et Hubert, venu de Nice, avait demandé la main d'Irina.

Bien que Vladimir se révélât le plus tendre des fiancés, je me sentais à moitié satisfaite de ma décision et le souvenir d'Alexeï me revenait comme une nostalgie lancinante.

Nous avions décidé, maman et moi, de passer l'été dans notre propriété de Crimée, que je ne connaissais pas encore. Tante Élisabeth et Vladimir devaient nous

---

1. Lycée.

y retrouver, ainsi qu'un cousin de maman, Piotr. Anna, dont le mari possédait une superbe résidence à Odessa, avait renoncé à ses droits au profit de maman, et je considérais cette propriété comme la mienne.

Elle s'appelait *Alicia*, du nom de ma grand-mère maternelle qui, à cause de ses poumons fragiles, avait fini ses jours à Yalta. C'était une villa en bois toute blanche, avec un escalier de pierre et une colonnade qui courait autour de ses trois façades. Sur le devant, une véranda donnait sur la mer.

Les gardiens n'avaient pas l'habitude de nous voir surgir et, dans le parc laissé à l'abandon, poussaient, parmi les cèdres et les palmiers, des églantines et des rosiers à l'état sauvage. Le climat doux et ensoleillé, la végétation luxuriante et colorée me rappelaient Nice en hiver.

La vue de cette délicieuse maison me remplit de joie, et j'entrepris sur-le-champ de procéder à un certain nombre d'aménagements pour améliorer son confort.

Vladimir vint nous rejoindre. Un soir où nous étions allés nous promener sur la plage par un magnifique clair de lune, il me prit dans ses bras. Je sentis son corps fin et musclé et m'abandonnai au plaisir de ses caresses. Mais il domina son désir, me faisant comprendre qu'il voulait d'abord être sûr de moi et attendre la bénédiction de Dieu, puisque nous avions décidé de passer ici notre voyage de noces.

De retour à Pétersbourg, les jours filaient mais ils me semblaient creux. Au réveillon organisé chez les parents d'Irina, les Skoroubsky, je revis avec plaisir Anton et sa femme. Jeanne m'apprit que Larissa et

Alexeï habitaient toujours Pétersbourg, mais qu'Alexeï s'absentait souvent pour s'occuper de son domaine de Lettonie. Larissa ne l'accompagnait jamais et je compris, à son air plein de sous-entendus, que le couple était souvent séparé. Pourtant, toutes ces nouvelles me laissèrent indifférente, je pensais m'être débarrassée à tout jamais du fantôme d'Alexeï.

Pour le moment, je me consacrais entièrement à l'aménagement de notre futur appartement. Maman, parfaitement heureuse chez son amie Nadiejda Petrovna Elisseeff, s'était refusée à déménager pour habiter avec Vladimir et moi, mais, par chance, nous avions trouvé un appartement près du sien. Nous disposions d'un salon, d'une salle à manger et de quatre chambres à coucher. J'en transformai une en boudoir et l'autre en cabinet de travail pour Vladimir. Trois chambres étaient réservées aux domestiques et, à ma grande joie, maman me proposa d'emmener ma niania Fedossia qui fit venir sa nièce, Lisa, comme cuisinière, et son mari Porfir, comme valet-cocher. Après mon départ, tante Élisabeth n'ayant plus de raison de rester chez les Skoroubsky puisque Irina se mariait, habiterait avec ma mère.

Pour ma robe, pas question de tulle ou de fleurs d'oranger. Je choisis un taffetas ivoire, mon étoffe préférée, avec un voile de dentelle assorti, et j'expliquai à ma mère, visiblement déçue, que les tenues vaporeuses ne convenaient pas à mon style un peu classique, d'autant que nous avions désiré un mariage intime avec Hélène et Igor seuls auprès de nous.

Le jour de la cérémonie, je me sentais un peu étrangère à cette effervescence, et mon calme comme ma gravité tranchaient avec la nervosité de Vladimir. Je ne peux dire que le bonheur m'étouffait, mais en regardant mon futur mari, la tendresse que je lus dans son regard me fit chaud au cœur. Je me promis de ne pas le faire souffrir et de l'aimer le mieux possible.

En sortant de l'église, un déjeuner nous attendait à la maison. Nadiejda Petrovna avait ouvert toutes les pièces de réception. Nils, le fils de Piotr, le cousin de maman, porta un toast aux mariés. Hélène me souhaita, à plusieurs reprises, d'être aussi heureuse et me demanda d'être la marraine de son premier enfant.

Puis nous partîmes pour la première étape du voyage vers notre destin.

Arrivés à *Alicia*, j'éprouvai à mon tour une certaine nervosité. J'appréhendais cette première nuit, repensant à Alexeï et à notre entente si parfaite. Mais il me fallut reconnaître en Vladimir un amant passionné. Ses caresses éveillèrent un besoin d'amour et je n'eus aucun mal à partager le sien. Nous passions des heures allongés sur le sable, chauffés par le soleil encore timide de juin. Alexeï s'éloignait de moi, Vladimir était là, si chaleureux, si tendre et gai.

J'avais plaisir à me promener sans autre vêtement qu'un déshabillé transparent, je me savais sans pudeur, heureuse de voir le désir s'allumer dans les yeux de mon mari.

Ce qui est merveilleux pendant un voyage de noces, c'est le «neuf en tout» : le dépaysement, l'envie de plaire, la bonne humeur, le rire facile, l'intimité permise, l'appréciation d'un bon vin qui grise et prépare à une nouvelle nuit d'amour.

Après nos quinze jours de soleil et la découverte du plaisir partagé, il fallut retrouver la fraîcheur humide de Saint-Pétersbourg.

Vladimir reprit son travail, j'assumai mes devoirs de maîtresse de maison.

Ma première visite fut pour maman.

— Tu ressembles à un biscuit, me dit-elle, devant mon teint hâlé.

Entre tante Élisabeth et Nadiejda Petrovna, maman avait très bien organisé sa vie.

À part mes visites chez ma mère, je voyais souvent Hélène, si calme et réconfortante. Nous commentions nos vies de jeune ménage, et parlions des enfants à venir. J'avais besoin d'autre chose, mes pensées s'échappaient de la monotonie du quotidien. Fedossia s'occupait parfaitement de mon ménage avec l'aide de Lisa, excellente cuisinière. Aussi décidai-je de reprendre dessin et peinture. J'allais dans les musées, essayant de reproduire mes peintres préférés, un excellent entraînement. Je recherchais des livres sur l'histoire de l'art qui me mettaient en contact avec Bruegel, Fra Angelico, Rembrandt, Vermeer, Rubens. Plus je peignais, plus je percevais cette sensation de liberté que me procuraient l'art, l'étude de la nature - merveille gratuite et sans cesse renouvelée pour celui qui sait observer et discerner. Quelle paix !

En revanche, dans les réunions, les conversations parlant des réformes pour le bien de l'humanité et du peuple – qui les voulait au fond ? –, l'égoïsme, l'ambition personnelle se camouflaient sous une fausse abnégation. Bien sûr, il y avait des idéalistes, des sincères, comme ces femmes des « décembristes » qui avaient volontairement suivi leurs maris exilés en Sibérie pour le reste de leur vie. Je m'intéressais toujours autant au déroulement des événements politiques de Russie ou d'ailleurs. En 1867, l'empereur Alexandre II fit un voyage en France, invité par Napoléon III qui voulait raffermir son alliance pour impressionner la belliqueuse Allemagne. Hélas ! un attentat à Paris contre le tsar faillit compromettre cette alliance.

À la cour, l'impératrice Maria Alexandrovna, atteinte de phtisie, vivait cloîtrée dans ses appartements. Plus âgée que son mari, elle souffrait de son indifférence, car elle savait qu'il aimait Catherine Dolgorouski et passait toutes ses heures libres auprès d'elle. Le tsarévitch essaya, avec l'aide du chef de la police, le comte Schonvaloff, d'éloigner la princesse Dolgorouski, mais le tsar déjoua toutes les ruses et plus que jamais continua de la voir, jusqu'au jour où une machine infernale explosa dans la rue où vivait Catherine ; son retard, ce jour-là, lui sauva la vie. Alors, il l'installa au palais d'Hiver, dans des appartements attenants aux siens. Vu la santé précaire de l'impératrice, la cour vivait au ralenti, ce qui permettait à Alexandre d'être plus souvent auprès de celle qu'il adorait. Il avait quarante-neuf ans et elle vingt. Quel courage avait cette femme de s'afficher publiquement dans ce palais hostile, dans l'attente de cet homme beau et tout-puissant ! Je l'admirais, la comprenant si bien.

Mon mari gagnait bien sa vie. Souvent le soir, j'allais seule au théâtre ou au concert pendant qu'il se rendait à des dîners entre hommes, ce qui l'entraînait à boire plus que d'habitude. Cela m'inquiétait, je le lui fis remarquer. Il en rit, disant : « Les Russes ont besoin d'alcool et le supportent très bien. »

Je commençais à connaître vraiment Vladimir. Sa timidité lui donnait un manque d'assurance, son intelligence – sans grande fantaisie – se réveillait avec quelques verres de vin. Il était honnête, juste, et surtout très bon. L'été suivant, à Yalta, je travaillai beaucoup à ma peinture, faisant un portrait de Vladimir et de ma niania, des paysages ; je me sentais en réel progrès.

Vladimir désirait vivement un enfant, mais je ne sentais en moi aucun instinct maternel et m'en inquiétais.

En juin 1870, Hélène m'envoya une lettre délirante de joie : elle attendait un bébé pour la mi-décembre et nous invitait à Riga pour le baptême et les fêtes de fin d'année. J'étais moins enthousiaste que Vladimir à l'idée de revenir sur les lieux qui avaient vu naître mon premier amour.

La maison d'Hélène à Riga se composait de deux édifices en équerre à un étage, de proportions inégales, qui entouraient une cour intérieure. Logés dans le plus petit bâtiment, nous disposions d'un appartement confortable, meublé avec goût, et nos fenêtres donnaient sur un lac.

Hélène mit au monde un fils, André, le 22 décembre, deux jours avant notre arrivée. La beauté presque surnaturelle de mon amie m'impressionna, j'avais du mal à comprendre comment ce petit être rougeaud et braillard pouvait illuminer ainsi le regard de sa mère. Le baptême eut lieu à Riga et selon la coutume orthodoxe, c'est-à-dire sans le père ni la mère, remplacés par le parrain et la marraine : Anton et moi.

La première personne que j'aperçus, en entrant dans l'église, fut Alexeï, seul auprès de ses parents. Ses yeux me fixaient intensément. Mon cœur se mit à battre, mes jambes à trembler. Je fis un effort considérable pour reprendre mes esprits et ne pas laisser choir mon précieux fardeau. Mon amour avait retrouvé toute sa place. Je marchais comme dans un rêve. Nous étions seuls avec notre immense désir. Mais pourquoi fallait-il qu'il fût là ? Chacun s'étonnait et se réjouissait de sa présence dont j'étais la seule à connaître la véritable raison.

Après avoir bu une coupe de champagne en compagnie d'Hélène et d'Igor que nous avions rejoints, je partis avec Vladimir me préparer pour le dîner organisé à Soulima. Tandis que je m'habillais, Vladimir s'approcha de moi et me prit tendrement dans ses bras.

— Zinaïda, tes yeux ne savent pas mentir. À l'église, j'ai suivi ton regard. Je ne suis pas de taille à lutter, je ne vais pas te supplier. Je veux simplement que tu saches que je t'aime par-dessus tout.

Il n'y avait rien à répondre.

Au cours du dîner, je ne mangeai presque rien malgré l'insistance de mes voisins, Anton et Igor. Involontairement, je comparais les deux hommes de ma vie. Vladimir, aussi blond qu'Alexeï était brun, n'avait pas à rougir de sa personne. Ses immenses yeux bleus, ses traits réguliers, sa distinction naturelle et sa silhouette élancée pouvaient se comparer sans difficulté avec les charmes de son rival. Mais voilà, on ne commande pas à ses sentiments. Pour moi, rien ne pouvait remplacer le magnétisme d'Alexeï.

Je l'évitai ostensiblement durant la soirée, ne quittant pas mon mari sauf pour dire bonsoir à Hélène qui s'inquiéta de ma mauvaise mine. Mais à quoi bon assombrir cette journée avec mes histoires de cœur ? Et puis si l'on ne peut confier à une amie les prémices d'un amour naissant, quand la passion s'empare de vous au point de devenir partie intégrante de votre vie, alors, elle devient impossible à raconter.

Je passais mes journées auprès d'Hélène, et Vladimir faisait d'interminables parties de cartes avec Igor et ses voisins. Alexeï ne revint de Pétersbourg que le soir du réveillon. Toujours sans Larissa. De nombreux parents et amis y assistaient, Hélène, encore fatiguée, resta allongée sur un sofa. Après le dîner, les joueurs de cartes s'installèrent et je demeurai aux côtés de mon amie, torturée par l'envie de parler à son frère. Cependant je voulais rester loyale à l'égard de Vladimir et je m'étais promis de ne pas m'approcher d'Alexeï.

Comment prévoir qu'Hélène me demanderait d'aller lui chercher un médicament ? Alexeï m'attendait à la sortie de la chambre. Je n'eus pas le temps de réfléchir. Il me prit dans ses bras et m'embrassa avec passion.

— Je t'aime, Zina, j'ai besoin de toi, je suis venu uniquement pour te voir. À partir du 10 janvier, je t'attendrai à Pétersbourg, tous les jours, vers quatre heures. Viens, je t'en supplie.

Je m'arrachai à son étreinte et m'enfuis vers ma chambre pour reprendre mes esprits. Quelques instants plus tard, je me trouvais auprès d'Hélène. J'entendis le rire de Vladimir.

Alexeï partit le lendemain, Vladimir et moi deux jours plus tard. Mon mari ne me posa aucune question et d'ailleurs rien dans mon comportement ne pouvait laisser supposer que ma décision était prise : j'irais retrouver Alexeï.

10

Peu après notre retour à Pétersbourg, tante Élisabeth me remit une enveloppe cachetée qui portait ces simples mots : «Pour Zina.»

Je l'ouvris. «Je pars pour l'étranger.» Alexeï n'avait pas signé. C'était, en effet, superflu. Ma tante ne fit aucun commentaire, mais son regard complice semblait inviter aux confidences et je m'apprêtais à tout lui expliquer, quand elle m'arrêta :

— Ne dis rien, Zina, ta vie ne regarde que toi. Sache seulement que, quoi qu'il arrive, tu pourras compter sur moi.

Un jour, pourtant, où le poids de ma détresse me semblait particulièrement lourd, je ne pus m'empêcher de lui confier mes tourments : mon amour pour Alexeï, mes faiblesses à son égard, les remords que j'éprouvais à l'idée de trahir Vladimir, de lui causer du chagrin.

— Zina, je te plains, me dit-elle tendrement, et je comprends ton affliction. Mais il vaut mieux souffrir, espérer et grappiller des instants de bonheur plutôt que de mener une vie fade et monotone. (Et elle ajouta :) Si je te donne mon sentiment, c'est parce que tu es l'enfant que j'aurais voulu avoir.

Je n'avais goût à rien. Des journées entières, je me torturais : pourquoi ce départ précipité ? Était-ce pour me fuir ? J'avais honte de moi : comment pouvais-je m'enfermer dans l'obsession de mes étreintes perdues ?

Je restais à me complaire dans le souvenir d'une passion à la dérive, au moment où une époque changeait. L'abdication de Napoléon III, la proclamation de la République, les attentats et les troubles politiques en Russie, tout basculait.

Je me passionnai alors pour Dostoïevski. *Les Possédés* me replongèrent dans l'atmosphère du Mouvement, tandis que les *Souvenirs de la maison des morts*, où l'auteur évoque ses années de bagne, me fascinèrent. Je pouvais comprendre son besoin de se rapprocher des bagnards et d'essayer d'être des leurs. Mais de là à s'humilier ? Aux yeux de ces brutes, assassins ou voleurs, Dostoïevski était un « Monsieur » et, pour les prisonniers politiques, il resterait toujours un « intellectuel. »

Ces situations sans issue où se débattaient les personnages suscitaient en moi un sentiment d'oppression. D'un autre côté, je me rendais compte que je côtoyais tous les jours les frères de ces individus mesquins, vicieux, stupides. Je réalisais que dans l'existence il n'y avait pas seulement les jolies choses, les beaux sentiments, les gens favorisés qui s'ennuyaient dans leur vie trop douce et passaient leur temps à tout critiquer, le gouvernement, la religion... Je me disais : nous dormons éveillés, mais pourquoi faut-il s'empêcher de profiter de ce que la vie nous offre ? Où étaient l'équilibre, la vérité ? Le visage de Wilghlem, empreint de sérénité et de bonté, se présenta à moi. Il m'avait écrit, me racontant sa vie d'homme marié et son départ pour le front. Je le voyais bien mal en soldat, mais le devoir patriotique ne faisait-il pas partie du caractère prussien ?

Un jour que ces pensées me paraissaient trop sombres, je résolus d'aller faire un tour. J'aimais la nuit, les rues presque désertes et le reflet des lampadaires dans la Neva. Le moindre bruit me semblait décuplé : le pas des passants frileux et le roulement des fiacres. Après avoir marché un long moment, je me préparais à entrer dans la cour de l'immeuble lorsque j'entendis un faible gémissement. Je distinguai une forme allongée et, en me penchant pour la retourner, je reconnus avec horreur Berthold, le visage en sang.

— Berthold, peux-tu marcher ?

— Aide-moi à me lever.

Après des efforts inouïs, je parvins à le hisser jusqu'à mon palier. Heureusement, Vladimir était absent ce soir-là ! Je fis asseoir Berthold et lui servis un verre de vodka qui lui redonna quelques couleurs.

— Comment m'as-tu trouvée ? Que t'est-il arrivé ?

— Je suis revenu de Pologne il y a environ une semaine pour reprendre contact avec l'Œuvre où j'occupe maintenant des responsabilités importantes. Ce soir, nous avions une réunion, mais quelqu'un – sans doute un membre du groupe – nous a trahis. Des policiers ont fait irruption dans la salle, matraquant tous nos compagnons. Placé près de la porte, j'ai réussi à me glisser discrètement dehors. Hélas, une sentinelle m'a surpris et m'a donné un coup sur la tête. Malgré le choc et la douleur, je suis parvenu à fuir jusqu'à un bosquet où je me suis dissimulé. De là, j'ai vu sortir tous les nôtres un par un, emmenés par la police.

« Je restai longtemps sans oser faire un mouvement. Un liquide gluant coulait sur mon visage. Quand tout fut de nouveau silencieux, je sortis de ma cachette, flageolant sur mes jambes. Je me dirigeai vers ta rue, avec une peur terrible de me faire remarquer, n'ayant ni chapeau ni manteau sur moi.

Je désinfectai sa blessure, pas trop grave malgré l'hémorragie, et bandai son front. Puis, avec la complicité de Fedossia, je l'installai dans une chambre inoccupée. Je regagnai la mienne avant le retour de Vladimir. Il ne fallait surtout pas qu'il soit au courant de mon étrange protégé.

Vladimir rentra tard et un peu éméché. Il ne s'aperçut de rien.

Le lendemain, après son départ, je me rendis au chevet du blessé. Lavé, habillé, Berthold avait meilleure figure, mais il était épuisé et je réalisai qu'il lui faudrait plusieurs jours avant de se remettre.

— Zinaïda, me dit-il, je n'oublierai jamais ce que tu as fait, et si un jour j'en ai l'occasion, crois-moi, je te revaudrai ton geste de solidarité.

Il avait dit « solidarité », pas « amitié », Berthold ne changerait donc jamais. Il poursuivit :

126

— Comme je regrette que tu aies quitté le Mouvement ! Tu aurais pu nous être si utile. Et puis la Cause progresse, nous touchons au but. Je vais retourner en Allemagne et, si tout va bien, je reviendrai dans deux ans.

Berthold resta cinq jours qui me semblèrent interminables. Et si Vladimir le découvrait ? Et si quelqu'un me dénonçait ? En donnant asile à un révolutionnaire, peut-être même à un terroriste, je trahissais Vladimir et ma patrie, je méritais la prison. Mieux valait cesser d'y penser et assumer mes actes, puisque je ne pouvais reculer. Peu à peu, mon protégé reprenait des forces et sa blessure, que dissimulaient en partie ses cheveux, cicatrisait. Un soir, Fedossia se procura un manteau, un chapeau à large bord, et Berthold quitta la maison. Enfin, il était parti et je croyais bien ne jamais le revoir.

En mars, une lettre d'Hélène m'apprit une nouvelle incroyable : Alexeï divorçait. Une vague d'espoir me submergea, désormais il était libre. Je comprenais les raisons de son brusque départ : Larissa lui avait demandé de venir à Paris où elle habitait, pour mettre au point les conditions de leur séparation.

Obsédée par l'idée de le revoir, je vivais dans cette attente. Vladimir devenait une ombre à mes yeux et je repoussais ses avances, fuyant son regard triste. Vladimir ne faisait plus que passer à la maison, il dînait souvent en ville, rentrait légèrement ivre et s'endormait lourdement.

J'attendais, j'espérais. Un matin d'avril, enfin,

Alexeï fut devant moi. Je le suivis chez lui. Plus rien ne comptait. Comment arrêter le temps pour n'être qu'à lui ?

— Zina, me dit-il en m'enlaçant, tu es la femme de ma vie et je n'ai jamais aimé que toi. Après mon divorce, nous vivrons ensemble. Larissa m'a épousé plus par orgueil que par amour, et moi, je me suis laissé faire.

Mon rêve se réalisait enfin. Je l'avais à moi, je le voyais tous les jours.

Un soir, je décidai, conformément à ma promesse, d'avouer la vérité à mon mari.

— Vladimir, je ne veux pas te mentir plus long-temps. J'aime toujours Alexeï et je l'ai revu. Sa femme vient de demander le divorce. Je l'aime et, en même temps, je ne sais que faire. Je te laisse seul juge.

— Ah ! Voilà pourquoi tu n'étais plus la même depuis quelque temps. Je te remercie de ta franchise et de ton courage, mais j'ai trop d'amour pour parta-ger ou pour accepter un compromis de quelque nature qu'il soit. Pars avec lui, car c'est ce que tu souhaites, n'est-ce pas ? Arrange-toi pour le faire dis-crètement. Je t'accorde six mois de réflexion, mais pars vite.

Tante Élisabeth, mise au courant, prépara ma mère à mon départ pour *Alicia* sans Vladimir, en disant qu'il allait faire un remplacement à Moscou.

Ma mère trouva curieuse cette brusque séparation et me déclara :

— Zina, tu me diras la vérité à Yalta.

Je retrouvai Alexeï pour lui raconter mes aveux, mais j'étais bien décidée à ne plus le revoir tant que son divorce ne serait pas prononcé, d'ailleurs je partais…

Ce mois à *Alicia* me permit de mettre de l'ordre dans ma tête et j'expliquai à maman toute la situation.

Je lui devais tant que ma confession devenait un acte d'amour. Je n'essayai pas de me donner raison, mais simplement de lui faire comprendre que cet amour était partagé. Tant pis si, plus tard, je payais très durement mon geste. Ma mère m'écouta sans m'interrompre, puis elle passa ses bras autour de mes épaules et me berça doucement :

— Je désire te voir heureuse, Dieu est seul juge de tes actes, ma chérie !

J'étais soulagée de constater que maman reprenait goût à la vie. Yalta avait sur elle, comme sur moi, un effet apaisant, le climat lui convenait, sa santé s'améliorait et elle se réjouissait de la venue prochaine du cousin Piotr, de Nils et de Mme Elisseeff.

Je n'avais aucune nouvelle de Vladimir et ce silence prolongé m'inquiétait. Enfin, début juin, je reçus une lettre où il m'annonçait qu'il venait de signer un contrat de deux ans à Moscou. Il avait trouvé un appartement confortable et Lisa et Porfir allaient le rejoindre, tandis que Fedossia restait à Pétersbourg. Il terminait ainsi : «Je pense souvent à toi, affectueusement, Vladimir.»

Je me décidai à écrire à Alexeï. Trois jours plus tard, il arrivait. Notre rencontre eut lieu dans un jardin public, un orchestre jouait une valse.

— Je suis libre, nous partons. Où veux-tu aller, ma chérie ?

Je ne me sentais pas libre, mais ma passion pour lui balaya tous mes scrupules. Nous décidâmes de partir d'Odessa par bateau vers Athènes, en passant le détroit du Bosphore. On verrait ensuite.

Il s'occupa de toutes les démarches. Je voulus rester avec ma mère jusqu'à la dernière minute. Tante Élisabeth désirant connaître Alexeï, je l'amenai dans un salon de thé où il nous attendait.

En rentrant, elle me dit :

— Alexeï est beau, son charme me paraît indéniable. Pourtant, ton mari n'a rien à lui envier, il est aussi beau et avec son intelligence et sa sensibilité, il rivalise fort bien avec ton bien-aimé.

Je ne pouvais comparer, à ce moment-là. Mais au fond, je savais qu'elle avait raison.

À part quelques robes légères achetées à la hâte, je partais avec Alexeï très consciente d'être une maîtresse entièrement entretenue. Cela me laissait complètement indifférente. Quand ma mère essaya de me glisser quelques économies, je refusai énergiquement. À ma tante, je demandai de rester en correspondance avec Vladimir afin de me donner de ses nouvelles.

Alexeï me proposa d'emmener Fedossia, ce que j'acceptai avec joie. Quant à ma niania, malgré l'appréhension de ce premier voyage, rien ne comptait devant le bonheur de suivre son enfant.

Le 20 juin 1871, je franchis la passerelle. Une joie sans pareille s'empara de moi : l'odeur du bateau, si particulière, l'air salin mélangé au goudron, les bruits mystérieux, le matelot portant mes bagages.

Fedossia s'affairait, butant derrière moi. Alexeï m'indiquait le chemin ; il avait bien fait les choses. Les cabines de première classe, qui communiquaient, donnaient sur le pont supérieur. Celle de Fedossia était au fond de la coursive, non loin des nôtres.

J'observai les passagers qui montaient : une élégante entre deux âges, avec un terrible accent, « une Américaine », me précisa Alexeï, car il avait déjà vu la liste d'embarquement ; un couple et deux enfants assez bruyants que leur mère, très nerveuse, reprenait à chaque instant ; un Anglais âgé, l'air un peu égaré, reconnaissable à son habillement ; une jeune fille au visage triste, un homme d'une quarantaine d'années, fort distingué et élégant, d'autres encore assez anodins. Aucune connaissance, Alexeï m'avait prévenue.

Après avoir défait mes modestes valises, Fedossia s'en alla. Je me retrouvais seule. J'enlevais mon chapeau, quand Alexeï entra : il me dévisagea longuement, le regard inquiet, un peu intimidé, ne sachant pas trop quelle serait ma première réaction.

— Tes yeux me questionnent. Tu veux mon impression ? Je suis comme dans un rêve d'enfant, si heureuse dans l'attente de ton amour mais avec la peur affreuse de me réveiller.

Il me prit les deux mains.

— Merci, ma chérie. Je voudrais prévenir tes moindres désirs, te voir rire en oubliant tout ce que tu laisses derrière toi. Je te promets de faire n'importe quoi pour cela. Repose-toi, viens me retrouver quand tu le voudras.

Nous avions embarqué dans l'après-midi. Deux heures après, au soleil couchant, j'entendis les premiers craquements, le bateau avait l'air de souffrir. J'eus une impression d'instabilité. Nous quittions le port et prenions le large.

Une angoisse m'oppressa soudain et je me précipitai chez Alexeï. Dans ses bras j'oubliai les anxiétés, l'appréhension, tout fondait, s'éloignant comme le rivage, seule restait la liberté de notre passion partagée.

En pénétrant plus tard dans la salle à manger, je m'aperçus que les enfants du couple bruyant manquaient. Nous avions une table près d'un hublot et nous observions tous les passagers présents. Bien en évidence au milieu de la pièce se trouvait une grande table avec les officiers et le monsieur anglais, et que présidait le commandant. Ce dernier vint souhaiter la bienvenue à toutes les personnes présentes, il nous sembla avenant et jovial. Au bout d'un moment le bateau se mit à tanguer et la jeune fille timide au visage triste passa devant nous, blême, les yeux égarés. « La pauvre », me suis-je dit, et en même temps un sentiment de satisfaction fit place à ma pitié.

Des frissons me parcouraient à chaque regard ou contact de la main d'Alexeï. J'avais faim et fis honneur au dîner, mais surtout à l'excellent vin français que nous avions commandé.

Un air vif et salin nous surprit sur le pont. La lune brillait, se reflétant par cascades argentées dans l'eau noire et voluptueuse. À l'avant, je regardais le bateau fendre les vagues avec résolution. À l'arrière, j'avais une impression d'abandon, de laisser tout derrière soi.

Cette sensation de n'appartenir à nulle part entre ciel et terre me rendait heureuse, sans aucune obligation, si ce n'est me laisser aimer par mon amant. Notre accord parfait naissait d'un rien et nous étions insatiables.

La vie à bord devenait lointaine, les voix, les bruits nous parvenaient estompés. Moi qui étais tellement curieuse des paysages inconnus, je leur jetai un coup d'œil distrait.

Jamais, même dans mes rêves les plus insensés, je n'avais imaginé que j'éprouverais un tel bonheur. «Tu es ma Roussalka[1], tu m'as ensorcelé», me répétait Alexeï.

Athènes interrompit notre extase ou plutôt la prolongea. Les tapis moelleux de notre luxueux hôtel, les rues grouillantes d'animation, la beauté un peu arrogante des femmes... Fedossia s'émerveillait de tout, comme un enfant devant son premier arbre de Noël.

Alexeï connaissait déjà la ville et il me servit de guide, me faisant découvrir les vestiges de sa splendeur passée. J'aimais à entrer dans les églises où je retrouvais la même atmosphère de ferveur religieuse que chez nous et chaque fois, je murmurais : «Merci, mon Dieu, de me combler ainsi.» Alexeï m'offrit une icône très ancienne, où le vert amande et le rose corail se mariaient en une subtile harmonie.

Un navire, italien cette fois, nous emmena à

_____
1. Roussalka : sirène.

Naples, via le détroit de Messine. Au cours de cette traversée, je m'efforçai d'accorder plus d'attention aux paysages qui glissaient silencieusement le long du bateau. À Naples, de notre hôtel, on apercevait le Vésuve, et Fedossia s'écria en entrant dans ma chambre :

— Regarde là-bas, mon âme, l'énorme incendie !

— Mais non, c'est un volcan, une montagne qui rejette du feu.

Elle se signa précipitamment.

— C'est un démon qui crache son venin, dit-elle.

En visitant Pompéi, moi aussi j'eus l'impression, à la vue de ces corps figés, pétrifiés en des sculptures terriblement vivantes, que le Mal avait fait son œuvre.

À Naples, Alexeï décida de m'emmener faire le tour des couturiers. Je crois qu'il s'était aperçu combien mes toilettes faisaient pâle figure auprès de celles portées par les autres passagères.

Les vendeuses me flattaient devant leur regard admiratif. Mon corps s'était beaucoup épanoui, mais ma taille restait fine. Nos choix se portèrent sur des robes extrêmement osées, avec des décolletés plongeants et des transparences mettant en valeur mes formes.

Puis un coiffeur renommé épila un peu mes sourcils broussailleux ; il m'apprit à souligner ma bouche forte et sensuelle, mes yeux furent ombrés, ce qui les agrandissait. Mes cheveux, que je jugeais quelconques, soulevèrent les cris d'extase du coiffeur qui les disposa fort joliment. Je ne me lassais pas de me contempler : une autre femme se tenait devant le miroir. Manteaux, chapeaux, souliers furent assortis, les déshabillés, les lingeries vaporeuses et suggestives. Cendrillon transformée. Alexeï me disait : « Tu verras, à Rome et à Florence, tout ce que nous achèterons. »

Fedossia levait les bras au ciel devant ce que je lui montrais, mais elle ne put s'empêcher de déclarer :

— C'est le diable de l'incendie qui te tente.

Et en passant près de moi, elle me signait, remplie d'admiration et de complicité.

Rome me surprit, ses palais arrogants ou décatis, ses ruines, ses églises, ses fontaines et cette couleur ocre-rose qui nimbait la ville. Il me fallut quelque temps pour comprendre son charme et m'y laisser prendre. Comme nous comptions rester un mois, Alexeï avait loué un appartement dans un ancien palais appartenant à des amis, et trouvé des domestiques et une voiture. Fresques, dorures, marbres à profusion, Fedossia, croyant être dans une église, se signait à chaque porte.

Ma nouvelle vie de femme commençait. Je menais une existence futile dont l'unique préoccupation consistait à plaire à mon amant. Je passais des heures devant ma glace pour essayer plus que jamais de séduire Alexeï.

Un soir, en pénétrant dans un restaurant très à la mode, j'entendis des exclamations :

— Mais c'est Alexeï !

Nous nous trouvions devant une douzaine de personnes. Il me présenta : « Mme Zinaïda Barthelomé », je fus dévisagée par les femmes, déshabillée par les hommes. La plupart étaient des Italiens, mais il y avait quelques Russes. Devant leur insistance, nous nous sommes joints à leur table, rapidement agrandie.

Personne ne prononça le nom de Larissa jusqu'au moment où Alexeï dit assez haut :

— Je suis divorcé.

Les regards se reportèrent sur ma personne et me cataloguèrent. En fait, ce dîner était ma première épreuve. Malgré ma désinvolture, ma tête haute, un air légèrement méprisant mais gai, je voulais réellement qu'Alexeï soit fier de moi. Le champagne aidant, le dîner fut réussi et au sourire d'Alexeï, je compris que j'avais gagné.

Une charmante Italienne de ses amies, la comtesse Lucia de Torema, nous invita à une réception pour le lendemain soir. Je pris un soin particulier afin de paraître à mon avantage, et je choisis une robe en mousseline couleur chair, agrémentée d'un entre-deux en dentelle, avec les épaules dénudées, un grand décolleté et ma perle noire plongeant entre mes seins. En partant, je vis la satisfaction d'Alexeï.

En arrivant, j'observai avec attention la beauté parfaite du palais, l'équilibre de ses proportions, le raffinement de la décoration. Lucia nous présenta à tous ses amis, qu'Alexeï connaissait pour la plupart.

Je voyais qu'on me dévisageait et des bribes de commentaires parvenaient jusqu'à moi : « Visage intéressant, le nouvel amour, très jolie silhouette », puis une voix féminine : « Mais visage ingrat, pas à comparer à Larissa. » Je me donnai beaucoup de mal, sachant combien cet examen comptait aux yeux d'Alexeï. Pas du tout intimidée, je me lançai dans les descriptions de mes impressions romaines, en matière d'art et d'architecture. Surtout, je posai beaucoup de questions, écoutant attentivement les réponses car je me rendais compte combien les hommes aiment montrer leurs connaissances.

Le comte de Malena, un séduisant Italien entre deux âges, parut s'intéresser à moi et très vite, je connus sa vie : veuf avec deux enfants adultes, sa liberté lui permettait de beaucoup voyager et de faire de multiples rencontres. Je lui trouvai du charme et j'acceptai son invitation de visiter les vieux quartiers de Rome.

Auprès de moi, Alexeï n'en revenait pas. Une fois rentrés à l'hôtel, j'eus droit à ma première scène. Pour lui un homme et une femme ne pouvaient être amis, il voyait déjà un début d'aventure. Quant à moi, la curiosité de découvrir un homme nouveau n'avait rien à voir avec mon amour et mes sentiments profonds. Et puis, ma nature avait besoin d'indépendance, voilà tout. Alexeï me considéra avec sévérité.

— Tu joues avec le feu, prends garde, c'est un jeu dangereux.

Je ne tardai pas à me lier d'amitié avec Lucia. Sa spontanéité me plut, le monde faisait partie de son éducation, mais non la futilité. Elle savait choisir ses amis, s'entourer de personnes intéressantes. À ses soirées on rencontrait des peintres, des musiciens, des philosophes, des écrivains et des étrangers de passage.

Elle me confia avoir eu un sérieux penchant pour Alexeï quand il était venu à Rome, et lui avait confié ses hésitations au sujet de son prochain mariage.

Leur idylle fut courte mais la laissa meurtrie. Heureusement, depuis elle avait rencontré un historien anglais, qui très vite avait su lui communiquer son enthousiasme devant ses découvertes aussi bien historiques qu'artistiques. Son calme et son intelligence furent un merveilleux équilibre pour l'impressionnable et instable Lucia. Elle me présenta Sir Reginald à l'heure du thé. Il était grand, grisonnant et parlait avec une telle conviction que, aussitôt, je me laissai prendre à son charme et oubliai l'heure.

Sur le chemin du retour, mon esprit comparait involontairement Alexeï à Reginald, mais aussitôt se présenta la vision de nos étreintes, notre entente physique, parfaite, je sentis son odeur qui me fit frissonner. J'avais besoin de lui, de sa chaleur, de ses caresses dont le souvenir bouleversait mes sens. Jamais il ne me trouva aussi passionnée que cette nuit-là.

Malgré la désapprobation d'Alexeï, je me rendis au rendez-vous du comte de Malena. Celui-ci m'éblouit par sa connaissance des lieux, son sens des histoires et des anecdotes. Je le suivis dans une pâtisserie et, tout en buvant un délicieux chocolat, je remarquai avec amusement l'empressement et l'intérêt qu'il prenait à me questionner sur la Russie. Mais à aucun moment il ne dépassa les limites de la simple galanterie. Il savait me revoir chez Lucia.

En rentrant je trouvai un Alexeï maussade et renfrogné. Fedossia soupirait après sa Russie.

— Rome, une ville pleine de ruines et d'églises hérétiques, marmonnait-elle. Les Italiens, des sauvages qui ne savent même pas parler le russe.

Chère niania, comme sa présence m'était nécessaire ! Elle représentait le lien avec mon pays, avec ma vie passée.

Le temps fuyait, déjà un mois à Rome. À la mi-août nous quittions Rome pour Florence, décidés à poursuivre notre voyage jusqu'en Suisse. Malgré mon regret de quitter nos amis romains, surtout Lucia, je fus tout de suite conquise par le pittoresque de Florence. Je ne pouvais m'empêcher de me retrouver sur le Ponte Vecchio que je choisis comme but de ma promenade quotidienne. Nous habitions un peu loin du centre dans un charmant hôtel entouré d'un jardin, et souvent nous déjeunions là, à l'ombre d'un magnolia. Très vite Alexeï retrouva des amis. Les invitations pleuvaient, nous visitions les églises, les musées, les places avec leurs monuments.

L'habitude s'installait dans notre vie d'amants. Nous commencions à laisser transparaître nos petits défauts, nos sautes d'humeur, nos manies. Je m'aperçus qu'Alexeï n'avait ni idéal ni ambitions. Il s'étourdissait de distractions toujours renouvelées et s'ennuyait très vite, désabusé. De plus en plus, je me rendais compte que nous ne parlions pas le même langage. Je restais profondément attachée à la Russie, à ma mère, à mes amis. Je pensais souvent à Vladimir, à nos affinités en musique ou à notre communauté de sentiments. La nostalgie était là.

Alexeï me paraissait distrait, je le voyais préoccupé. Seules les nouveautés réveillaient son regard.

Quel sentiment nous unissait ? Quel amour ? Je ne voulais pas m'aveugler : le rêve de jeune fille devant son « prince charmant » inaccessible, ensuite l'immense désir assouvi partagé, ces journées de bonheur pendant notre voyage à bord, la liberté de s'aimer sans contrainte et de n'appartenir à aucun lieu, autant de moments inoubliables.

Hélas ! les contes de fées ne durent qu'un temps et la réalité reprend ses droits avec la découverte de nos natures profondes.

Au cours d'une promenade sur le Ponte Vecchio, Alexeï m'offrit un bracelet en émail bleu serti de diamants. Un cadeau d'adieu, peut-être ? Je ne le savais pas encore.

Ensuite ce fut Milan, puis Zurich, et Davos début septembre, l'automne rouge, orange, jaune avec le contraste des sapins et des cimes enneigées. Que de merveilles à peindre !

La petite ville, plutôt triste et laide, avait de nombreuses maisons de repos. Je remplissais mes poumons de son air si pur, son odeur spéciale. Nous avons fait des promenades merveilleuses et Fedossia était ravie de revoir la neige. Dix jours de contact avec la nature, sans mondanités. Une vie simple qui, je le voyais bien, ennuyait Alexeï.

De retour à Zurich, une lettre attendait, l'appelant à Paris, pour affaires, me dit-il. Larissa peut-être – je savais qu'elle s'y était installée – ou bien une lassitude ?

Il me proposa sans conviction de l'accompagner.

Je perçus tout de suite son soulagement, lorsque je déclinai son invitation.

Je voulais garder mon merveilleux souvenir de Paris. Comme j'avais retrouvé une amie que nous avions connue à Rome, Alexeï se laissa facilement convaincre. Il me confia très sérieusement à Marie-Pia. Il nous prit des billets pour le théâtre et les concerts, et me laissa en outre une forte somme d'argent. Il partait pour huit jours…

Je visitai la ville, le lac, amenant Fedossia à l'église russe. Sa joie en entendant la messe, que de signes de croix, que de prosternations front contre terre ! Le soir, je retrouvais Marie-Pia.

Au bout de huit jours, je reçus une lettre d'Alexeï qui prolongeait son séjour de dix jours sans explication, seulement cette phrase banale : « Quels sont tes projets ? »

Entre-temps, j'avais eu le loisir de réfléchir au couple que nous formions : en dehors du physique, peu de chose nous unissait. Après tout, jamais Alexeï n'avait exprimé le désir de faire de moi sa femme. Mon impression d'insécurité venait de là. Pour lui, je n'étais qu'une liaison, la satisfaction de ses sens. Peut-être en avait-il assez de moi ?

Il fallait agir. Génia m'invitait chez elle en Angleterre, à Ascot, près de Londres. Je lui écrivis pour lui annoncer mon arrivée. J'adressai en même temps une lettre à Alexeï, le mettant devant le fait accompli. Un sentiment de bien-être m'envahit, je mis ma passion en veilleuse. Je ne voulais pas trop analyser ma décision, mais j'étais assez fière d'avoir recouvré mon indépendance.

Je me persuadai que notre liaison se mourait : mais y croyais-je vraiment ? Il me manquait tellement ; mes nuits étaient si froides sans lui. Le temps d'un voyage, et je me retrouvai auprès de Génia et de Don.

11

Un matin Fedossia m'apporta mon courrier, je reconnus l'écriture d'Alexeï. Mon cœur se mit à battre, et en ouvrant la lettre, j'espérais tant lire : «J'arrive.» Pas du tout, simplement une inquiétude : «Avais-je fait bon voyage? avais-je assez d'argent?» Pas un mot d'éventuelles retrouvailles.

Saisie d'une impulsion, j'envoyai une lettre à Vladimir où je lui décrivais les pays traversés, puis mon arrivée seule chez Génia et Don. Je lui fis part de mon désir de reprendre la vie commune et lui demandai de réfléchir pendant ce laps de temps s'il le désirait également.

Une fois la lettre expédiée, une panique s'empara de moi : pourquoi avais-je agi ainsi ? Je chassais volontairement Alexeï de ma vie. Comment le lui annoncer ?

Je fis part à Génia de mon désarroi et lui demandai conseil.

— Ma chérie, comme Smolny me paraît lointain, que de changements dans nos vies ! Moi la Russe devenue si anglaise ! Comment t'aider ? C'est tellement difficile. Essayons d'examiner tes sentiments depuis le début. Tu es très entière, passionnée, impulsive. Tu pensais avoir un physique ingrat quand survint le séduisant Alexeï, que tu as idéalisé. Son amour fut un miracle pour toi. Tu t'es jetée à corps perdu dans cet amour d'abord sans espoir. Tu as sacrifié sans regret ton mari, ta vie. Après cette expérience, un doute s'est installé en toi, petit à petit : tu n'as pas trouvé une satisfaction totale. C'est ce qui t'a poussée à envoyer un appel au secours à Vladimir. Il te faut de la patience. N'oublie pas que ton mari a souffert, tu l'as humilié. Donne-lui le temps d'accepter ce rapide retour, attends sa réponse et celle d'Alexeï. Ensuite tu feras ton choix : rentrer seule en Russie ou attendre qu'Alexeï vienne te chercher.

Le bon sens de Génia m'apaisa. Je ressentais une impression de malaise et j'avais envie de m'endormir jusqu'à la décision du destin. Comme je me sentais malheureuse ! Pourtant, je savais que Génia avait raison.

Je passai quelques jours moroses, sans goût à rien. Puis je reçus une lettre de Lucia m'annonçant l'arrivée du comte de Malena en Angleterre. Elle lui avait donné mon adresse. Génia m'encouragea fortement à sortir et à me changer les idées.

Sur l'invitation de mes hôtes, Paolo de Malena vint me voir. Il fit immédiatement la conquête de Génia et de Don et il passa une semaine avec nous.

Je pensais bien qu'il venait pour moi et je dois avouer qu'il m'aida très vite à oublier mes soucis. Le matin, Don montait à cheval avec lui et Génia. Il racontait l'Italie et nous questionnait sur la Russie.

Après m'avoir fait visiter Londres, Paolo m'amena chez un de ses amis, un lord passionné de chevaux. Sa maison croulait sous l'argenterie, les meubles massifs cossus et confortables. Des maîtres d'hôtel stylés traversaient silencieusement les salons. Les invités parlaient bas, semblaient tous un peu guindés, je m'aperçus que c'était dû à leur façon de prononcer, car, en fait, il y avait plus de simplicité qu'à Rome ou à Paris.

J'étais sensible à l'humour anglais. J'appréciais la compagnie des amis de Paolo, beaucoup avaient été à Saint-Pétersbourg et à Moscou. Conquis, ils désiraient connaître le reste du pays plus en profondeur. En me reconduisant, je trouvai Paolo assez silencieux, cela me surprit. J'aimais sa compagnie, son amitié m'était précieuse, je voulais tellement éviter une déclaration, mais il me dit au moment de prendre congé :

— Excusez ma morosité, vous quitter m'attriste. Je crois que vous n'ignorez pas mes sentiments à votre égard, mais je devine que vous traversez une période difficile. Je ne peux me contenter de votre amitié, je voudrais vivre auprès de vous, vous épouser.

— Merci, Paolo, répondis-je très émue. J'aurais aimé être italienne, n'avoir rien connu de la vie, vous aimer très fort, comme vous le méritez. Hélas, je suis russe, j'ai un mari, un amant, et je me débats entre le choix définitif que j'ai à faire. Je me dois de vous parler franchement. Une passade ? Je ne le pourrais pas, je ne vous garderai pas rancune si vous partez, mais restons amis.

— Je ne peux pas, dit-il.

Il s'approcha et me serra très fort contre lui, sa main caressa ma joue et mes cheveux, son regard me troubla, je refrénai un élan. Il partit précipitamment.

Songeuse et attristée, je me représentais les hommes qui avaient fait partie de ma vie. Lequel aurais-je choisi? Alexeï, bien sûr, revenait inlassablement devant mes yeux. J'avais besoin de lui.

Malgré ses défauts, sa légèreté, il était l'élu; mais il se lasserait vite de moi, il ne me désirait pas pour femme comme Paolo. Je l'avais quitté par lâcheté et parce que mon instinct me disait de partir la première. Quelle décision pour une jeune femme de vingt-quatre ans! Paolo me paraissait trop latin, Wilghlem était devenu le souvenir d'un court instant de grande amitié. Vivre loin de ma Russie, je ne pouvais l'envisager. Vladimir? Je l'avais accepté comme mari, mais voudrait-il reprendre une femme qui l'avait quitté? Notre vie pourrait-elle repartir comme avant?

Il me fallait attendre…

Je vivais chez Génia, me laissant flotter dans un bien-être calme comme l'automne bien installé en ce début du mois d'octobre. Les feuilles tombaient, un léger brouillard accompagnait mes promenades matinales. Don essaya de me persuader de monter à cheval, mais cela ne me disait rien.

Je reçus une lettre de ma mère et de tante Élisabeth me souhaitant un bon anniversaire, rien de Vladimir ni d'Alexeï. Devais-je écrire à ce dernier et lui dire : «Viens vite me chercher, j'ai tant envie de toi»?

Mais la raison me soufflait : « Il n'a pas besoin de toi. Autrement, comme à Yalta, il serait là. » Non, j'aimais mieux languir après ses étreintes, et garder le silence. Et Vladimir ? Quelle serait sa réponse, peut-être m'avait-il déjà remplacée ? Ou bien son amour s'était-il transformé en indifférence ou en haine ? Je ne savais pas au juste quel sort m'attendait entre la folie d'Alexeï, le respect de Paolo et la profondeur de Vladimir. Si Alexeï au début m'avait demandé de l'épouser, j'aurais oublié Vladimir et je ne me poserais pas toutes ces questions.

Ce fut maman qui, sans le savoir, décida de mon sort ou, plus exactement, de la date de mon retour. Une lettre de tante Élisabeth m'apprit que sa santé se dégradait et que le docteur s'inquiétait de l'état de son cœur.

Il me fallait rentrer à Pétersbourg. J'informai Alexeï de ma décision et fis mes adieux à mes amis dont je me séparais à regret. Je connaissais déjà les qualités de Génia mais Don, avec sa douceur et sa discrétion naturelle, s'était comporté d'une façon qui m'avait touchée. Son assurance tranquille, sa façon de conduire avec gaieté et sérénité la vie qu'il s'était choisie avaient eu sur moi une influence apaisante.

Morne et triste retour, quelle différence avec le départ ! Par bonheur, la présence de Fedossia m'aida à le supporter. Pourtant, combien je me faisais de reproches. Qu'avais-je fait de tous ces chefs-d'œuvre que j'avais eu la chance d'admirer ? De ces paysages si divers que j'avais traversés ? Rien, pas un croquis, pas une esquisse. Je m'étais contentée d'enfouir au plus profond de ma mémoire les couleurs des tableaux italiens, le blanc des montagnes et les paysages cotonneux d'Angleterre. Quelle vie futile j'avais menée, exclusivement préoccupée de satisfaire mes sens et ma vanité !

J'avais vécu un rêve. Il me fallait faire face à la réalité avec humilité et autant de courage que possible. En retrouvant Pétersbourg, je ressentis quelque chose de sauvage, comme le signe d'un amour primitif. À nouveau, je me sentais prête à livrer le combat de ma vie, quel qu'il soit.

Mon appartement me parut triste. Le bureau de Vladimir était vide, les chambres empestaient le moisi et la poussière. Laissant Fedossia aux prises avec les bagages, je partis chez ma mère que je trouvai pâle, la respiration courte. La joie de mon retour inattendu donna un peu de couleur à son visage.

La fidèle Élisabeth m'accueillit avec toute son affection. Je racontai toutes les étapes de mon voyage sans rien cacher de mes sentiments, de mes actes et de mes rencontres.

— Et maintenant, que vas-tu faire ? demanda ma mère.

— Tout dépend de Vladimir, il doit me communiquer sa décision.

— Je vais lui écrire que tu es de retour, dit ma tante.

Je m'installai ici les premiers jours, tandis que Fedossia s'occupait de remettre mon appartement en état et d'engager une femme de chambre et un cocher. Maman se rétablissait à vue d'œil, et je pus rentrer chez moi.

La lettre tant espérée de mon mari arriva enfin. Très affectueusement, il me souhaitait la bienvenue. Il ne pouvait rompre son contrat et il jugeait que c'était mieux ainsi, car nous devions nous habituer à l'idée de nous retrouver. Il me demandait de rester seule jusqu'en décembre puis, si nous décidions de reprendre la vie commune, il viendrait me chercher et me ramènerait à Moscou. « Réfléchis bien, ton choix doit être définitif. »

Le ton de sa lettre me déçut mais je la trouvais juste, il me fallait attendre...

Ainsi vinrent le froid, la neige, mon appartement reprenait vie. Je me réhabituais à ma ville, à ma solitude. Cela me donna le temps de me remettre sérieusement à la peinture. Je faisais des croquis de certains coins de Pétersbourg, et j'essayais de transposer la première image venue frapper ma vision, tout en gardant la lumière, le rythme et le mouvement. Cela donnait des paysages avec plein de petites silhouettes. Malgré l'influence de certains peintres français vus à Paris, mes tableaux gardaient un côté naïf et personnel, une impression d'après nature. Ainsi passa un mois.

J'avais répondu à Vladimir que je me pliais à son désir de réflexion et attendrais Noël.

Fin novembre, en sortant de chez moi, je butai littéralement contre Alexeï qui m'attendait.

— Zina chérie, je te retrouve enfin, dit-il avec douceur. Viens chez moi, j'ai tant besoin de toi.

— Non, lui dis-je. Nous sommes devant ma porte, si tu veux me parler, montons dans mon appartement.

En passant devant ma niania, je vis son air abasourdi et je me dirigeai vers le salon.

Il essaya aussitôt de m'enlacer, mais je reculai. J'avais tant voulu oublier, rayer cet homme de ma vie, pourtant mon cœur battait, je sentais ce terrible désir qui me rongeait.

Je me repris pourtant :

— Que me veux-tu? Il me semble que nous n'avons rien à nous dire. Crois-tu pouvoir impunément me récupérer au gré de ta fantaisie? (Ma colère montait :) Tu pars huit jours, que tu prolonges, sans donner aucun détail sur ta vie, ni manifester le besoin de me revoir. Et te voilà, comme si de rien n'était. Non, c'est fini.

Alexeï se laissa tomber sur le canapé. Il paraissait étonné par ma sortie puis, se couvrant le visage, il s'exclama :

— Tu as raison, je ne suis qu'un égoïste, je n'ai pas d'excuses, mais je veux te donner des explications franches, pour que tu sois seul juge. Cette lettre, que j'ai reçue à Zurich, de mon avocat, me faisait part des folles exigences de Larissa. Puisque j'avais accepté un divorce à mes torts, elle réclamait une énorme pension.

« Ses prétentions me rendirent furieux car, souviens-toi, c'est elle qui me quitta de son plein gré. Je pensais régler la question en peu de temps et, dès mon arrivée, je la rencontrai chez mon avocat. Elle m'accueillit avec son sourire charmeur et me dit :

"Alexeï, oublie mes exigences, et pardonne mon coup de tête. La rumeur publique m'avait appris que j'étais déjà remplacée, et, blessée dans mon orgueil, j'ai voulu me venger. Peux-tu simplement m'aider à payer mes dettes ? Je n'ai pas changé et tu sais combien je suis dépensière."

« J'étais rassuré de la voir en de si heureuses dispositions et nous sortîmes de chez mon conseiller bras dessus, bras dessous. Elle décida alors d'organiser au mieux mon bref séjour et je succombai aux délices de la vie parisienne. Je n'entrerai pas dans les détails de mon existence dissipée, mais je te savais en sécurité chez tes amis et pensais sincèrement retourner auprès de toi au plus vite. Seulement, de dîners en fêtes, de réceptions en bals, je remettais sans cesse ma décision. J'ai été faible, je l'avoue et je le déplore. Peux-tu me pardonner ? Je désire tellement vivre à nouveau auprès de toi.

— Pas moi. J'ai prévenu mon mari, qui se trouve actuellement à Moscou, que je voulais reprendre la vie commune. Nous avons vécu de merveilleux moments ensemble, mais nous ne sommes pas faits l'un pour l'autre. Je ne regrette rien, tu sais, j'ai tellement voulu être à toi, je t'ai tant aimé. Aujourd'hui, je ne le pourrais plus et je souhaite ne jamais te revoir.

Comme je mentais bien, alors que j'avais tellement envie qu'il me prenne dans ses bras ! C'est ce qu'il fit, malgré tous mes discours.

Son odeur, la force avec laquelle il m'étreignit me laissèrent sans défense, avec le seul désir : être de nouveau à lui.

— Viens chez moi demain, dit-il.

Comment résister ? Le lendemain, je le rejoignis. Nos étreintes me laissaient épuisée, désespérée, avec l'impression de lutter contre un ennemi. Je me sentais telle une noyée qui s'enfonce dans le tourbillon de la mort, je ne pouvais me détacher de lui.

Je rentrai chez moi complètement hébétée. Le regard affectueux et la tendresse de niania m'accueillirent. Je me blottis dans ses bras et donnai libre cours à mes larmes en répétant :

— Prie pour moi, j'en ai tant besoin, Fedossia.

— Ma petite âme, je ne fais que ça. Il t'a reprise. Défais-toi de lui avant qu'il ne soit trop tard.

— Mais je l'aime tant !

Mes larmes coulaient de plus belle, comme au temps de mon enfance pour des chagrins qui semblaient si importants. Quelle merveille d'amour et de dévouement une niania russe !

Devant ma mine défaite, ma mère me demanda ce que j'avais. À quoi bon l'inquiéter, je ne lui dis rien.

Une lettre de Vladimir me laissa éperdue…

Puis un sursaut de volonté dicta ma décision. Je me rendis chez Alexeï et, le regardant droit dans les yeux, je lui dis :

— J'ai reçu une lettre de Vladimir m'annonçant son arrivée. Si pendant ces jours passés ensemble, tu m'avais demandé d'être ta femme, je ne t'aurais plus quitté tout en sachant qu'un jour tu te lasserais de moi. Maintenant il est trop tard, je viens te faire mes adieux définitifs.

Il resta cloué sur place, incapable de prononcer une parole.

Cela me facilita les choses. Je lui tournai le dos et partis. Un sentiment de soulagement, une respiration profonde et je me retrouvai dans la rue avec la ferme résolution de ne pas m'apitoyer sur moi-même ni de chercher les souvenirs.

Je marchai longtemps, jusqu'au bord de l'épuisement, et petit à petit une sensation de froid me paralysa.

De retour à la maison, une tasse de thé me communiqua la chaleur dont j'avais besoin. Je me mis à relire la lettre de mon mari. Il m'aimait, me faisait confiance, venait passer Noël à Pétersbourg en famille. Après le Nouvel An, nous partirions à Moscou.

Oui, c'était ça ma vie.

Je lui répondis que je l'attendais, ayant définitivement rompu tout lien avec Alexeï. Je voulais sincèrement le rendre heureux, lui donner mon affection. Il me restait dix jours pour me reprendre, me libérer de tout regret. J'allai annoncer le retour de Vladimir à ma mère. Son visage rayonna.

— Je peux mourir tranquille, murmura-t-elle.

Niania me donna du courage pour ne plus « repenser ».

— Il se jouait de toi. Dieu m'a exaucée. Te voilà en paix. Ton courage me rend très fière de toi.

Je reçus Vladimir sans aucune appréhension, il était beau, tendre et plein de gaieté. En me voyant, il me dit :

— Ma chérie, oublions ces six mois et n'en parlons jamais plus.

Il m'aima avec passion, et pas une fois l'autre ne prit sa place dans ma pensée. Je l'avais effacé, sachant que désormais je n'aurais plus de faiblesses et que seul Vladimir comptait dans ma vie.

12

Anna et Nicolas nous firent la surprise de venir passer Noël et le Nouvel An avec nous. Maman, tout à fait remise, regardait avec bonheur ses enfants. Ma sœur avait laissé les siens chez ses beaux-parents. Elle me reprocha mon long silence, me posa mille questions sur Génia et sur mon voyage. Notre mère lui avait raconté alors que Vladimir, ne pouvant me faire venir à Moscou, m'avait encouragée à accompagner en Europe une dame âgée. Je savais qu'elle n'en croyait pas un mot, mais elle faisait semblant. Après notre réveillon familial, nous avons fermé l'appartement, emmenant Fedossia – et en route pour Moscou.

Je me plus à Moscou. Notre appartement se trouvait dans un quartier résidentiel agréable. Les amis moscovites de Vladimir étaient simples et gais.

Au milieu du mois de janvier, j'éprouvai une grande fatigue le matin, j'avais des nausées. Il fallut me rendre à l'évidence : j'étais enceinte. Un doute terrible s'installa en moi : de qui était cet enfant ? Pourquoi cela ne se produisait-il pas un mois plus tard ? Je me désespérais, Dieu me punissait durement. Comment le dire à Vladimir ? Aura-t-il un doute ? J'attendis encore, me persuadant que ce n'était qu'un trouble passager. Hélas, bien vite je dus admettre la vérité.

Enfin, je me décidai à en parler à mon mari. Notre entente parfaite me permit de lui annoncer la nouvelle.

Il me regarda en disant :

— Tu sais combien je désirais un enfant. Comment ne pas accepter ce don de Dieu ! Si c'est un garçon nous l'appellerons Vladislave (domine la gloire), si c'est une fille, elle sera Polyxène (la bienvenue). Le veux-tu ainsi ?

— Ce sera comme tu as décidé, lui dis-je en me blottissant dans ses bras.

J'écrivis à ma mère ainsi qu'à tante Élisabeth, demandant à celle-ci d'être la marraine.

Très vite les réponses enthousiastes arrivèrent, avec conseils et recommandations.

Cet état me rendait-il heureuse ? Pas complètement, le doute me torturait. Je souhaitais tellement que mon mari soit le père de mon enfant.

La joie, les attentions de Vladimir me rassurèrent malgré mon irritabilité, mes malaises et mes angoisses.

Dès le troisième mois, je commençai à faire des projets. J'attendais un fils et il serait pianiste. Je sélectionnais les concerts auxquels j'assistais, convaincue que si j'écoutais de la belle musique, si je m'en imprégnais, mon enfant deviendrait musicien.

Les mois passaient, nous menions une vie heureuse, sans histoire. Désormais, dans les longues lettres que j'échangeais avec Anna ou Hélène – qui venait d'avoir une fille en février –, il n'était plus question que de layettes, envies, malaises…

Fedossia me dorlotait et fréquentait assidûment l'église où elle remerciait le Seigneur de m'avoir rendue à mon mari. À la maison, transformée en dragon, elle surveillait attentivement mes menus. Pas de café, susceptible de rendre le bébé nerveux, mais des oranges en quantité qu'on faisait venir du Sud lointain depuis que Fedossia avait décrété que ces fruits possédaient toutes les vertus : ils fortifiaient l'enfant et aussi donnaient de l'élasticité aux os du nouveau-né, facilitant ainsi l'accouchement.

En juillet, Vladimir m'obligea à partir pour Yalta avec maman, tante Élisabeth, et naturellement Fedossia. Je vivais de légumes frais et de jus de fruits ; et tous les jours, installée sous un parasol avec pinceaux et couleurs, je travaillais à des paysages ou à des natures mortes quand la grosse chaleur m'obligeait à me réfugier à l'intérieur.

Une autre vie envahissait la mienne, signalant son existence par des coups de pied intermittents. Tout le monde me trouvait incroyablement svelte pour mon état, et pourtant je me sentais si lourde. La naissance était prévue pour la fin septembre. À la mi-août, Vladimir vint me chercher et je rentrai à Moscou. Maman logea à la maison, tante Élisabeth chez une parente.

Et l'attente commença.

SECONDE PARTIE

Polyxène

1

Enfin, le 21 septembre, je ressentis les premières douleurs et ce cauchemar dura jusqu'au 23 ! J'étais une bête, mourant d'inanition, de souffrance. L'angoisse se lisait sur les visages de Vladimir et de maman. Seule Fedossia, qui ne me quittait pas, savait frotter, essuyer mon visage, mettre de l'eau de Cologne coupée d'eau sur mon front.

Vers dix heures du matin, le docteur venu se rendre compte du travail me dit :

— C'est pour bientôt.

Exténuée, j'eus soudain l'impression que tout mon être s'ouvrait depuis ma gorge. Je me cramponnai aux barreaux de mon lit, puis un bien-être me pénétra, encore une douleur atroce, puis plus rien. « C'est la fin », me dis-je, et je m'évanouis.

J'ignore combien de temps je restai sans connaissance, quand un vagissement me rendit à la vie. J'aperçus quelque chose de rouge-gris-mauve.

— C'est Polyxène, murmura ma niania, et je retombai dans l'inconscience.

Je restai cinq jours entre la vie et la mort, me réveillant de ce long sommeil complètement épuisée.

Autour de moi des visages tirés, un va-et-vient, des chuchotements, tout m'était parfaitement indifférent. Mon état semi-comateux dura dix jours, puis un matin, j'eus envie de vivre, des larmes coulèrent le long de mes joues, je sentis la tiédeur d'un baiser sur ma main et reconnus Vladimir.

— Reste avec moi, lui dis-je, toi seul me redonneras goût à la vie.

Pas une fois, je n'avais prononcé le nom de Polyxène, elle m'avait trop fait souffrir. Il n'y avait pas de berceau dans ma chambre, la pensée que ma fille était morte traversa mon esprit. Étant seule avec Fedossia, je lui dis :

— Amène-moi ma fille.

Elle revint portant un paquet.

Je me penchai avec curiosité : « Ma fille. »

Je la dévisageai longuement. Elle ouvrit les yeux, d'une couleur indécise entre marine et gris ; ses mains s'agitèrent d'une façon mécanique, elles me parurent fines avec de longs doigts.

Je me remettais lentement. J'appris qu'une hémorragie avait failli m'être fatale. Le fait d'avoir frôlé la mort me rendait vulnérable, sans volonté et cette tendresse qui m'entourait m'était indispensable et même vitale. Tout le monde s'extasiait devant Polyxène. Vladimir passait des heures avec elle, maman affirmait qu'elle était le portrait de son père. Personne n'avait jamais vu de nouveau-né aussi joli, aussi éveillé. Son berceau était maintenant dans ma chambre et je réclamai crayon et papier pour faire un dessin de ma fille à trois semaines.

Le vingt-cinquième jour, j'essayai de me lever mais, prise de vertiges, je retombai vaincue sur mon lit. Daria, la nourrice – une jeune femme pleine de santé, mère d'un bébé de trois mois –, me plut immédiatement. Elle s'occupait à la perfection de Polyxène qui prenait du poids et dont le premier sourire, à un mois, fut pour son père.

Je mis très longtemps à recouvrer mon état normal et sortir de cette espèce de léthargie, de vague à l'âme qui m'avait envahie au sortir du coma. Après ces heures de souffrance, de lutte, je n'étais plus la même : j'avais enfanté, accomplissant mon métier de femme ; et même si je n'éprouvais pas de sentiment maternel, je me sentais désormais responsable de ce petit être qui reposait à mes côtés.

Une fois rétablie, je n'arrivais pas à m'identifier à mon passé. La Zina d'autrefois, celle qui avait vécu une folle passion, m'était devenue totalement étrangère. J'avais donné à Génia mes lingeries provocantes et toilettes excentriques, conservant seulement une robe et le bracelet d'Alexeï que je destinais à Polyxène et que je ne remis jamais. Nous étions parfaitement heureux, Vladimir et moi, nous vivions calmement, nous comprenant mutuellement, il ne faisait jamais allusion à mon coup de folie.

J'observais avec étonnement la personnalité de plus en plus originale de ma fille et je commençais à prendre goût à mon rôle de mère. Je lisais énormément et nous avions un cercle d'amis agréables avec lesquels nous allions au théâtre et au concert.

Après l'été 1873 passé à Yalta, nous regagnâmes

Saint-Pétersbourg où Vladimir venait d'être nommé directeur de son gymnase. Quelle joie de retrouver notre appartement, de vivre à proximité de ma mère et de ma tante ! Je reçus la visite d'Hélène, puis d'Anna dont les enfants, Georgui et Zoïa, avaient sept et cinq ans.

Polyxène trottait, babillait et faisait déjà preuve d'une autorité exceptionnelle pour son âge. Elle ne cédait jamais à personne et ne redoutait aucune punition. Nous nous entendions bien, mais elle me tenait tête. Vladimir était son préféré et, quand il apparaissait, elle prenait un air angélique et se blottissait dans ses bras. Comment n'aurait-il pas succombé à son charme, à ses immenses yeux gris-bleu qu'encadraient des cascades de boucles blondes ?

Le temps passait. Polyxène, devenue le centre de notre existence, grandissait. Son intelligence, ses mots d'enfant, son sourire mutin comme sa grande beauté lui donnaient tous les droits. Elle avait sa cour et ses favoris : Vladimir, bien sûr, mais aussi maman, sans parler de tante Élisabeth.

Nous avions engagé une gouvernante allemande, Frau Ursula – une Française aurait coûté trop cher – et, en moins de six mois, Polyxène parlait l'allemand.

Elle imitait tout le monde avec humour et cruauté, saisissant immédiatement les manies, les tics et les imperfections de chacun. Sa franchise dérangeait et je craignais toujours ce qu'elle pourrait dire. Un jour où j'attendais pour le thé la visite d'une parente éloignée, affligée d'une laideur repoussante, je pris soin d'expliquer à Polyxène que la malheureuse n'était pas responsable de sa laideur et que, en outre, elle était fort gentille. Bref, je lui recommandai de se montrer affectueuse et bien élevée. Polyxène, d'emblée, lui adressa un sourire forcé puis, tournant autour d'elle, l'inspecta sous toutes les coutures. Quand Frau Ursula vint la chercher, je soupirai d'aise, rassurée. Hélas ! avant de partir, Polyxène se retourna et, me regardant, déclara :

— Sa figure, ça peut aller, mais les dents, la moustache, chaperon rouge et grand-mère loup.

Pauvre cousine ! Polyxène avait cinq ans.

Vladimir s'était mis à boire. J'avais beau lui parler, le raisonner, rien n'y faisait. Mais un soir, Polyxène en l'accueillant lui dit :

— Papa, tu sens mauvais, je ne veux plus t'embrasser.

Il blêmit et, pendant un temps, essaya de se restreindre mais, peu à peu, il reprit ses habitudes, évitant de revenir avant que sa fille ne soit couchée.

J'avais trente et un ans. L'homme beau, tendre et cultivé que j'avais épousé, onze ans auparavant, s'était transformé en un petit homme ratatiné, vieilli, aux mains tremblantes. Pourquoi ? Comment ? Avais-je, par ma trahison, détruit cet être sensible, l'obligeant à étouffer son amour-propre, à refouler sa jalousie ? Peut-être se demandait-il tous les jours, à mon insu, s'il était bien le père de Polyxène.

Un soir, n'y tenant plus, j'allai dans son bureau. Il venait de rentrer d'une partie de cartes et se tenait assis à sa table, le visage enfoui dans les mains. En le voyant ainsi, prise d'un élan de tendresse, je m'assis à ses pieds, posant ma tête sur ses genoux, et je lui dis doucement :

— Vladimir, mon amour, j'ai besoin de toi, notre fille aussi. Je vais t'aider à te ressaisir, à faire en sorte que ta volonté prenne le dessus.

— Trop tard, murmura-t-il. Je n'y arriverai jamais.

— Mais je t'aime, je le veux, dis-je en lui prenant les mains, des sanglots dans la voix.

Je l'entraînai dans notre chambre et le berçai comme un enfant.

— Tu n'iras plus au club avec tes amis. Je viendrai te chercher au gymnase, nous irons marcher avec Polyxène. L'été approche ; à *Alicia*, je m'occuperai de toi.

Il me prit dans ses bras. Ses yeux étaient si pleins d'amour. Il avait tant besoin de moi, que je voulais espérer.

À *Alicia*, en effet, je retrouvai mon Vladimir.

Cela ne se fit pas en un jour, mais progressivement. La marche, les baignades, les jeux avec Polyxène, et surtout l'absence d'alcool – j'avais supprimé jusqu'à la moindre goutte de vodka – lui permirent de remonter la pente. Ses joues se coloraient, ses mains avaient cessé de trembler. Parmi nos amis de Yalta, Piotr et son fils Nils, devenu violoniste professionnel, ne pouvaient soupçonner l'état dans lequel Vladimir se trouvait quelques semaines auparavant.

Le meilleur moment de ces vacances coïncida avec la venue de Génia et Don, accompagnés de leurs enfants, Pamela, huit ans, et Reginald, six ans. Ils devinrent très vite les amis de Polyxène. Après neuf ans d'absence, mon amie revoyait ses parents, son pays. Que de choses à raconter !

Entre les fêtes et les pique-niques, ces quinze jours s'écoulèrent trop vite. Génia et Don partirent ensuite chez Anna, emmenant avec eux ma mère et Polyxène qui avait fait leur conquête. Polyxène détestait son cousin Georgui, qu'elle qualifiait de «prétentieux»; en revanche, elle s'entendait très bien avec les enfants de Génia et fut ravie de suivre ses nouveaux amis.

Fin août, à mon retour à Pétersbourg, j'appris par une lettre d'Hélène le second mariage d'Alexeï qui, à trente-neuf ans, épousait une jeune fille de dix-neuf ans, héritière d'une grande famille de la région, jolie, simple, et follement amoureuse. La nouvelle me laissa complètement indifférente. La page était tournée, à mes yeux Alexeï n'était plus que le frère d'Hélène.

Ce courrier contenait aussi une photo d'Hélène et sa ressemblance avec Polyxène me troubla profondément. Je m'empressai de la dissimuler au fond d'un tiroir, de crainte que Vladimir, en la voyant, n'éprouve la même impression. Je ne voulais pas prendre le risque de lui faire perdre son entrain recouvré.

Toute la Russie vivait alors au rythme des événements qui marquaient la fin du règne d'Alexandre II. En mars, l'impératrice Maria Alexandrovna s'éteignait et le 18 juillet, le tsar épousait secrètement la femme de sa vie, la princesse Catherine Dolgorouki devenue princesse Yourievski. Mais Catherine, dont le couronnement devait avoir lieu le 20 mars 1881, ne fut jamais impératrice. Alexandre II mourut le 13 mars, juste une semaine avant la cérémonie, victime d'un attentat. Dans la cathédrale de Moscou, le nouvel empereur, Alexandre III, entouré de toute la cour, assistait aux funérailles imposantes de son père. Soudain, un murmure emplit la voûte et l'on vit s'avancer vers le cercueil une frêle silhouette drapée de voiles noirs, devant laquelle la foule s'écarta respectueusement. Catherine regarda longuement son mari, l'embrassa et déposa une natte de cheveux sur sa poitrine. Elle lui avait sacrifié cette chevelure admirable qu'il aimait tant. Puis sans une larme, sans un salut, très droite, elle quitta la cathédrale.

Alexandre III avait promis à son père de poursuivre les réformes accordant plus de droits au peuple, mais il trahit sa parole sous l'influence de ses ministres, peu favorables à ces mesures. Il devint très vite impopulaire.

J'avais froid dans le dos en m'imaginant encore dans le Mouvement. Le fanatisme et la violence me faisaient horreur et j'avais peur pour la Russie.

Les années couraient.

Polyxène, de santé délicate, attrapait toutes les maladies infantiles et le médecin me conseilla d'attendre qu'elle soit plus solide pour l'envoyer à Smolny. Elle travaillait à la maison avec Frau Ursula, et je lui donnais des leçons de français. Tante Élisabeth venait tous les jours, officiellement pour lui enseigner l'histoire et la littérature, mais si j'arrivais à l'improviste, je trouvais ma tante, rougissante, en train de faire la lecture à ma fille parfaitement à l'aise.

Je n'ai jamais vu une enfant aussi peu portée sur les études. L'histoire, les mathématiques, les sciences, la littérature la laissaient indifférente. Elle aimait un peu la musique et ne s'enthousiasmait que pour la peinture et la danse. Mais en fait, la seule chose qui comptait vraiment pour elle, c'était sa petite personne.

Je lui expliquai qu'elle devait faire un effort, acquérir des connaissances qui puissent être utiles par la suite, car nous n'étions pas des gens fortunés. Polyxène répondait invariablement :

— Maman, je ne serai jamais institutrice, alors à quoi bon me fatiguer ? De toute façon, quand je serai grande, je chercherai un mari riche.

Déroutant ! Mes essais de morale tombaient à plat. Vladimir, lui, ne désespérait pas.

— Tu verras, l'année prochaine, elle s'y mettra, répétait-il.

La grande surprise de l'année 1884 fut le mariage de tante Élisabeth avec le cousin Piotr. Ils avaient si bien caché leur secret que même maman tomba des nues en apprenant l'union prochaine de ces deux âmes solitaires.

Ma tante était dans un état d'angoisse et de nervosité indescriptible. «Pourquoi ai-je accepté ?» me disait-elle, répétant qu'elle commettait là une folie. Je la persuadai du contraire : Dieu lui envoyait, à cinquante ans, un compagnon tendre et gai.

Le mariage se déroula dans une ambiance très familiale. Les époux partirent un mois en Grèce. À leur retour, ma tante me parut rajeunie de dix ans et son visage avait perdu son air de chien battu. Le bonheur arrive tard, parfois, mais personne ne le méritait mieux qu'elle.

Piotr possédait une ravissante maison à Tsarskoïe Selo et un pied-à-terre à Saint-Pétersbourg, occupé le plus souvent par Nils qui s'y installait entre deux tournées. Ma mère se réjouissait déjà à l'idée d'aller les voir à Tsarskoïe Selo d'où il lui était facile de se rendre ensuite chez Anna.

À treize ans, Polyxène prit le chemin de Smolny. Malgré le peu de goût qu'elle manifestait pour les études, tous, élèves, professeurs et même la directrice subirent son charme. Polyxène possédait une autorité naturelle et trouvait toujours les mots qu'il fallait pour convaincre son auditoire. Fort intelligente, elle ne retenait de l'enseignement que le minimum nécessaire pour réussir ses examens.

Au début, elle aima Smolny puis, comme pour tout, elle commença à se lasser. Hormis sa silhouette élancée, je ne retrouvais rien de moi chez ma fille qui avait des cheveux blonds mais ondulés, des yeux gris-bleu et un tempérament totalement différent du mien. En revanche, son caractère brillant mais superficiel me rappelait Alexeï.

Son départ pour Smolny coïncida avec la rechute de Vladimir qui se remit à boire de plus en plus, à tel point qu'il fut remercié à son gymnase. Il chercha alors des élèves à domicile et, de mon côté, je me mis à donner des leçons de piano. La vie devint difficile, nos moyens se trouvaient fort réduits et Smolny coûtait cher.

Mes discours, mes supplications, ma tendresse, sa fille – rien n'avait d'effet sur mon mari qui vivait désormais dans un autre monde, se détruisant chaque jour un peu plus. Nous faisions maintenant chambre à part et je bénissais le ciel de ce que Polyxène n'assistât pas à cette dégradation. Atterrée par cette situation, je me tournai vers mon médecin qui, après avoir examiné Vladimir, hocha la tête, me prit par les épaules et me dit : « Ma pauvre enfant. » Son état lui interdisait de partir à *Alicia* et je dus me résoudre à le laisser à Pétersbourg aux soins de Porfir et Lisa.

À mon retour, il n'avait plus d'élèves ; on l'avait congédié. Il passait ses journées enfermé dans la pénombre de son cabinet et son visage exprimait un tel désespoir que je ne parvenais pas à prononcer un mot en sa présence. De son côté, il sentait ma pitié et souffrait davantage. Un soir, en voyant Polyxène, Vladimir l'appela « Hélène ».

Il avait donc, lui aussi, remarqué la ressemblance.

Tout se précipita. En proie à des accès de delirium tremens, Vladimir n'arrivait même plus à se lever. Porfir le lavait, s'occupait entièrement de lui. Je n'osais pénétrer dans sa chambre depuis qu'il m'avait une fois crié : « Va-t'en, je ne veux plus te voir ! » Un jour Polyxène, qui venait de rentrer pour les vacances de Pâques, vint à moi tremblante et pâle, et s'effondra en sanglots dans mes bras. Elle voulait parler à son père et l'avait trouvé accroupi sur son lit, en train de se battre contre des monstres imaginaires. À sa vue, Vladimir s'était mis à trembler, secoué de mouvements convulsifs : « Aide-moi, tue-les », murmura-t-il. Elle aurait voulu lui répondre, le rassurer. Impossible. Muette, pétrifiée, elle s'était contentée de le regarder, cherchant à reconnaître son père dans cet homme hirsute, au regard dément. Alors elle s'était enfuie, terro-risée.

Une telle situation ne devait plus se reproduire. Mais que faire ? Le médecin m'ayant fait comprendre qu'aucun hôpital n'accepterait mon mari, je l'installai au fond de l'appartement, dans la pièce où j'avais autrefois caché Berthold. Son calvaire fut de courte durée.

Un matin, début juin, Porfir m'annonça que son maître était mort dans la nuit. Il l'avait habillé et ramené dans sa chambre et c'est un Vladimir au visage apaisé que je contemplai pour la dernière fois.

Le pauvre, comme son âme avait dû souffrir ! Je n'éprouvais qu'une grande tendresse et du remords pour la solitude morale qu'il avait subie pendant mes six mois d'absence.

Nous étions peu nombreux à son enterrement et Porfir, le plus affecté, pleurait ce maître si bon pour lui. Polyxène, impassible, s'approcha de moi et me glissa :

— Pauvre papa, je me demande ce qui a pu le pousser à boire ainsi.

Ses yeux perçants me scrutaient, je me sentis rougir mais je ne répondis pas. Moi seule savais qu'un doute existerait toujours.

La vie reprit son cours et je dus trouver d'autres leçons pour augmenter nos revenus. Pour m'aider, maman vint habiter avec moi, partageant mon loyer et me réconfortant par sa tendresse et sa compréhension. Je vendis pas mal de meubles mais choisis de conserver ceux qu'elle avait rapportés de Koursk.

J'installai aussi une nouvelle chambre pour ma fille qui veilla au moindre détail de sa décoration.

En novembre, malgré son deuil, elle décida de participer au bal de Smolny. Devant mon air réprobateur, elle déclara :

— Pour moi, papa est mort depuis longtemps, je ne peux pas pleurer une épave.

À Noël, Polyxène nous annonça qu'elle ne voulait plus retourner à l'institut, et il fallut user de toute notre persuasion pour la convaincre de terminer son année, c'est-à-dire de rester jusqu'en août. Elle s'y résigna, à condition de pouvoir aller passer ses vacances chez sa meilleure amie... Xenia, la fille d'Hélène et d'Igor.

2

Polyxène, du haut de ses quinze ans, était ravie : je l'avais autorisée à passer les vacances d'été chez Hélène. En la voyant partir pour Soulima, mon cœur se serra. Que de souvenirs s'attachaient à cette maison de Riga !

Son départ m'avait rendue nostalgique et je m'examinai dans le miroir, cherchant les traces des années écoulées. Mon visage n'avait guère changé et, si mes cheveux se parsemaient de fils d'argent, je conservais une silhouette mince, élancée, et une poitrine ferme. J'avais quarante ans, j'étais veuve, que pouvais-je attendre de la vie, de cette existence au ralenti, consacrée exclusivement à ma mère et à ma fille ? Seul restait l'art. Lui ne me trahirait pas.

C'était ma première longue séparation d'avec Polyxène qui m'écrivait régulièrement, me racontant ses journées, évoquant les personnes qu'elle rencontrait. Je recevais ainsi des nouvelles de Jeanne et Anton dont la fille, Delphine, vivait à Paris avec son mari, de leur fils, Karl, âgé de vingt ans. Mon amie Hélène occupait incontestablement une place à part dans le cœur de ma fille, qui devenue l'enfant chérie de la famille lui vouait une grande tendresse et se confiait volontiers à elle.

Dans une de ses lettres, Polyxène me parla de sa rencontre avec Alexeï. Apprenant qu'elle était la fille de Zinaïda Barthelomé, il l'avait dévisagée avec insistance et lui avait posé de nombreuses questions à mon sujet. « Comme il est beau ! » ajoutait-elle.

Polyxène revint à Pétersbourg pour fêter ses seize ans et, de ce jour, commença la lutte pour sa liberté. Elle sortait beaucoup et je la trouvais bien jeune pour mener une vie aussi agitée. Elle désirait des toilettes toujours nouvelles que je ne pouvais lui offrir. Heureusement, ma mère et sa marraine, incapables de lui résister, la comblaient.

Aussi réservées l'une que l'autre, nous ne nous manifestions guère notre tendresse mais elle m'estimait. J'appréciais sa franchise même si elle frisait parfois la brutalité. Ma fille m'avouait par exemple froidement : « Je veux me marier jeune avec un homme riche et mener une vie aisée. Alors, ne t'inquiète pas, maman, je ne me laisserai pas séduire, ma pureté c'est ma richesse. »

Un jour où des amis la raccompagnaient, je la vis passer devant chez nous mais, au lieu de s'arrêter, Polyxène poursuivit sa route et entra dans l'hôtel particulier d'à côté. Je la vis ressortir quelques instants plus tard et revenir à la maison. Je l'interrogeai sur cette étrange conduite :

— Que faisais-tu chez nos voisins ?

— Je n'allais pas chez eux, j'ai seulement donné un peu d'argent à la concierge afin de pouvoir pénétrer sous le porche. Vis-à-vis des amis, cela a plus d'allure que notre modeste immeuble.

J'en restai sans voix et ne pus m'empêcher de rire de son astuce. Chacun des gestes, des actes de Polyxène était toujours réfléchi. Les décolletés de ses robes, soigneusement étudiés, mettaient en valeur sa poitrine parfaite ; sa démarche souple, ondulante, soulignait sa taille fine. Avant de faire son apparition à une soirée ou dans un salon, Polyxène tapotait ses joues, mordait ses lèvres, puis elle franchissait le seuil avec une assurance telle que tous les regards convergeaient vers elle.

Ce n'étaient plus que bals, sorties et fêtes, mais jamais personne ne venait la chercher à la maison. Elle avait trop honte.

Pendant sa dernière année à Smolny, Polyxène se décida, comme Vladimir l'avait prédit, à travailler sérieusement aussi bien le dessin et la danse que l'histoire, les langues et la littérature. Fin juillet, elle quitta définitivement l'institut et conserva toujours des relations suivies avec ses amies.

Ma sœur Anna, Hélène, sa marraine, tout le monde l'adorait et l'accueillait avec joie. Seulement je me demandais parfois si elle avait un cœur. Il lui fallait absolument être aimée, admirée.

À *Alicia* où nous passions l'été, je ne voyais ma fille que le matin, elle disparaissait ensuite avec des amis pour ne revenir que tard dans la nuit. Un soir, entrant par hasard dans sa chambre, j'eus la surprise de la trouver assise dans la pénombre.

— Que fais-tu là toute seule ? Tu n'es pas sortie ?

— Non, je n'en avais pas envie.

Elle poursuivit :

— Pourquoi ai-je besoin de m'étourdir comme un papillon ? J'ai tant envie de vaincre, d'obtenir ce que je veux.

Un long silence, puis Polyxène se pencha vers moi et m'enlaça.

— Maman chérie, aime-moi. Raconte-moi ta vie.

— Polyxène, tu es trop jeune pour que je te dise tout mais, depuis que j'ai quatorze ans, je tiens un journal et je souhaite que plus tard tu le lises. Je désire par-dessus tout que tu sois heureuse, mais tu dois y parvenir comme tu l'entends. Je t'y aiderai de toutes mes forces, je te le promets.

À partir de ce jour commença notre amitié. Polyxène me raconta ses sorties, ses conquêtes. Je participais à sa vie nouvelle, ce qui égayait ainsi ma solitude. Elle savait combien l'art comptait dans ma vie et elle me posait souvent des questions. La peinture l'intéressait.

Polyxène avait un véritable don pour saisir une attitude ou une expression, croquer une silhouette. Elle se plaisait à dessiner les maisons où elle avait vécu, mais elle avait peu d'esprit créatif. Je découvris en elle une véritable passion pour l'architecture. Hélas ! ce métier n'avait rien de féminin.

Extrêmement adroite de ses mains, elle avait très vite appris la couture en suivant les cours de Smolny. À présent, Polyxène se perfectionnait avec une couturière qui venait à demeure, et elle passait ses journées dans son « atelier » à couper, tailler, essayer des modèles avec une ardeur ou plutôt une fièvre extraordinaire. J'avais demandé à Adélaïde de m'envoyer régulièrement des patrons de Paris et je voyais ma fille confectionner jupes, boléros et robes du soir aux emmanchures compliquées, aux décolletés savants auxquels ne manquaient ni dentelles ni falbalas. Ses talents m'émerveillaient d'autant plus que je n'ai jamais su tenir une aiguille.

Par ces glacials après-midi de novembre, j'aimais à me retrouver dans la douce quiétude du salon d'Hélène.

Installées devant une tasse de thé, nous devisions pendant des heures. Les mères de famille que nous étions devenues évoquaient leurs enfants : mon filleul André entrait au Corps des cadets et Xenia, qui terminait Smolny, profitait de son jour de liberté pour bavarder avec Polyxène qui m'avait accompagnée. Une voix que j'eus à peine le temps d'identifier interrompit notre conversation. Alexeï et sa femme Vera entraient.

Je m'aperçus que les yeux de ma fille étaient braqués sur moi. Alexeï m'aborda le plus naturellement du monde :

— Chère Zina, quelle surprise ! Cela fait au moins vingt ans que nous ne nous sommes vus. Voici ma femme, Vera. (Puis se retournant vers ma fille) : Nous connaissons déjà votre adorable Polyxène.

Les cheveux d'Alexeï grisonnaient, mais il n'avait rien perdu de sa sveltesse, son regard si bleu semblait toujours ne voir que vous et, comme l'avait remarqué Polyxène, il était encore extrêmement séduisant.

Ma fille se tenait à côté de lui, et instinctivement je la comparai à Alexeï. Cependant j'avais beau chercher, je ne leur trouvais aucun trait commun ; d'ailleurs, sa ressemblance avec Hélène s'était estompée en grandissant.

Nous causions de tout et de rien et sa femme me parut effectivement simple et charmante. À un moment, Alexeï s'arrangea pour être seul auprès de moi :

— Tu es belle, Zina. Les années n'ont flétri ni ton visage ni ton corps. Je suis heureux auprès de ma femme et de mes deux enfants, mais tu resteras toujours le merveilleux souvenir de ma jeunesse. Je t'ai vraiment aimée et, ajouta-t-il plus bas, tu me troubles encore profondément.

Je restai muette, incapable de proférer une seule parole, mais je sentais que mes yeux me trahissaient. Je ne voyais plus que lui et sa dernière phrase résonnait à mes oreilles. Quelle emprise cet homme avait sur moi ! Toutes mes belles résolutions fondirent et je savais que si une occasion se présentait… J'avais encore tant besoin d'amour.

À Noël, ma fille partit à Riga, maman chez Anna et je déclinai l'invitation de tante Élisabeth de façon à rester à Pétersbourg avec, au fond de moi, un fol espoir : peut-être Alexeï chercherait-il à me voir ? Mes vœux se réalisèrent. Trois jours après leur départ, il vint chez moi, m'annonçant qu'il était seul pour quatre jours.

Je le suivis sans l'ombre d'une hésitation.

Je rentrai à la maison ivre de bonheur, mes pieds ne touchaient plus terre et je me mis à chanter. Fedossia, en m'entendant, s'arrêta net.

— Je suis sûre que tu as retrouvé ton démon.

— Oui, et après ? Je suis libre, et vivante.

— Moïa doucha, je te comprends, me dit-elle.

Comment ne pas être heureuse ? Alexeï, malgré sa jeune femme, ses enfants, sa vie brillante, m'aimait et me désirait encore. Il loua un pied-à-terre au nom de Fedossia et je le rejoignais à chacun de ses séjours à Pétersbourg, trouvant dans mes leçons de piano et de dessin des prétextes à mes sorties.

«J'ai besoin de toi, de ton amour, cette fois je ne veux pas te perdre», me répétait-il. Je le croyais et vivais dans l'attente de nos rencontres qui se poursuivirent jusqu'à l'été.

Polyxène était entourée d'une cour d'admirateurs dont le plus assidu était Karl, le fils d'Anton et de Jeanne. Il ne manquait pas de charme avec son élégance naturelle, ce regard vif et moqueur qu'il tenait de sa mère. Je constatai que ma fille appréciait sa présence.

Un jour, cependant, elle vint me trouver, soucieuse.

— Maman, pourquoi est-ce que je ne tombe jamais amoureuse ? J'aime bien Karl, son empressement me flatte, mais je ne ressens rien à son contact et je n'ai aucun mal à lui résister quand il devient trop pressant. Au fond, ce qui me plaît, c'est troubler les hommes. Mais à quoi cela sert-il si je suis incapable d'aimer ?

— Ne sois pas si pressée, Polyxène, lui répondis-je. Un jour, tu rencontreras le grand amour, mais tu as bien le temps.

Ironie du sort, je lui demandais de patienter mais moi je n'y parvenais point. L'été à *Alicia* me parut long. Je comptais les jours et, malgré la présence joyeuse de ma mère, de Nadiejda Petrovna, d'Élisabeth et de Piotr, cet été me sembla interminable.

À mon retour, je trouvai un mot d'Alexeï : Vera attendait un troisième enfant et il partait pour la France. Ces nouvelles me laissèrent effondrée. La première me rappelait l'existence d'une épouse que j'avais voulu rayer de mes pensées, quant à ce séjour en France, il en évoquait un autre. N'était-ce pas là un prétexte pour rompre notre liaison ?

Une fois de plus, je devais me rendre à l'évidence : cette situation ne pouvait durer éternellement. Je me remis à la peinture avec ardeur et m'efforçai de m'intéresser à la vie quotidienne.

Pour augmenter mes revenus, je décidai d'aménager la chambre où Vladimir avait vécu ses derniers instants et de la louer à un étudiant. Je mis une annonce et plusieurs personnes se présentèrent qui ne me convinrent pas. Je jugeai alors plus sage de procéder par relations et Piotr m'adressa un garçon de vingt-quatre ans, Sergueï Rachevsky, qui me plut tout de suite. Sur sa demande, je lui attribuai en outre une pièce qui lui servait de penderie et de cabinet de toilette.

Sergueï était très blond et avait un regard bleu énergique et franc. Il poursuivait ses études à l'Académie militaire Nicolaeff. Il fit rapidement notre conquête et, au bout de quinze jours, il prenait le repas du soir entre maman et moi. Polyxène dînait fort rarement à la maison et c'est d'ailleurs tout juste si elle lui disait bonjour. En revanche, je voyais comme il la dévorait des yeux.

En rentrant de Tsarskoïe Selo où nous avions passé Noël, une surprise m'attendait : Alexeï était revenu de Paris, aussi amoureux, ardent et assidu, et ma double vie reprit.

Seule Fedossia savait, mais elle s'abstenait de me juger.

Je retrouvais Alexeï plusieurs fois par semaine.

Il ne pouvait se passer de moi. « Ne m'abandonne pas », disait-il. Il m'entretenait de sa femme, de ses enfants, de sa vie. Nous étions comme de vieux mariés, nous n'éprouvions ni remords ni envie de rompre cet accord qui me donnait la preuve que j'étais encore une femme désirable. Je volais des heures de bonheur caché indispensables à mon équilibre.

Je passais de longs moments à converser avec Sergueï et je m'attachais de plus en plus à ce garçon plein de tact et de droiture. Il me parlait de ses études et voulait devenir ingénieur militaire.

Sa famille possédait un domaine dans la province de Tchernigovskaïa et il avait un frère plus jeune, Pavel, auquel le liait une grande amitié. Il me décrivait son enfance dans leur *imenia*[1], bercée par les contes extraordinaires de sa niania finnoise, un mélange d'aventures et de légendes païennes.

Quand Sergueï évoquait ses parents, j'avais l'impression de reconnaître les miens dans cette lointaine Russie qui disparaissait peu à peu, emportant avec elle ces êtres naïfs qui croyaient en un mélange de reli-

---

1. *Imenia* : domaine.

182

gions et de superstitions et vouaient une foi sans faille au tsar.

Nous discutions politique, Sergueï me disait combien il se sentait choqué par les propos des hommes de sa génération qui ne respectaient ni le tsar ni la famille impériale, traitaient les ministres de vendus, les membres du clergé de débauchés. Il avait peur du futur, de la cruauté ancestrale déferlant sur notre Russie, car sous ce choc violent, fratricide, cette dernière mettrait des années pour retrouver un équilibre égal à celui des autres pays. Le contraste était trop grand entre les nobles préoccupés par leur vie mondaine et futile, et le peuple inculte qui se faisait exploiter par des régisseurs et des militaires avides d'écraser les plus petits.

Je partageais ses points de vue. Depuis Berthold, je n'avais jamais rencontré un homme aussi logique et intelligent mais, contrairement à Berthold, il émanait de sa personne une franchise et une grande bonté. Comme j'aurais aimé que ma fille s'intéressât à lui. Hélas ! elle ne le voyait même pas. D'ailleurs, depuis son retour de Riga, je la sentais préoccupée. Elle avait perdu de son assurance et ne me faisait plus aucune confidence.

Nous passâmes une quinzaine de jours chez Piotr et Élisabeth, très attristée par la mort de Ludmilla, sa sœur. À sa dernière visite, celle-ci ne l'avait pas reconnue. C'était mieux ainsi.

Je laissai ma mère chez Anna et rentrai à Saint-Pétersbourg, Alexeï m'ayant annoncé son passage pendant cinq jours. Quelle joie inespérée de l'avoir entièrement à moi !

L'âge l'avait mûri, la bonté se lisait sur son visage et son attachement pour moi était si sincère. «Tu es l'unique amour de ma vie, me répétait-il. Vera, femme idéale, est la mère de mes enfants. Mais mon équilibre vient de ton amour, j'ai besoin de ton amitié et de ta complicité.»

Pour moi, ce qui me restait de jeunesse était dû à Alexeï et je voulais le garder le plus longtemps possible.

Je me consacrais beaucoup à ma mère. À soixante-dix ans, elle gardait une silhouette svelte, des mouvements jeunes. Cependant, son cœur nous donnait souvent des inquiétudes.

Je savais tant lui devoir, combien de fois la justesse de ses remarques me faisait apprécier son sens de l'observation, sa compréhension des êtres, son infinie bonté. Je la questionnais sur la Russie, sa jeunesse, sa famille et sa vie.

Elle était la dernière de six enfants, trois frères et deux sœurs.

Sa mère mourut à sa naissance et son père ne tarda pas à se remarier. Aucun lien affectueux ne la lia à sa belle-mère. Elle quitta sans regret famille et maison natale pour suivre mon père, qui fut le seul homme de sa vie. Il ne lui restait qu'un frère, parti s'établir au Canada et dont elle n'avait aucune nouvelle depuis trente ans. Qui sait, peut-être avais-je des cousins dans ce lointain pays?

Ma mère m'interrogeait souvent sur Polyxène, car sa nervosité, ses sautes d'humeur l'inquiétaient.

— Tu devrais t'intéresser à ses amis, me disait-elle.

Je le savais, mais ma fille me fuyait en ce temps-là.

L'année passa. Ma vie secrète m'absorbait, notre amour si fort se doublait d'une grande tendresse. Un jour, à brûle-pourpoint, il me demanda :

— Zina, j'éprouve une attirance très grande pour Polyxène. Est-elle ma fille ?

Je lui avouai l'avoir cru longtemps, mais plus elle grandissait, plus elle ressemblait à Vladimir. Le doute subsistait cependant.

Un soir en rentrant à la maison, je trouvai Polyxène en grande conversation avec Sergueï. Comme mon cœur était joyeux. S'apercevait-elle de sa valeur ? Elle s'en aperçut si bien que de plus en plus je pus la voir en sa compagnie. Il l'emmena au théâtre, puis à un bal. Elle en revint déçue, Sergueï n'aimait pas danser, pourtant il était un excellent valseur. Pour Pâques, Polyxène n'alla pas chez Xenia et l'été elle vint à *Alicia* ainsi que Sergueï. À notre retour à Saint-Pétersbourg, un jour il me pria de lui accorder la main de ma fille et nous invita à Noël dans sa famille, afin que ses parents fassent la connaissance de Polyxène. Je voulais connaître l'opinion de Polyxène qui me la donna avec sa franchise habituelle.

— Maman, après toutes mes rencontres, je me suis rendu compte qu'un homme que j'avais connu, malgré ses déclarations enflammées, ne m'épouserait pas : je n'avais ni dot ni hôtel particulier, ma famille, sauf Anna, ne faisait partie d'aucun milieu mondain. Lorsque j'ai rencontré Ivan Kourakine, j'ai vraiment cru trouver le mari idéal.

Et Polyxène me parla longuement de son idylle avec le prince Kourakine.

— J'écoutais ses paroles. Réalisant qu'il me parlait de désir et non d'amour, je me refusai à lui. Je vis alors cet homme si courtois, si raffiné, entrer dans une fureur indescriptible et se métamorphoser en un personnage grossier. "Qu'attendais-tu de moi ? me lança-t-il. Le mariage peut-être ? Eh bien, tu te trompes. Jamais au grand jamais cette idée ne m'est venue à l'esprit. Sache que dans mon milieu, tu es tout juste bonne à être une femme entretenue."

« Je tournai le dos sans mot dire et montai dans ma chambre. Ivan partit le lendemain à Pétersbourg, me laissant un billet d'excuses dans lequel il attribuait son comportement à l'excès de boisson. Je le méprisais mais surtout j'étais touchée au plus profond de moi. Mon orgueil blessé m'empêcha de te confier ma déception.

« Peu après, je découvris l'existence de Sergueï, qui devint mon chevalier servant, m'emmenant au théâtre, à l'Opéra, au bal. J'étais adorée, adulée comme j'avais toujours rêvé de l'être, et jamais Sergueï ne se permettait un geste déplacé ou une allusion embarrassante. C'était si bon de me sentir aimée, pas seulement convoitée. Et puis, un jour, au retour d'un concert, il prit ma main en me disant : "J'aimerais garder cette main, qu'elle soit mienne." Il me demandait en mariage. Je me jetai dans ses bras : "Je le veux de tout mon cœur."

J'interrompis son récit pour lui demander :

— Et toi, l'aimes-tu ?

— Suis-je seulement capable d'aimer ? Je me sens bien auprès de lui et j'ai envie de l'épouser. C'est tout ce que je sais.

Sa réponse ne me rassura pas vraiment, mais Polyxène était tellement imprévisible. Et puis, je comptais sur le temps pour transformer ce tendre sentiment en un véritable amour.

À Noël, nous nous rendîmes chez les parents de Sergueï à Tchernigov.

La superbe demeure qui nous apparut suscita notre étonnement. Une longue allée, des arbres centenaires, la maison en pierre de taille entourée sur les côtés par des pièces d'eau, un majestueux escalier conduisant vers la porte d'entrée devant laquelle se tenait un serviteur en livrée. Sergueï s'amusa beaucoup de notre surprise. Un jeune homme très grand vint à nous : Pavel, le frère de Sergueï.

— Mais voici ma future belle-sœur. Examinons donc cette perle rare, dit-il en souriant.

Pavel avait exactement le même regard franc et chaleureux que son frère et des traits parfaitement réguliers. Jamais je n'avais vu un homme d'une telle beauté. Polyxène resta ébahie.

Il nous fit entrer dans un vaste salon et, là encore, j'écarquillai les yeux. C'était la première fois depuis mon lointain séjour à Paris que je voyais un intérieur meublé avec autant de goût et de raffinement. Devant une cheminée aux proportions monumentales où brûlait un feu de bois se tenaient les parents de Sergueï.

Après des présentations un peu guindées, l'atmosphère se réchauffa et j'observai les membres de cette famille, qui me parut plutôt austère.

Le père, Alexandre Nicolaevitch, avait une stature imposante, des cheveux tout blancs et se tenait très droit, comme Pavel. Sa voix sonore semblait faite pour raconter des légendes terribles, mais son sourire bienveillant, presque enfantin, adoucissait cette expression sévère. À ses côtés, la blonde Valentina Pavlovna avait l'air minuscule et son aspect frêle et menu lui donnait une silhouette de jeune fille. Nous avons tout de suite sympathisé. En l'écoutant évoquer sa vie à Toumane[1], je me rappelais mon enfance à Koursk dans le domaine familial. Mais notre principal sujet de conversation fut, bien sûr, nos enfants.

J'appris qu'ils avaient perdu une petite fille âgée de douze ans et que seules la gentillesse et l'affection de leurs fils les avaient aidés à surmonter leur désespoir. Contrairement à son frère, Pavel ne souhaitait pas embrasser la carrière militaire. Ce doux rêveur écrivait des poèmes et désirait se consacrer à la littérature tout en s'occupant de leur domaine dont je découvris, là encore avec surprise, l'incroyable étendue.

Ces huit jours à Toumane furent délicieux. Je m'aperçus rapidement que Sergueï était la fierté de sa famille et que Valentina avait du mal à dissimuler une certaine animosité à le voir exclusivement préoccupé de ma fille.

Très vite, nous décidâmes que le mariage aurait lieu début octobre à Tsarskoïe Selo, chez Anna. Sergueï offrit à Polyxène un pendentif orné d'un saphir magnifique entouré de diamants, qu'elle mit lors de la soirée donnée pour célébrer leurs fiançailles.

Ce soir-là, elle portait une robe stricte mettant en valeur sa silhouette, son long cou et sa taille mince. Je m'amusai de l'air dépité des jeunes filles présentes qui

---

1. Nom du domaine.

perdaient un prétendant et trahissaient leur désappointement par des remarques acerbes à l'égard de Polyxène. À un moment, je surpris les yeux de Vladislav Karpinski – le meilleur ami de Sergueï, un homme d'une élégance nonchalante – posés sur ma fille : il la déshabillait du regard. Plus tard, j'interrogeai Polyxène à son sujet et elle me répondit : « Sergueï me l'a présenté comme son meilleur ami et un grand séducteur, mais moi, je le trouve plutôt antipathique. » Sergueï, lui, ne voyait rien, n'entendait rien et ne s'intéressait qu'à Polyxène qui lui réservait toutes ses valses.

Je partis chez Anna, laissant Polyxène heureuse et aimée. Elle revint de Toumane gaie et détendue, sûre désormais de ses sentiments. Elle s'occupait de son trousseau avec dextérité et, plus que jamais, l'effervescence régnait dans son atelier.

Sergueï avait trouvé un appartement proche du nôtre. Il avait terminé ses examens à l'Académie Nicolaeff et se préparait à entrer dans l'administration, où il recevrait une affectation en sa qualité d'ingénieur militaire.

Anna avait réglé dans les moindres détails le mariage de sa nièce. J'en retins surtout l'émotion. Comme le temps avait passé ! En la voyant au bras de Sergueï, je me revoyais avec Vladimir dans notre petite église de Koursk. Au fond, nos mariages se ressemblaient un peu : l'une comme l'autre, nous n'étions pas « tombées amoureuses » de nos maris. Ce sont eux qui, à force d'obstination et surtout de tendresse, avaient conquis nos cœurs. Un frisson d'angoisse me parcourut. Je priai avec ferveur pour son bonheur. Qu'elle était belle dans sa robe de tulle blanc, avec son teint évanescent et sa silhouette élancée qui lui donnaient un air si fragile !

Les jeunes mariés partaient deux mois en France et en Italie. Au moment de me quitter, ma fille me serra très fort et murmura :

— Je t'aime, maman.

3

Une surprise m'attendait à Pétersbourg.

Polyxène avait remis une lettre à Fedossia en lui enjoignant de me la donner après son départ. Je m'assis, son écriture fine et régulière dansait sur le papier, des larmes jaillirent de mes yeux et je dus, à plusieurs reprises, interrompre ma lecture.

Maman chérie,

Ma joie est grande à la pensée que tu vas lire ces quelques pages où j'ai consigné certains événements qui m'ont profondément marquée et que, par timidité autant que par pudeur, je n'ai osé te confier. Ces aveux, ces confidences te dévoileront le fond de mon cœur et ils éclaireront mon comportement qui a pu te paraître parfois étrange.

Pour Alexeï, je sais tout depuis l'âge de quinze ans. C'est en entrant par hasard dans ta chambre que j'ai découvert son existence. Un cahier posé sur ton secrétaire attira mon attention. Je ne suis pas d'un naturel indiscret, pourtant, une force irrésistible me poussa à y jeter un coup d'œil et, tout de suite, mon regard tomba sur le nom de Polyxène. Je me penchai pour lire : «Un soir, en voyant Polyxène, Vladimir l'appela Hélène. Il avait donc, lui aussi, remarqué la ressemblance et sa rechute était sans aucun doute liée à cette révélation.»

Mes jambes se dérobèrent et je dus m'asseoir mais j'en avais lu trop ou pas assez. Je feuilletai les pages avec fébrilité, retournant en arrière pour tenter de saisir le sens de cette phrase incompréhensible. Le pas de niania qui s'approchait interrompit ma lecture et j'abandonnai le cahier en ayant soin de le laisser ouvert à la date où je l'avais trouvé. Je sortis, l'air naturel, et demandai à Fedossia :

— Où est maman ?

— Elle est partie chercher un médicament pour ta grand-mère qui vient d'avoir un léger malaise.

Une fois dans ma chambre, je m'efforçai de reprendre mes esprits et de mettre de l'ordre dans mes idées. Certains passages me revenaient et tournoyaient dans ma tête. Tout s'écroulait, toutes les certitudes sur lesquelles s'étaient construites les quinze premières années de mon existence s'effondraient.

Ainsi donc, j'étais «un doute», peut-être le fruit de cette grande passion. Cette idée m'était insupportable, me révoltait. Je détaillai les traits d'Hélène : est-ce que je lui ressemblais ? Puis les visages de Xenia et d'André passèrent devant mes yeux. Serions-nous cousins ? J'éprouvais une attirance instinctive à leur égard, mais quoi de plus normal ? Je les connaissais depuis si longtemps.

Mais non. Nous n'avions rien de commun et, pour m'en convaincre, je m'emparai d'une photo que mon père m'avait donnée environ un an avant sa mort. Il avait écrit au dos, d'une main déjà tremblante : «Ton papa». Je contemplai ses yeux si doux, si aimants et plus je le regardais, plus j'en étais persuadée : c'était bien lui mon père.

Et toi, maman ? Toi qui m'apparaissais depuis toujours comme une femme froide et réservée, comme un modèle de rigueur et de dignité, tu te métamorphosais soudain en un être de feu capable de tout pour suivre les inclinations de ton cœur.

Comment te faire partager ma stupéfaction ?

Loin de te juger, je t'admirai : tu avais été jusqu'au bout de ta passion, tu avais eu le courage d'avouer ta faute à ton mari. Et cette faiblesse, cet amour, te rendaient soudain si humaine !

Mais j'aurais voulu en savoir davantage : quand avais-tu rencontré Alexeï ? Pourquoi avais-tu épousé papa ? C'était dur à quinze ans de se trouver aux prises avec la réalité de l'existence. Ces questions sans réponses me torturaient, et pendant bien longtemps je n'eus plus goût à rien, surtout pas à travailler. Heureusement, l'été suivant, je partis avec Xenia pour Soulima.

C'est à cette époque que je commençai à sortir. Je ressentais le besoin de m'étourdir et, grisée par mes succès, sûre de mes charmes, de mon pouvoir sur les hommes, j'échafaudais d'ambitieux projets. Comme tu le sais, ma déconvenue avec le prince Ivan me ramena à plus de modestie.

Peu après cette humiliation, je surpris une conversation entre deux de mes cavaliers : « Polyxène est très belle, mais complètement frigide. »

Je m'éclipsai discrètement, interloquée par ce que je venais d'entendre. Frigide ? Qu'est-ce que cela voulait dire ? Je devinais qu'il ne s'agissait pas d'un compliment, mais je n'osai t'en parler. J'interrogeai une amie mariée dont la réponse, sans m'éclairer vraiment, m'amena à cette conclusion : j'étais, je serais toujours incapable d'aimer. Mais toi, en revanche, comme tu savais aimer ! J'assistai avec émotion à tes retrouvailles avec Alexeï chez Hélène. Sur le chemin du retour, je te regardai : tu rayonnais, un demi-sourire flottait sur tes lèvres, donnant à ton visage un air de béatitude profonde.

Quelques mois plus tard, je te vis entrer dans un immeuble situé dans le même quartier que nous. Un de tes élèves habitait probablement là, pensai-je sans m'étonner. Cependant, juste après, je reconnus Alexeï qui s'engouffrait à son tour sous le porche.

Ainsi, ton histoire d'amour n'appartenait pas au passé. Tu la vivais intensément et Alexeï n'hésitait pas à quitter sa jeune et jolie femme, ses enfants pour te retrouver. Quel était donc ce lien si puissant, si fort, que ni les ans ni les événements n'avaient pu rompre ? Tu vivais dans un monde qui m'était interdit, à moi la frigide, qui ne connaissais rien de l'amour.

Je me mis à pleurer, de jalousie, de dépit et je butai littéralement contre Sergueï. Je me laissai choir dans un fauteuil, incapable de maîtriser mes sanglots. Sans trahir le moindre étonnement, Sergueï me prit affectueusement par les épaules et me dit doucement :

— Pleurez autant que vous voudrez, vous vous sentirez mieux après. Puis-je vous aider ?

— Personne ne peut m'aider, murmurai-je.

Au bout d'un moment, je pris conscience du ridicule de la situation. Je pleurais dans les bras d'un homme que je connaissais à peine. Qu'allait-il penser ? Je

refusai de lui avouer le motif de mes pleurs et lui dis
combien j'appréciais le réconfort de sa présence.

— Je suis heureux de soulager votre chagrin. Séchez
vos larmes, vous êtes jeune et jolie, amusez-vous.
Demain c'est mon jour de congé, voulez-vous venir
bavarder avec moi sur la Neva ?

Voilà, maman. Tu connais la suite. Je voulais que tu
saches, au moment où je découvre l'amour, que mon
bonheur est un peu l'enfant de ta passion.

Ainsi, Polyxène savait. Je me sentis légère, soulagée, comme débarrassée d'un poids.

Je ne fis point part à Alexeï des confidences de ma
fille. Il se montrait toujours aussi fier d'elle, vantant à
tout propos ses mérites et, en dépit de mes incerti-
tudes, il semblait persuadé qu'il était son père. Alexeï
et Vera avaient immédiatement sympathisé avec Sergueï et le jeune couple devait passer chez eux les fêtes
de Noël. J'avais hâte de revoir ma fille qui m'écrivait
régulièrement.

Polyxène et Sergueï revinrent de leur voyage de
noces, éblouis, radieux et, tandis qu'ils nous racon-
taient leurs diverses étapes, leurs yeux brillaient au
souvenir des merveilles qu'ils avaient vues. Ils nous
décrivirent cette extraordinaire tour Eiffel qui avait
maintenant trois ans et continuait à recevoir les hom-
mages des touristes ébahis. «Comme j'aimerais vivre à
Paris !» ne cessait de dire Polyxène. Très impressionnée par l'élégance parisienne, elle avait rapporté une
quantité de malles et surtout une multitude de cartons
à chapeaux.

— Maman, j'attends un enfant, m'annonça-t-elle, peu après son retour. C'est un désastre, je n'aurai pas le temps de porter mes nouvelles toilettes.

— Tu disposes encore de quelques mois, profites-en, mais je suis si contente de cette nouvelle, lui dis-je en l'embrassant.

La future mère ne perdit pas de temps et se lança avec frénésie dans les mondanités. Sergueï et Polyxène étaient de tous les bals, de toutes les fêtes de la saison. Polyxène tourbillonnait, élégante et gracieuse, admirée, enviée, tandis que Sergueï, qui lui faisait totalement confiance, passait ses nuits à une table de jeu. Il n'avait qu'une passion en dehors de sa femme, les cartes, et il trouvait toujours quelques partenaires aussi enthousiastes que lui.

Ces derniers temps, Alexeï se montrait extrêmement préoccupé par les événements. De retour d'une tournée d'inspection dans son domaine de Leton, il me raconta combien il avait été frappé par la misère. À la terrible famine qui sévissait depuis 1891 s'ajoutaient diverses épidémies. Les révolutionnaires exploitaient habilement le désespoir des paysans et les incitaient à la révolte.

Il était de plus en plus question d'un certain Maxime Gorki qui s'était lancé dans une croisade pour la justice. Une noble tâche, mais combien ambitieuse quand on considérait l'immensité du pays, le poids séculaire des habitudes.

— Je n'ai confiance en personne, disait Alexeï. Nos dirigeants faibles, indécis, se révèlent incapables de faire face à la situation, et nos intellectuels se grisent de mots et d'idées libérales. Je crains que tout cela ne tourne au désastre.

Un après-midi, après avoir brossé un tableau particulièrement sombre de la situation, il glissa dans la conversation :

— Je suis de plus en plus inquiet. J'aimerais émigrer dans un pays neuf comme les États-Unis et voir mes enfants à l'abri de la tourmente qui ne saurait nous épargner.

Ces mots me firent mal. J'allais le perdre, il s'en irait au-delà des océans et je ne le reverrais plus. Je n'osai lui faire préciser sa pensée.

Plus tard, je tentai de me rassurer. C'était seulement une éventualité qu'il n'envisageait pas sérieusement. Peu à peu, pourtant, je compris qu'il fallait me faire à cette idée. Les années grignotaient ma jeunesse. D'autres devoirs m'attendaient depuis le mariage de Polyxène et il me fallait accepter la vieillesse, une vie discrète et anonyme. Ma seule richesse restait la liberté de pensée. Quelque temps plus tard, Alexeï me dit :

— Zina, je ne peux me résoudre à vivre sans toi. Ce serait un déchirement. Suis-moi aux États-Unis, tu es libre, rien ne t'interdit de venir me rejoindre. Réfléchis à ma proposition.

Partir ? Tout quitter pour finir mes jours auprès du seul homme que j'aie jamais aimé ? J'en mourais d'envie. Au fond, il n'existait pas de véritable obstacle. Polyxène, mariée, pouvait se passer de moi et ma mère ne serait pas abandonnée puisque Nadiejda Petrovna, devenue sa meilleure amie, habitait sous le même toit.

Le 29 juillet 1893 naquit Vladimir, un superbe garçon littéralement «pondu» par sa mère en moins de deux heures. Fedossia avait fait venir de son village une jeune nourrice, Mourra, et nous partîmes tous en Crimée.

Polyxène reprenait sa silhouette de jeune fille et préparait le baptême de son fils. La cérémonie eut lieu à Yalta en présence de Pavel, le parrain, et de Xenia, la marraine. Vladislav, le meilleur ami de Serguëï, était là aussi et une fois de plus *Alicia* résonnait de rires joyeux. Pendant trois jours, ce ne furent que réjouissances.

Alexeï, tout à son départ prévu pour le printemps 1895, s'occupait de la liquidation de ses biens et du transfert de sa fortune. Sa femme se montrait enthousiaste à l'idée de quitter la Russie et tous deux comptaient demeurer à New York avant de décider de l'endroit où ils se fixeraient. Ils n'avaient pas de soucis d'ordre matériel, le cours élevé du rouble leur permettrait de mener une vie aisée.

L'année 1894 m'apporta deux terribles nouvelles. Ce fut d'abord la mort du cousin Piotr, si charmant et si gai. Une bien cruelle épreuve pour tante Élisabeth dont l'union n'avait duré que dix ans, mais dix ans d'un bonheur parfait. Je lui proposai de s'installer avec nous à Pétersbourg. Elle refusa et je compris que trop de souvenirs l'attachaient encore à Tsarskoïe Selo.

Puis je reçus une lettre déchirante de Wilghlem : sa femme et ses deux enfants avaient péri dans un accident de chemin de fer alors qu'ils se rendaient chez leurs grands-parents. Wilghlem devait les rejoindre quelques jours plus tard.

«Je n'ai plus rien, plus aucune raison de vivre,

seule la peinture me préserve du désespoir, m'écrivait-il. Dans l'immédiat, je vais fuir ce pays qui me rappelle trop le passé et entreprendre un long voyage en Europe, à la recherche de l'oubli. Votre souvenir reste comme un rayon de soleil dans ma vie et j'aimerais tant recevoir de vos nouvelles. »

Naturellement, je m'empressai de lui répondre, et une correspondance suivie s'engagea à nouveau entre nous. À chacune de ses escales, il m'envoyait un courrier me faisant part de ses impressions.

En mars, Polyxène arriva en pleurant. Elle était à nouveau enceinte. Cet enfant allait gâcher sa vie si passionnante, elle ne pourrait plus sortir, elle n'en voulait à aucun prix.

Une fille vint au monde, encore plus rapidement que son frère, le 14 octobre 1894. On la prénomma Nathalia.

Cette année fut aussi celle de la disparition d'Alexandre, surnommé « Mirotvoretz le pacifiste ». La Russie pleura, par habitude plus que par sincérité, ce bon père et bon époux dont l'intelligence n'avait rien de remarquable. Le 21 octobre, son fils aîné, Nicolas II, lui succédait. Il épousa peu après Alix de Hesse qui prit le nom d'Alexandra Fedorovna. D'une nature timide, l'impératrice avait horreur des mondanités, mais son sens du devoir lui faisait remplir ses obligations avec dignité.

C'était mon troisième tsar. Son règne s'annonçait bien difficile et en contemplant son doux visage, son regard craintif, un sombre pressentiment me vint. Je fis un signe de croix et dis : « Mon Dieu, préservez-le. »

Je regardais avec tendresse ma mère. Elle avait soixante-douze ans, sa santé semblait meilleure, sa silhouette mince lui donnait une allure plus jeune. Elle n'avait pas un cheveu blanc, moi qui commençais à en avoir. Elle me donnait une sensation de fierté devant l'intérêt qu'elle prenait à tous les événements aussi bien de notre Russie que d'ailleurs. Elle partait faire des séjours chez Anna, et surtout chez Élisabeth depuis la mort de Piotr. Oui, j'avais bien fait de rester avec elle, de ne pas me lancer, à mon âge, dans une aventure folle à la suite d'Alexeï.

J'allai retrouver maman chez Anna pour Noël et la nouvelle année. Je trouvais ma sœur épanouie, le visage respirant la bonté. Sa soif de mondanité s'était atténuée, seuls comptaient Nicolas et ses enfants. Comme la vie peut vous tromper : petite évaporée à laquelle j'aurais prêté une foule d'aventures, Anna s'avérait une femme posée et sérieuse, tandis que moi, au physique plutôt ingrat, pensant rester vieille fille, j'avais eu pas mal de succès, un mari, un bel amant et une fille à la paternité douteuse !

De retour chez moi, une lettre de Wilghlem m'attendait. Il annonçait sa venue pour le début de février.

Peu après son arrivée, Polyxène passée à l'improviste ne cacha pas sa surprise à la vue de cet étranger que nous recevions comme s'il s'agissait d'un parent ou d'un intime. En partant, elle me glissa à l'oreille :

— Maman, encore un de tes amoureux, comme il est beau !

J'aimais son insolence et je ris de bon cœur.

Dès le premier jour, je sentis que Wilghlem avait besoin de parler, de raconter, d'exorciser le souvenir du drame qui avait bouleversé une vie jusque-là insouciante, partagée entre les joies familiales et les plaisirs esthétiques. J'écoutai son récit en silence, ne pouvant dissimuler ma profonde émotion.

Que de nuits nous passâmes ensuite à remonter le temps, à ressusciter un passé où les détails avaient parfois plus d'importance que les grands événements. Je lui demandai des nouvelles de Berthold. Wilghlem le voyait fort peu. Il ne partageait pas ses idées. Son cousin, plus que jamais marxiste, vivait dans l'ombre de Lénine et préparait activement la révolution socialiste mondiale qui, selon ses analyses, devait se propager à partir de l'Allemagne. Je contai alors mes mésaventures politiques, mes mois de travail, puis le retour de Berthold. Wilghlem ne put s'empêcher de se moquer de ma naïveté.

Comme autrefois, notre sujet favori, celui que nous évoquions pendant des heures, était la peinture. Il avait une passion pour Odilon Redon, Degas et Renoir, et se réjouissait de voir que des marchands comme Durand-Ruel et Ambroise Vollard commençaient à s'intéresser à leurs œuvres. J'écoutais avec avidité les anecdotes qui couraient sur les peintres : l'oreille coupée de Van Gogh, Gauguin se promenant à Montparnasse avec sa Javanaise et sa guenon.

Son talent de conteur était tel que je me représentais la galerie Durand-Ruel en cet après-midi de 1893.

Sur les cimaises étaient accrochés une quarantaine de Gauguin que le marchand avait exposés sur les instances de son ami Degas. Le peintre était présent, cheveux noirs et moustache de gitan. Impassible, il ignorait superbement les sarcasmes que la foule déversait sur ses œuvres. Seul un monsieur à l'air timide et réservé s'approcha de lui : « Monsieur Gauguin, quel mystère dans tant d'éclat ! — Merci, monsieur Mallarmé. » Et le poète s'en retourna, aussi discrètement qu'il était venu. Gauguin, atteint par cet échec, avait choisi l'exil. Comme je compatissais à sa douleur d'être incompris.

L'arrivée de Wilghlem n'avait pas interrompu mes rendez-vous avec Alexeï. Complètement désemparés à l'idée de la séparation du mois de mai, nous nous voyions presque tous les jours. Je ne lui avais pas parlé de mon ami allemand. À quoi bon !

En revanche, j'avais confié à Wilghlem mon désarroi et sa tendresse me réconfortait. Les jours passaient et je réalisais tout ce que nos échanges m'apportaient : ils m'enrichissaient, facilitaient mes recherches artistiques et stimulaient mon travail. Mon précieux compagnon avait la même impression, car un soir, avant de monter dans sa chambre, il me dit :

— J'ai décidé de ne plus jamais retourner en Allemagne et de prendre la nationalité russe. Zina, maintenant que nous nous sommes retrouvés, je ne veux plus te perdre. Acceptes-tu de partager ma vie ? Je ne souhaite que ta présence et ton amitié.

Pourquoi refuser ? Nous étions si bien ensemble. Mais je lui demandai de patienter. Avant de commencer cette nouvelle existence, il me fallait affronter une épreuve que je redoutais : le départ d'Alexeï. J'avais encore tant besoin de lui après vingt-cinq ans. Et je savais que mon angoisse était partagée.

Nous avions choisi de nous dire adieu une semaine avant qu'il ne parte. Ma jeunesse me quittait, j'avais quarante-sept ans.

Ses dernières paroles furent :

— Je t'aime, j'emporte avec moi ton visage, ton corps, ton odeur. Veille sur Polyxène. J'aurai des nouvelles par Hélène.

La veille de son départ, j'allai retrouver mon ami. Tout mon émoi refoulé se déversa en un flot de larmes. Je revoyais Alexeï, notre première rencontre, la valse, notre embarquement. Et puis, le désir d'oublier tout cela.

Le lendemain, je partis avec Wilghlem pour Yalta. Chère et douce maison d'*Alicia*, elle évoquait pour moi tant de souvenirs heureux.

La présence de mon compagnon, son émerveillement devant la nature exubérante, la douceur du climat, me réconfortaient. Fedossia, qui dirigeait la maison, ne put s'empêcher de remarquer avec sa familiarité coutumière :

— Un clou chasse l'autre, mais pourquoi faites-vous chambre à part ?

— Enfin, Fedossia, Wilghlem n'est qu'un vieil ami et j'ai passé l'âge de la passion.

— Il n'y a pas d'âge pour aimer, répondit-elle en hochant la tête, et tu as tant besoin d'amour.

Toutefois, la profonde amitié qui me liait à cet

homme que je connaissais depuis si longtemps suffisait à mon bonheur et à ma sérénité.

Quand toute la famille arriva pour l'été, Wilghlem, par discrétion, voulut s'en aller, mais ma mère le convainquit de rester avec nous.

Il recevait des revenus d'Allemagne et de Suisse, où il avait travaillé à la restauration de théâtres et de musées. Cependant cette oisiveté complète ne lui convenait guère et, sur mon conseil, il accepta un poste de professeur de dessin et d'allemand à Yalta. La fin de l'été nous sépara.

À Noël, Wilghlem vint nous rejoindre et nous passâmes l'année nouvelle à Tsarskoïe Selo. Il était devenu le familier de toute la maison.

4

Le 22 octobre 1896, Polyxène mit au monde une petite fille, Zina, en mon honneur. Elle dut l'allaiter en raison de la faible constitution du bébé. Polyxène possédait un instinct maternel développé et s'occupait à la perfection de ses enfants. Tous trois, cheveux blonds, yeux bleus, possédaient le même air angélique.

Vladimir, un garçon extraordinairement beau, qui ressemblait à son oncle Pavel, avait hérité de sa mère ce charme persuasif qui faisait que chacun obéissait à ses moindres caprices.

Nathalia, plus secrète, très observatrice et remarquablement intelligente pour son âge, se révélait une comédienne-née.

Zina, la chétive, perpétuellement atteinte d'un refroidissement ou d'une maladie infantile, m'accueillait avec de telles manifestations de joie que j'étais profondément attachée à ce petit être.

Autour de nous, les générations poussaient. Georgui, le fils aîné d'Anna, âgé de trente-deux ans, terminait le conservatoire de Saint-Pétersbourg. Il avait eu pour maître le compositeur Anton Rubinstein et, comme son père, il était peintre animalier.

Wilghlem et moi étions devenus inséparables. Il s'était d'abord installé dans une charmante maison située non loin d'*Alicia*, puis quelque temps après, je lui proposai de venir habiter à *Alicia*. Tous les jours, nous partions, main dans la main, oubliant le monde et sa rumeur, ses soubresauts et ses injustices. Nous étions libres, sereins et la nature nous comblait de ses richesses.

Hélène me transmettait régulièrement des nouvelles d'Alexeï. Il ne tarissait pas d'éloges sur les États-Unis et il était maintenant définitivement fixé à Boston où il avait acheté une maison. Vera ne souffrait pas du dépaysement et elle appréciait le charme discret de la société bostonienne.

Ici, comme Alexeï l'avait prévu, la situation s'aggravait. Nicolas II était parti pour sa première visite officielle à Paris, afin de souder l'alliance franco-russe. La Chine nous donna la permission de continuer la construction du chemin de fer transsibérien à travers la Mandchourie jusqu'à Port-Arthur. Mais le mécontentement grondait dans le peuple, adroitement dressé par des meneurs persuasifs. Pendant ce temps, une frénésie de bals costumés, soirées, réceptions de toutes sortes animait la société pétersbourgeoise.

Je n'avais plus grand-chose à raconter sur ma vie qui devenait de plus en plus absorbée par la peinture, je me détachais des êtres qui ne m'étaient pas vraiment proches. Je ne désirais plus de passion physique, mais la compréhension profonde et mutuelle entre Wilghlem et moi m'était indispensable ; les années passant, nous ne pouvions nous éloigner longtemps l'un de l'autre. Je lisais dans ses yeux une vraie tendresse que je partageais entièrement.

Pour ce Noël 1898, nous étions tous réunis à Pétersbourg, Wilghlem, tante Élisabeth, Anna et sa famille, Polyxène, Sergueï et leurs enfants, autour de maman. Elle rayonnait de bonheur entourée de ses petits-enfants. Ce fut pourtant son dernier Noël. Elle mourut en février, aussi discrètement qu'elle avait vécu. Une douleur dans la poitrine au réveil, un vertige, une forte inspiration puis elle s'endormit pour toujours. Anna, venue pour l'enterrement, était effondrée et nous évoquâmes ensemble son infinie bonté, sa tolérance, sa compréhension des êtres.

Je n'arrivais pas à m'habituer à son absence. Le plus triste fut de trier ses objets personnels mais, en dehors de quelques lettres de papa, je ne trouvai rien de particulier.

Une génération s'éteignait et j'étais la prochaine sur la liste. Ma vie avait-elle été conforme à ce qu'elle aurait dû être ? Avais-je des regrets ou des remords ? Non, j'assumais mes actes comme mes amours, avec fierté mais aussi reconnaissance : Dieu m'avait beaucoup donné et je lui en savais gré.

Wilghlem, sentant mon désarroi, proposa de m'emmener en Italie. Ce fut un voyage inoubliable. Pendant trois mois, nous visitâmes Venise, Ravenne, Florence, Sienne, Naples, Bari.

À Rome, où j'arrivai avec un peu de nostalgie, je retrouvai Lucia, toute blanche et distinguée, qui nous reçut avec sa gentillesse coutumière. Elle m'apprit que Paolo de Malena, remarié depuis quelques années, vivait aux États-Unis. À Milan, on donnait à la Scala l'*Otello* de Verdi et *La Bohème*, d'un jeune compositeur du nom de Puccini. Quel enchantement !

Nous rentrâmes fin juin, directement à *Alicia* qui désormais m'appartenait. J'avais tellement besoin de la présence de Wilghlem qu'il démissionna de son collège de Yalta, et nous retournâmes à Pétersbourg ensemble.

Quelque temps après, Sergueï fut nommé dans une garnison située entre Kronstadt et Riga ; il devait s'occuper de l'aménagement d'un fort. Le tsar, qui venait d'annexer la Finlande, craignait en effet la riposte de ce peuple fier et courageux.

Si ma fille se lamentait ce n'était pas à cause du départ de Sergueï, mais parce qu'elle se refusait à quitter Pétersbourg, à renoncer à cette vie mondaine qu'elle aimait tant. Elle se résigna cependant et finit par suivre son mari.

Quelques mois plus tard, je la vis arriver à l'improviste, seule, déclarant qu'elle avait laissé ses enfants à Riga chez Hélène.

Elle avait du mal à dissimuler sa joie et m'avoua qu'elle aimait Vladislav, l'ami de Sergueï, et que son amour était partagé. Au bout de dix jours passés ensemble, j'avais compris que Polyxène ne serait pas la femme d'un seul amour. Pouvais-je la blâmer ? Certes non. Mais avoir choisi le meilleur ami de Sergueï, comment cela finirait-il ?

Au bout d'une dizaine de jours, Polyxène se résolut, non sans déchirement, à s'en retourner dans son foyer. Elle revint mi-janvier, pâle, amaigrie, visiblement malade. J'insistai pour qu'elle habite chez moi, mais elle s'y refusa. Peu de temps après elle me fit appeler, et je la trouvai alitée. Ma fille s'était fait avorter et une infection provoquait une forte fièvre. Le médecin ne me cacha pas que ses jours étaient en danger.

Polyxène lutta pendant dix jours. Je m'installai chez elle tandis que Fedossia partait s'occuper des enfants que nous ne voulions pas laisser aux mains des jeunes nianias de Riga. Dissimulant mon angoisse, je m'efforçais d'envoyer des nouvelles apaisantes à Serguéï, auquel sa femme n'avait parlé que d'une simple fausse couche.

Enfin, le docteur lui annonça :

— Tu es sauvée, mais tu ne pourras plus avoir d'enfant.

— C'est aussi bien ainsi, soupira-t-elle.

Avec sa franchise habituelle, Polyxène m'avoua qu'elle était enceinte de Vladislav, mais elle ajouta :

— Pour rien au monde je n'aurais caché la vérité à Serguéï.

Ma fille repartit mûrie, jurant ses grands dieux qu'elle ne reverrait plus Vladislav. Plus jamais.

Un an passa. Serguéï finit son contrat et rentra à Pétersbourg avec sa famille. Polyxène sortait moins, s'occupant beaucoup de ses enfants. Vladimir avait huit ans, il allait dans une école préparatoire. Je donnais des leçons aux deux filles. Serguéï reçut beaucoup d'éloges de ses supérieurs ainsi que le grade de lieutenant-colonel avec l'ordre de se préparer à partir pour Port-Arthur vers l'été !

Cette nomination bouleversa notre vie à tous, car Polyxène vint me demander de l'accompagner au cas où elle irait retrouver Serguèï.

Il n'était pas question de refuser, mais comment quitter Wilghlem, mes habitudes, ma vie. Le transsibérien, achevé cette année-là, emmena Serguèï en août. Il lui fallait s'acclimater, voir le travail qu'il lui faudrait entreprendre et surtout étudier une possibilité de faire venir sa famille. Sa première lettre était précise et détaillée : le voyage, le contact avec Port-Arthur, ses supérieurs, ses collègues. La ville était agréable : beaucoup de belles maisons avec jardins, des écoles, des hôpitaux, des magasins tous tenus par des Chinois, surtout les maisons de commerce. Polyxène, rassurée, décida de le rejoindre avec les enfants et il ne lui déplaisait pas de traverser la Sibérie et la Chine.

Dans sa deuxième missive, Serguèï nous annonça qu'il avait découvert une maison avec tout le confort nécessaire et un grand parc. Il s'occupait d'effectuer les démarches pour que nous puissions partir en juin 1902 et nous attendait avec impatience. Il avait promis à sa femme de l'emmener visiter le Japon et elle préparait son voyage avec enthousiasme.

En mars, je me rendis avec Wilghlem à *Alicia*, où il eut la chance de pouvoir reprendre son travail, ce qui l'incita à demeurer à Yalta jusqu'à mon retour. J'eus du mal à le quitter. Il promit de venir me retrouver avant mon départ.

Enfin, le 20 juin 1902, le train s'ébranla, notre aventure asiatique commençait. Petit à petit, il fallut nous vêtir plus chaudement, surtout à la tombée du jour. Les enfants étaient passionnés par l'animation qui régnait dans cette drôle de maison roulante, et le wagon-restaurant, où des gens s'exprimaient en de multiples langues, les fascinait. Malheureusement, ils se lassèrent vite du spectacle et j'employai mes journées à les distraire, relayant la jeune niania qui nous accompagnait. J'avais aussi emporté mes carnets de dessins, je faisais de rapides croquis et des natures mortes que je rehaussais de pastels.

Par bonheur, tous les trois jours environ, le ravitaillement en pain, lait, viande, poisson, fruits et légumes, imposait un arrêt, et nous profitions de l'occasion pour nous dégourdir les jambes dans des paysages curieusement identiques.

Les longs voyages portent aux confidences, et Polyxène venait le soir dans mon compartiment. Elle me faisait part de ses impressions, de ses désirs et de ses soucis.

— Vois-tu, maman, plus je vis avec Serguéï, plus je me rends compte que j'ai épousé un être exceptionnel. J'admire tant sa droiture, sa bonté, son sens de la justice et, auprès de lui, je me sens meilleure. Mon amour grandit et qui sait si, à la longue, il ne fera pas de moi une épouse convenable. Mais j'ai physiquement besoin de Vladislav. Ce n'est pas un homme parfait, loin de là. Il est menteur, coureur, sans scrupules, sans doute amoral, mais il me séduit, m'amuse, me divertit. J'adore sa façon de me faire à tout instant de grandes déclarations, même si je n'en crois pas un mot. Serguéï, lui, n'a pas besoin de me dire son amour. Je le vois, je le sens, il est dans chacun de ses gestes. Pourtant, son sérieux m'ennuie et sa perfection m'intimide. Je ne suis faite ni pour le grand amour ni pour la fidélité. C'est comme la religion. Je vais à l'église pour Sergueï et pour les enfants. La vérité, le dévouement, l'instinct maternel font partie de ma nature au même titre que l'impatience ou la franchise qui me conduisent parfois aux limites de la méchanceté. Je souhaite passionnément la réussite de mes enfants et je m'y consacrerai de toutes mes forces mais, en attendant, je veux vivre ma vie, profiter de ma jeunesse, me laisser emporter par mes sensations.

Nous étions vraiment différentes. Polyxène parlait de sensations, moi de passion ; elle de succès humains, moi d'idéal. J'avais sacrifié à Alexeï la morale et l'amour de mon mari, elle donnait libre cours à sa personnalité et à sa volonté. De nous deux, laquelle avait raison ? Où était la vérité ? Une ère nouvelle s'ouvrait peut-être qui nous préparerait à d'autres valeurs, à d'autres philosophies de l'existence. Cependant nous étions encore des êtres primitifs, bien loin de l'enseignement du Christ.

Je fus tirée de mes pensées vagabondes par un soubresaut, suivi d'un arrêt plutôt brutal. Le contrôleur nous apprit que le fourgon à bagages avait déraillé et il nous accorda une heure de liberté, à condition de ne pas nous éloigner de la voie. Le train ne s'arrêtait habituellement pas dans cette petite ville située à une journée d'Irkoustk. Il faisait très chaud, en ce début de juillet, et c'était jour de foire.

Une foule grouillante et bigarrée se pressait, s'interpellait en des dialectes variés devant les échoppes, les tentes ou le plus souvent de simples carrés de tissus. Ce convoi arrêté miraculeusement était une providence pour tous ces marchands qui se précipitaient et nous vantaient leurs produits. Polyxène se laissa tenter par des peaux de zibeline qu'elle acheta à un prix incroyablement bas.

Nous regagnions nos wagons quand deux moujiks se mirent en travers de notre chemin, nous forçant à nous arrêter.

— Barinia, voyez, nous avons des pierres et des diamants. Regardez-les.

Les enfants, effrayés par ces hommes hirsutes en haillons, commencèrent à nous tirer pour continuer à avancer.

Polyxène, vivement intéressée, les renvoya avec la niania et me demanda de rester avec elle. Inutile de discuter, quand elle voulait quelque chose rien ne pouvait la faire changer d'avis.

L'un des hommes sortit alors de sa poche un vieux tissu sale, l'ouvrit avec précaution et nous vîmes briller un petit tas de pierres précieuses. Vraies ? Fausses ? Ma fille, sans se poser de questions, choisit quatre brillants assez jaunes et une améthyste. À ce moment, la cloche du train retentit, mais nous avions encore un peu de temps car elle sonnait ainsi trois fois à cinq minutes d'intervalle, avant le départ. Néanmoins, je pressai Polyxène de conclure et les deux hommes, comprenant que leurs clientes risquaient de leur échapper, cédèrent les cinq pierres pour un prix dérisoire. Nous partîmes en courant et gravîmes le marchepied juste au moment du dernier signal. Persuadés que nous allions manquer le train, les enfants se jetèrent en sanglotant dans nos bras.

Polyxène ne se lassait pas de contempler ses acquisitions. Je me demandai si ces hommes étaient des bagnards en fuite pour avoir si peu marchandé.

Le lendemain nous arrivions à Irkoutsk. Le spectacle auquel nous avions assisté la veille se répéta en dix fois plus grand, plus animé. Dans cette capitale de la Sibérie centrale se mêlaient, en une cohue extraordinaire, Russes, Sibériens, Persans, les Européens côtoyant les Asiates, et tout ce monde gesticulait, discutait, s'interpellait dans une débauche de couleurs, d'odeurs et de bruits.

Nous étions dans le «Paris» de la Sibérie, où les riches négociants disposaient d'une clientèle aisée venue de tous les horizons, jusque d'Angleterre. Et les zibelines que Polyxène avait achetées la veille auraient coûté ici le double.

Nous commencions à trouver le temps long. Cependant, je rappelai aux enfants qu'avant la construction du transsibérien, il fallait compter six à sept semaines pour effectuer le même trajet. En outre, nous n'avions pas à nous plaindre du confort. Le train ne comprenait que des premières et comportait même un wagon-bain équipé d'une baignoire en marbre. Inutile de préciser qu'il valait mieux réserver sa place à l'avance tant elle était prise d'assaut.

5

Enfin, après vingt-deux jours de voyage – au lieu des quinze prévus –, nous entrâmes en gare de Port-Arthur. Mince, hâlé, très beau dans son uniforme, Sergueï nous attendait, ému de nous retrouver. Après les premières embrassades, il demanda à son ordonnance de s'occuper des bagages et des nombreux colis, à la niania de vérifier que rien ne manquait et nous partîmes en attelage pour notre nouvelle demeure.

Nous traversâmes une ville cossue, nonchalante par endroits, avec ses belles maisons et ses larges avenues ombragées où des femmes élégantes se promenaient dans des voitures semblables aux nôtres. Ailleurs, la vie bruissait dans des rues où se mêlaient militaires chamarrés et Chinois en costumes traditionnels.

Notre maison était située dans une grande avenue bordée d'arbres, entourée d'un jardin spacieux où étaient disséminés de multiples pavillons destinés aux domestiques.

Deux Chinoises nous accueillirent : nos femmes de chambre, ne parlant que quelques mots de russe. Les enfants ouvraient de grands yeux devant ces deux poupées – «Fleur du Soir» et «Yeux de Miel» – en pantalons et caftans, les pieds écrasés dans de minuscules sandales bizarres, et qui n'arrêtaient pas de nous faire des saluts avec un sourire figé sur leurs visages. Vladimir les imitait à chaque moment et les salamalecs recommençaient. Leur étonnement fut à leur comble lorsqu'ils virent le cuisinier, le calot sur la tête et la longue natte dans le dos. Les filles s'habituèrent vite à ces poupées, essayant de les appeler en chinois et de leur apprendre le russe.

La maison se transforma rapidement sous le commandement de Polyxène, grâce aux meubles, tapis, glaces, vaisselle et argenterie transportés par le transsibérien. Notre vie prit son rythme routinier. Vladimir partait tous les matins à l'école supérieure pour fils d'officiers, le cocher l'y conduisait et le ramenait en fin de journée. Je me chargeai de l'instruction des filles.

Nathalia, huit ans, avait beaucoup de facilité, une bonne mémoire et une grande application. Hélas, tel n'était pas le cas de ma petite préférée, qui ouvrait ses grands yeux bleus mais ne retenait et ne comprenait rien, malgré beaucoup de bonne volonté et de la colère contre elle-même. En octobre, ma fille fêta ses dix ans de mariage, Sergueï lui offrit une broche en diamants représentant un X.

Polyxène se lança dans la vie mondaine. Sergueï et elle furent reçus chez le général Stoessel, responsable de la garnison de Port-Arthur. Très vite, on ne parla que de la «jolie Mme Rachevskaïa» parmi les jeunes officiers en quête d'aventures, ainsi que les journalistes anglais ou américains.

Je m'habituais difficilement à ma nouvelle vie. Jamais je n'avais éprouvé à l'étranger cette impression oppressante et de superficialité. La correspondance avec Wilghlem était difficile ; les lettres mettaient si longtemps à me parvenir, mon ami me suppliait de rentrer au plus vite, il ne pouvait vivre privé de ma présence. Hélas, comment laisser ma fille, et surtout les enfants ?...

En novembre, Serguéï, profitant d'un congé de trois semaines, emmena Polyxène au Japon, me confiant les enfants et la maison. Ils revinrent émerveillés. Polyxène avait été séduite par l'aspect dépouillé des intérieurs japonais. Elle me décrivit les motifs infiniment variés et les coloris subtils des kimonos de ces Japonaises dont la réserve et le sourire dissimulaient une grande force morale, une influence réelle au sein de leur famille, ainsi qu'une connaissance insoupçonnée des choses de l'amour.

Elle m'avait rapporté d'étonnantes estampes et nous ne nous lassions pas d'admirer la finesse d'exécution, l'originalité de ces dessins. Serguéï s'enthousiasmait pour l'ingéniosité et la capacité de travail de ce peuple tenace.

De cet étrange pays, Polyxène conservait une image qui l'enchantait. C'était à Nagasaki, un matin de décembre, il neigeait. Elle venait d'ouvrir ses rideaux quand une vision inattendue attira son regard. Tous les arbres étaient couverts de milliers de fleurs superbes. Des journées de préparation et une nuit avaient suffi pour cette métamorphose. La servante de l'hôtel expliqua à Polyxène que, pour célébrer la fête du «printemps en hiver», les Japonais accrochaient avant l'aube, avec une infinie patience, des fleurs en papier à tous les arbres.

Ce voyage fut en quelque sorte une vraie lune de miel et ma fille me confia à son retour qu'elle était «follement éprise de son mari». Son couple avait-il enfin trouvé l'harmonie? Je l'espérais de tout cœur.

À des milliers de kilomètres de là, Wilghlem s'ennuyait ferme et moi je commençais à me lasser de cette existence oisive. Le seul élément nouveau dans notre vie fut l'arrivée de Li, le frère de Fleur du Soir, qui occupait des fonctions mal définies: intendant, guérisseur, pédicure et surtout conseiller en beauté. Polyxène suivait ses prescriptions à la lettre, se lavant avec du lait de concombre, se frictionnant avec les onguents qu'il lui procurait, lui confiant ses mains et ses pieds qu'il recouvrait de laque rouge. Bref, il devint rapidement indispensable. Ces excentricités amusaient mon gendre, qui l'appelait en riant son rival. Mais le règne de Li fut de courte durée.

Un soir Sergueï vint trouver Polyxène, visiblement ennuyé:

— Aurais-tu touché, par hasard, aux dossiers posés sur ma table?

— Non, répondit-elle. Je ne suis pas entrée dans ton bureau depuis plus d'une semaine et les enfants n'y pénètrent jamais. Pourquoi?

— Le plan des fortifications que m'avait confié mon supérieur a disparu.

— C'est incroyable! Comment est-ce possible?

Quelques jours plus tard, le mystère s'éclaircit. Je

vis Sergüeï sortir de son bureau en tenant Li par le col : il venait de le surprendre en train de fouiller dans ses papiers. Le conseiller en beauté était un espion ! Il fut enfermé sous la garde d'une sentinelle dans l'un des pavillons en attendant d'être jugé.

La sentence ne faisait aucun doute : Li serait fusillé. Polyxène, atterrée, supplia Sergüeï d'intervenir en sa faveur, mais il ne se laissa pas attendrir et elle dut se contenter de porter à manger au prisonnier.

Et puis, un matin, la sentinelle annonça en tremblant que le prisonnier s'était enfui. On retrouva les instruments qui lui avaient permis de s'évader par le toit pendant la nuit. Quant aux documents volés, ils avaient réapparu sur le bureau de Sergüeï.

Qui avait aidé Li ? Sa sœur eut beau pleurer, trépigner, jurer que ce n'était pas elle, Polyxène dut se séparer d'elle sur-le-champ.

L'affaire était terminée. Sergüeï avait bien sûr informé le général du vol, et les plans furent modifiés. J'appris à cette occasion que plusieurs cas semblables s'étaient déjà produits chez d'autres militaires. Pour qui Li travaillait-il ? Nous ne le sûmes jamais.

Quelques mois plus tard, Polyxène m'avoua la vérité : c'était elle qui, en échange des plans, avait procuré à Fleur du Soir le matériel nécessaire à l'évasion de son frère. Je lui jurai que je ne révélerais à personne sa complicité et je ne pus m'empêcher de penser à Berthold que j'avais autrefois caché sous mon toit.

Telle mère, telle fille !

Sergüeï, de plus en plus nerveux, se plaignait de

l'apathie qui régnait chez les simples soldats comme chez les officiers.

«À Port-Arthur, rien ne peut arriver», disait-on. Cependant mon gendre, loin de partager l'optimisme ambiant, s'inquiétait : les armes lourdes promises depuis des mois par le haut commandement et les fournitures indispensables pour consolider l'installation des projecteurs qui surveillaient la mer n'étaient toujours pas arrivées. Dans tous les domaines, il constatait des négligences, des erreurs, un laisser-aller général qui lui semblaient lourds de menaces.

Pendant ce temps, la ville entière était atteinte d'une frénésie de fêtes. Ce soir encore, chacun se préparait pour le bal offert par le général Stoessel en l'honneur de l'anniversaire de sa femme. Ce 26 janvier 1904 serait jour de liesse, ainsi l'avait décrété le général qui avait donné quartier libre à ses soldats et commandé un somptueux feu d'artifice pour clore les réjouissances.

Je vis arriver Polyxène, vêtue d'une robe de satin vert qui mettait en valeur son teint et sa beauté, et Sergueï en uniforme de parade. Quel beau couple ! En pensant cela, mon cœur se serra. Pourquoi ? Je l'ignorais. Les enfants les entouraient, fiers et admiratifs. Après un baiser à chacun, Sergueï et Polyxène partirent pour le bal.

Je me livrai alors au cérémonial rituel, racontant une histoire puis une autre, faisant faire les prières, échangeant de multiples «bonsoir, dormez bien». Je gagnai ensuite ma chambre et me couchai. Mais au bout d'un long moment, n'arrivant pas à trouver le sommeil, je finis par rallumer.

Il était près de minuit quand soudain une lueur embrasa le ciel, en même temps qu'un bruit violent me faisait sursauter. Le feu d'artifice, me dis-je, en riant de ma nervosité. Je me mis à la fenêtre pour contempler le spectacle. Ce n'étaient point des bouquets colorés qui éclataient dans l'obscurité, mais bien des éclairs de feu qui montaient de la mer dans un fracas d'explosions. Et ce vacarme durait, durait, n'en finissait pas.

Inquiète, j'allai voir les enfants ; heureusement ils dormaient paisiblement. Dans l'escalier, je tombai sur l'ordonnance de Sergueï, blafard, titubant, ayant, comme tout le monde, largement profité de sa soirée de liberté.

— Barinia, c'est la guerre. Les Japonais bombardent nos navires !

La guerre ! Mon Dieu, qu'allions-nous devenir dans ce pays lointain ?

Peu après, Polyxène fit son entrée dans un frou-frou de satin.

— Maman, Sergueï est convoqué au conseil des officiers, je ne sais quand il reviendra. Il m'a recommandé de faire immédiatement les bagages. Nous partons.

J'admirai ma fille dont la voix calme, les gestes précis ne trahissaient nulle panique. Elle se débarrassa vivement de ses atours et nous commençâmes les malles. Il n'était pas question d'emporter meubles, tapisseries et bibelots, nous devions nous contenter de nos effets personnels et de l'argenterie.

Les nianias, réveillées en sursaut, s'affairaient ahuries, ramassant les vêtements, les jouets, les livres. Les enfants couraient dans nos jambes, excités par cette atmosphère fébrile, et le cocher clouait au fur et à mesure les caisses d'argenterie préparées à la hâte.

À sept heures, Sergueï rentra, exténué. Il nous apprit que le consul japonais avait quitté Port-Arthur deux jours auparavant et que l'amiral Alexeef, informé de ce départ, n'avait pas jugé bon d'en aviser Saint-Pétersbourg.

Les Japonais avaient attaqué avec quatre torpilleurs, peut-être plus, coulant trois de nos navires. Trois autres bâtiments avaient alors appareillé pour Tchemoulpo, en Corée. Qu'adviendrait-il de nos marins ? Il préférait ne pas y songer. Nos plus fortes unités étaient parties une semaine avant pour Vladivostok. Quelle malchance !

Avant son retour, Sergueï était passé à la gare et avait obtenu des billets pour l'unique train, qui partait à dix heures trente. Ce n'était pas chose facile car, en ville, la panique régnait et tout le monde cherchait à fuir.

— Hélas, il m'est impossible de vous accompagner. Je dois me présenter dans une demi-heure à mon poste, nous dit-il.

Déjà, les domestiques et le cocher chargeaient les bagages pour aller les faire enregistrer avant de revenir nous chercher. Dans le bureau de Sergueï, nous ne réalisions pas vraiment que les derniers moments arrivaient, qu'il fallait nous séparer. Les traits tendus de mon gendre, son regard sombre reflétaient un immense désespoir. Il embrassa Vladimir, Nathalia et Zina, puis me serra contre lui en murmurant :

— Je vous les confie.

Je sortis avec les enfants, laissant Polyxène seule avec son mari.

À dix ans, Vladimir était assez grand pour comprendre la situation et je le vis essuyer discrètement une larme. Nathalia, qui adorait son père, pleurait doucement, se refusant à l'abandonner.

Quelques minutes plus tard, Serguëi ressortit, sans Polyxène, et Zina se jeta dans ses bras. Il caressa son visage, la bénit, me la donna et disparut d'un pas rapide.

Dans le bureau, Polyxène, assise le regard fixe, semblait absente.

— Ma chérie, reprends-toi, il faut finir les malles.

Une demi-heure plus tard, tout était prêt. Je recommandai à Yeux de Miel de remettre un peu d'ordre dans la maison avant le retour de son maître.

Polyxène, muette, agissait comme un automate.

À la gare, nous dûmes nous frayer un chemin à travers une cohue indescriptible. Une foule chargée de ballots, de valises hâtivement bouclées, essayait de monter de force dans le train.

Heureusement, nos deux compartiments étaient gardés. Les trois enfants partageaient leurs lits avec l'une des nianias, tandis que l'autre voyageait avec nous. Au dernier moment, je modifiai cet arrangement et pris Zina avec moi, les bonnes restant avec Nathalia et Vladimir.

À dix heures trente, nous n'étions pas encore sortis de la gare, quand une canonnade retentit au loin, sourde d'abord, puis s'amplifiant, déchirant l'air à intervalles réguliers. Les enfants nous rejoignirent, terrorisés. À dix heures quarante-cinq, le train démarra enfin. Je me signai, mon cœur se serra en pensant à Sergueï, désormais seul dans cet enfer. Le reverrions-nous jamais ?

Longtemps encore le bruit des explosions résonna à nos oreilles. Nous regardions la fumée et les lueurs qui zébraient l'horizon de leurs traînées, incapables de réaliser que la guerre était là, pour longtemps sans doute.

Les enfants somnolaient, blottis les uns contre les autres, et je remerciai Dieu de nous avoir envoyé ce matin-là un train pour Pétersbourg.

Chaque arrêt apportait son lot de rumeurs, plus alarmantes les unes que les autres : nous n'avions plus de flotte, les espions chinois pullulaient, les Japonais se livraient à des massacres… Pauvre Polyxène ! Elle accueillait ces informations avec le plus grand calme, mais je devinais combien elle devait être bouleversée par ces sombres nouvelles.

Nos yeux ne voyaient pas le paysage, nous étions trop inquiètes et n'avions qu'une seule hâte : nous retrouver à la maison. À l'une des gares, je réussis à envoyer un télégramme à Wilghlem pour lui annoncer notre retour et le prier de venir nous accueillir.

Lorsque le train entra en gare de Saint-Pétersbourg, nous aperçûmes sur le quai Wilghlem et tante Élisabeth. À la vue de ces êtres chers à mon cœur, un sentiment de sécurité m'envahit.

Polyxène, toujours silencieuse, accepta la proposition de sa marraine qui désirait s'occuper des enfants.

Fedossia me reçut des larmes plein les yeux. Mon

appartement, rutilant, avait un aspect douillet, chaleureux, et un grand bouquet de fleurs embaumait le salon, présent de Wilghlem.

Une fois seuls, il me serra très fort dans ses bras.

— Cela fait presque deux ans ! Je ne te laisserai plus jamais me quitter. Nous resterons ensemble jusqu'à notre mort : je viens d'obtenir la nationalité russe.

Je me sentais aimée, protégée, apaisée.

Quelque temps après, Polyxène partit à Riga chez Xenia, laissant les enfants avec Élisabeth. Ils s'habituèrent vite à leur adorable grand-tante. Les filles travaillaient tous les jours avec moi, quant à Vladimir, il était maintenant pensionnaire à l'École des cadets.

Chaque jour, nous attendions des nouvelles de Sergueï. Enfin, après deux mois de séparation, une lettre arriva.

Comment décrire la tristesse qui m'envahit en rentrant le soir de votre départ ! Tous ces objets familiers abandonnés, les jouets épars, le silence total... Pour la première fois, je ressentis une impression de solitude absolue. Yeux de Miel avait disparu, emportant avec elle différentes choses. Heureusement, deux de mes amis, un technicien et un officier qui ressentaient le même désarroi à la vue de leur maison déserte, vinrent me rendre visite, je les priai de s'installer chez moi. Aujourd'hui, nos ordonnances s'occupent du ménage et nous prenons nos repas du soir au club de la Marine où nous nous tenons au courant de ce qui se passe en ville.

Sergueï évoquait ensuite la guerre, tout en prenant soin de ne pas nous inquiéter. Le premier bombardement avait touché la vieille ville, creusant d'immenses cratères au milieu des rues. Notre demeure n'avait subi que peu de dégâts, seul le toit de l'écurie avait été abîmé par un éclat d'obus. Il nous apprit aussi que les navires partis pour la Corée avaient été interceptés par les Japonais et coulés corps et biens.

Sa lettre trahissait l'amertume et sa désapprobation à l'égard de ses supérieurs. Il expliquait aussi que les bateaux endommagés par l'attaque-surprise gisaient toujours dans un bassin, attendant d'être réparés. Mais surtout, il s'indignait d'un accident à peine croyable : deux de nos navires avaient heurté nos propres mines, l'un avait sombré et l'autre était inutilisable. Grâce au téléphone, le tsar se tenait au courant de la situation, mais que pouvait-il faire à dix mille verstes[1] de là ? Sergueï terminait néanmoins sur des informations plutôt encourageantes : l'amiral Makarof, dont la valeur et le courage étaient légendaires, avait succédé à l'amiral Alexeef ; et le grand-duc Cyril et son jeune frère Boris étaient venus inspecter notre port. Cela avait remonté le moral de la garnison, malgré l'obstination du général Stoessel et de Fouka Kouropatkine, qui voulaient à tout prix négocier la paix.

Hélas, le 30 avril, une autre lettre nous replongeait dans la tragédie.

---

1. 1 verste = 1 057 mètres.

Le 30 mars au soir, écrivait Sergueï, *je me trouvais avec le capitaine Zakourski sur la Montagne Dorée qui surplombe la baie de Port-Arthur. Ordre nous avait été donné d'observer avec attention les mouvements de l'adversaire, car les nombreux messages interceptés par nos navires indiquaient la proximité de l'ennemi. Nous avions beau scruter l'horizon, rien ne bougeait.*

À huit heures du matin, nous fûmes réveillés par une violente canonnade provenant de la mer. Les Japonais passaient à l'attaque. Je suivais les manœuvres en compagnie d'un groupe d'officiers et, tandis que la bataille faisait rage, j'appris que huit de nos torpilleurs avaient appareillé vers minuit pour une mission d'observation par cette nuit sans lune, quatre d'entre eux s'étaient égarés et n'avaient pu regagner leur base. Ils étaient maintenant encerclés par des unités japonaises. Le Petropavelsk, *commandé par l'amiral Makaroff, avait à son bord le grand-duc Cyril et notre illustre peintre Vorchaguine. L'ordre fut donné par l'amiral de se porter au secours des torpilleurs en péril.*

Soudain, une déflagration d'une violence inouïe retentit et une gerbe d'eau s'éleva du Petropavelsk. *Elle était à peine retombée qu'une seconde explosion scindait en deux le navire et devant nous saisis d'horreur, impuissants, nous le vîmes s'enfoncer. Plusieurs bateaux se portèrent immédiatement au secours des naufragés, mais beaucoup furent envoyés par le fond par la marine japonaise. Mon Dieu, sept cent cinquante hommes noyés, cela ne peut être ! Quelle tragédie, qui fauche tant de fils de la Russie, protecteurs du Petit Père de notre patrie dans cet Orient lointain. Parmi les quelques rescapés, le grand-duc Cyril, un capitaine*

grièvement blessé, quatre officiers et trente-cinq mate-
lots. Le peintre Vorchaguine périt dans la catastrophe.
Le jour même, le bruit se répandit comme une traînée
de poudre : des mines jumelles avaient provoqué le
désastre du 31 mars. En fait, nous apprîmes plus tard
que c'étaient deux sous-marins qui avaient eu raison de
nos navires.

Les nouvelles de Serguéï ajoutées aux messages de
plus en plus alarmants que transmettait le télégraphe
sans fil nous maintenaient dans l'angoisse. Polyxène
dépérissait, elle n'avait goût à rien et se refusait à quitter Pétersbourg. Devant son entêtement, je me résolus
à emmener quand même les trois enfants à *Alicia*,
avec Élisabeth et Wilghlem.

À notre retour, la situation s'était encore aggravée.
Les Japonais, qui venaient de s'emparer de plusieurs
points stratégiques dans les environs, creusaient des
souterrains et endommageaient les fortifications,
encerclant Port-Arthur. Des rumeurs de reddition circulaient à Pétersbourg, les lettres de Serguéï se faisaient plus courtes, plus rares aussi. Et puis ce fut le
drame.

Le 2 décembre au soir, à huit heures quinze, la
nouvelle nous parvint : le général Kondratenko et son
état-major au complet avaient été tués au Fort II. Serguéï était-il parmi les morts ?

Je me trouvai chez ma fille quand on vint lui
annoncer un envoyé de l'empereur. Polyxène fut prise
de malaise et je dus le recevoir : Serguéï figurait au
nombre des victimes. Nicolas II informait aussi sa
veuve de la nomination de son mari au grade de colo-

nel, il lui présentait ses condoléances et l'assurait de sa protection.

Polyxène resta paralysée pendant une semaine. Je déménageai chez elle.

— Maman, que vais-je devenir ? Nous étions si épris l'un de l'autre durant ces derniers mois à Port-Arthur.

— Mon enfant, le temps efface bien des chagrins. Pars d'ici, va chez ta tante ou chez Xenia, je m'occuperai des enfants.

Après un mois, elle nous quitta pour Riga.

Le 20 décembre, Port-Arthur capitulait : le général Stoessel signait l'acte de reddition et trois jours plus tard la garnison déposait les armes.

L'ordonnance de Sergueï me rendit visite dès son retour et, les larmes aux yeux, me raconta par quelle ironie du sort le colonel Rachevsky avait trouvé la mort : « Nous sentions tous que le dénouement approchait ; aussi l'un des officiers avait-il décidé d'épouser la ravissante jeune fille dont il était éperdument amoureux. Juste après la cérémonie, apprenant qu'il était de garde le soir au Fort II, il demanda à Sergueï de le remplacer, ajoutant en rougissant : "C'est ma nuit de noces." Ce dernier accepta avec d'autant plus de plaisir qu'il comptait y retrouver la plupart de ses partenaires de poker. Mais ce 2 décembre, le destin l'attendait. »

Je ne sais si l'histoire est vraie, mais je me promis de la raconter à ma fille quand le temps aurait atténué son chagrin.

Quelques semaines après la mort de Sergueï, on

apporta à Polyxène les objets personnels de son mari ainsi que son Journal qui commençait le 26 janvier 1904 au soir, le jour de notre départ de Port-Arthur. Polyxène, n'ayant pas le courage de le lire tout de suite, le rangea dans un tiroir.

Quelques mois plus tard, elle reçut une lettre du secrétaire particulier de Nicolas II, lui annonçant que le tsar voulait acquérir, dans les plus brefs délais, le Journal du colonel Rachevsky pour les archives du palais, car il avait entendu dire que ce document présentait un grand intérêt du point de vue historique. En fait, ce n'était pas un souhait, mais un ordre.

Ma fille me supplia de recopier, avant de le remettre, les passages concernant notre famille et ses réflexions intimes, et nous décidâmes de conserver la première partie qu'il avait écrite à l'intention de sa femme.

Je me mis immédiatement au travail, profondément émue à l'idée de pénétrer dans l'intimité de cet homme disparu à trente-huit ans. J'avais tant apprécié sa rigueur et sa bonté. Au fur et à mesure que je progressais dans ma lecture, je comprenais pourquoi ce document intéressait tant nos dirigeants. La droiture et la franchise de Sergueï ajoutées à sa lucidité mettaient en évidence les faiblesses de nos responsables : les abus de confiance, le manque de coordination, la mauvaise qualité du matériel, les retards dans les livraisons… Je n'eus pas le temps de tout transcrire et dus me limiter aux faits les plus marquants. L'émissaire de l'empereur, venu deux jours plus tard, remit à Polyxène quinze mille roubles en échange des Mémoires de son mari.

Comme nous, la Russie avait été cruellement éprouvée au cours de ces années tragiques, et la défaite infligée par le Japon avait contribué à augmenter le mécontentement. Un début de révolution s'amorça. Attentats, grèves et manifestations se succédaient et les concessions que Nicolas II avait été obligé d'accorder n'avaient pas mis fin à une situation qui se dégradait de façon inquiétante.

6

En octobre 1907, Polyxène épousa Vladislav Karpinski. Je dois avouer qu'il ne m'était guère sympathique. Ses façons mielleuses, ses embrassades
perpétuelles, son éternelle gaieté me déplaisaient et
j'avais du mal à comprendre comment Serguëi avait pu
le choisir pour ami.

Après son mariage, Polyxène confia les enfants à
Élisabeth et le couple partit pour un long voyage en
Europe, visitant l'Allemagne, la Suisse, la France et
l'Italie. Elle revint avec des monceaux de tissus
d'ameublement, de tapis et de bibelots destinés au
projet dont elle rêvait depuis tant d'années :
construire sa maison sans l'aide d'un architecte.
Enfermée dans le bureau de son mari, ma fille passait
ses journées à faire des croquis, des plans, tous plus
fous les uns que les autres.

Vladislav, loin de la contrarier, s'en amusait. Sa
passion à lui, c'était le cinématographe, et il avait rapporté de Paris un appareil pour filmer.

Les enfants, chacun à leur manière, s'étaient accom-
modés de ce mariage. Vladimir, toujours à l'École des
cadets, voyait fort peu son beau-père. Nathalia,

méfiante, conservait ses distances et ne se confiait qu'à sa tante qu'elle adorait. Elle entra à l'institut Ekaterinski, tout juste créé. Quant à Zina, plus liante, elle adopta vite Vladislav qui, de son côté, l'aimait très sincèrement.

Au fond, Polyxène n'avait plus besoin de moi. Je pouvais sans remords céder au désir qui me tenait depuis longtemps : m'installer définitivement avec Wilghlem à Yalta.

Les enfants venaient nous rejoindre pendant leurs vacances. Polyxène approuvait ma décision et me promit d'écrire, de me tenir au courant de sa vie. Je ne regrettais pas ma vie à Saint-Pétersbourg. Hélène et ma sœur me manquaient malgré tout. Un malheur retarda notre départ, la mort de Nicolas Svertchkoff, subitement enlevé par une brève maladie. Heureusement, Anna vivait avec sa fille Zoïa et les deux enfants de celle-ci ; Georgui, quant à lui, avait définitivement abandonné sa famille et vivait en Angleterre. Anna refusa mon invitation, préférant rester à Tsarskoïe Selo.

En juin, le déménagement terminé, nous prîmes le chemin de Yalta. Wilghlem était heureux de retrouver *Alicia*, c'était l'endroit qu'il aimait par-dessus tout. Ma maison, avec les meubles, les tapis, les tableaux et le piano rapportés de Saint-Pétersbourg, était belle et confortable.

À quatre-vingts ans, Fedossia conservait sa silhouette menue et, toujours alerte, trottait et commandait tout le monde, y compris moi, ce qui ne me dérangeait pas.

Je revivais une seconde jeunesse. Je n'étais plus une

grand-mère mais une femme aimée, entourée de tendresse et jouissant d'une totale liberté. À mes côtés, Wilghlem, apaisé, heureux, n'éprouvait pas le désir de rentrer en Allemagne.

Nous partions avec nos boîtes de peinture et plantions nos chevalets portatifs au gré de notre inspiration. Absorbés par les exigences de notre art, nous étions comme suspendus dans l'éternité, et les agitations du monde extérieur ne nous atteignaient pas.

Parfois, la nuit nous surprenait, Wilghlem rangeait ses couleurs en soupirant :

— Zina, écoute le murmure de Dieu dans les arbres.

Je l'aimais, j'admirais son talent, sa simplicité. Il était vrai.

Souvent, le soir, à sa demande, je me mettais au piano et en commençant ma partition j'avais toujours une pensée pour maman. Je jouais Mozart, Schubert, ou Claude Debussy, ce compositeur français si expressif dont je venais de déchiffrer *La Mer*.

Deux années passèrent. Lors des vacances, *Alicia* se remplissait de rires et de chansons, les portes claquaient, Fedossia grondait et moi, je regardais avec une tendresse mêlée de fierté mes petits-enfants. Et puis, les vacances prenaient fin, tout rentrait dans l'ordre, le silence et le calme enveloppaient à nouveau la maison.

À dix-sept ans, Vladimir, qui était remarquablement beau, terminait son école et se préparait à entrer dans l'armée. Nathalia possédait à seize ans une intelligence bien au-dessus de la moyenne. Elle me rappelait Anna au même âge : plutôt petite, avec des yeux immenses d'une luminosité étrange, elle avait un charme indéniable.

Et ma Zina ? C'était une adolescente de quatorze ans, grande et mince, volontaire et même quelquefois têtue, toujours absorbée dans ses pensées. Polyxène avait ramené une Française qui s'occupait entièrement de son éducation, «une fille bien trop jolie pour une institutrice», me dis-je en la voyant arriver avec les enfants pour les vacances.

Un soir, j'allais embrasser Zina quand j'entendis une violente dispute entre les deux sœurs et vis Zina, ébouriffée, qui se prenait les pieds dans sa chemise de nuit en tentant d'attraper un papier que tenait Nathalia. Entre deux sanglots, elle disait : «Rends-le-moi, tu n'as pas le droit !»

J'arrêtai Nathalia et lui arrachai des mains une feuille de calendrier. Furieuse, elle lança à sa cadette : «Tu n'es qu'une petite sotte avec ton vieil amoureux.» Et elle sortit en claquant la porte. Zina pleurait. Je l'entourai de mes bras.

— Allons, ma chérie, raconte-moi ton chagrin, babouchka peut tout entendre. Tiens, voici ton trésor.

Je lui donnai la page sans la regarder.

— Ma sœur est si méchante avec moi, je ne comprends pas pourquoi, répondit-elle en se reprenant un peu. Je vais tout te dire, babouchka, tu ne te moqueras pas ? Regarde-le, c'est mon grand amour, je mets tous les soirs son portrait sous mon oreiller ! Je l'aime, et quand je serai grande je me marierai avec lui.

Elle me tendit son trésor et je vis le grand-duc Boris qui, comme tous les membres de la famille impériale, figurait souvent sur les calendriers. Il avait trente-quatre ans et il était d'une beauté frappante. Son père, le grand-duc Vladimir, était le frère cadet d'Alexandre III. Boris était le cousin germain de Nicolas II. Je berçai doucement Zina et la rassurai :

— Je ne ris pas du tout, ma chérie. Tu l'aimes, c'est ton droit.

Et je la quittai en souriant de ce conte de fées de petite fille. J'allai gronder Nathalia, car les deux aînés taquinaient souvent Zina qui devenait leur souffre-douleur.

Les lettres de Polyxène me faisaient partager les événements de son existence quotidienne, et cette année 1911 fut plutôt mouvementée.

Vladimir, qui désirait entrer dans la cavalerie, faisait l'École des officiers, mais, au dernier moment, sa mère s'opposa à son projet. Et quand Polyxène ne voulait pas quelque chose… Le jour de l'inscription, elle enferma son fils dans sa chambre, menaçant de lui tirer dans les jambes s'il osait sortir. Et elle l'aurait fait…

Ma fille venait d'acheter un terrain aux environs de Pétersbourg et, toute à la construction de sa maison, elle avait renoncé à accompagner Vladislav dans les fréquents séjours qu'il effectuait dans sa Pologne natale.

Un matin, Polyxène m'envoya un télégramme : « Viens immédiatement, je t'en prie. » Imaginant le pire, je pris le premier train et me rendis chez elle où je la trouvai effondrée. La raison de ce désespoir ? Elle avait découvert dans la chambre de son mari, qui était effroyablement désordonné, son Journal et n'avait pu s'empêcher de le lire.

«J'ai une femme ravissante, élégante, intelligente et pleine de dons, écrivait Vladislav. Mais au lit, je fais l'amour avec un tronc d'arbre. Heureusement, mes absences compensent cette froideur.» Quel sot prétentieux, pensai-je, il n'était peut-être pas à la hauteur.

Je consolai ma fille de mon mieux, lui conseillant de ne rien brusquer. Par bonheur, sa maison, qui commençait à prendre tournure, l'absorbait complètement. Je vis les plans et la jugeai trop vaste à mon goût, cependant cette démesure reflétait bien le caractère de Polyxène, comme d'ailleurs celui de l'époque.

Pétersbourg avait changé. Des automobiles, rares encore, circulaient et m'impressionnaient par leur vitesse et leur bruit. Un des meilleurs amis de Vladimir, Fedor Koltchine, se destinait à être pilote. Des avions, des automobiles, nous entrions dans une ère nouvelle. Ma vie à Yalta m'avait transformée en provinciale !

Je profitai de ces quinze jours à Pétersbourg pour voir ma chère Hélène, puis je me rendis à Tsarskoïe Selo, chez Anna. Ma sœur, devenue une opulente douairière, à la fois populaire et respectée, avait renoué avec les frivolités qu'elle aimait tant dans sa jeunesse. Elle possédait sa loge, au théâtre comme aux courses où, me précisa t elle, elle jouxtait celle de la famille impériale. Elle organisait avec sa fille Zoïa, mariée à un grand nom, des réceptions fastueuses.

Je passai ensuite une semaine chez Élisabeth, qui s'était transformée en une charmante vieille dame, et repartis dans mon havre de paix.

Quelques mois plus tard, Polyxène m'annonça qu'elle avait carrément mis Vladislav dehors. Celui-ci, sans doute pas mécontent de retrouver sa liberté, était déjà remplacé. Le nouvel élu se nommait Nicolas Nicolaevitch Crown.

Je rencontrai le baron Crown l'année suivante au cours d'un séjour que nous fîmes, Wilghlem et moi, chez Élisabeth qui nous avait laissé son appartement de Pétersbourg. Écossais par son père, ce géant roux aux manières timides se comportait en amoureux transi avec Polyxène.

L'objectif de notre voyage était naturellement de faire la connaissance de Crown mais aussi de découvrir la demeure de ma fille, maintenant terminée. Je fus impressionnée par les proportions de son salon qui n'avait qu'un défaut : impossible de le chauffer. Polyxène me raconta que l'hiver précédent, les enfants s'amusaient à répandre sur le plancher de l'eau, qui gelait pendant la nuit. Et le lendemain, ils pouvaient patiner !

En dehors de ces détails d'ordre pratique, j'admirai son goût. Chaque pièce, chaque coin s'agençait selon un rythme parfait.

Je contemplai ma fille : à quarante ans, c'était une femme superbe, autoritaire, volontiers insolente et fort susceptible. Sa maison ne désemplissait pas et beaucoup d'hommes venaient ici pour mes petites-filles mais aussi pour leur mère qui, consciente de ses charmes, n'avait pas renoncé au grand jeu de la séduction.

Je vis à peine Vladimir qui, invité par son ami Max Pilatski, s'apprêtait à embarquer sur un paquebot pour effectuer une croisière en Amérique du Sud. Il menait, selon sa mère qui s'en plaignait souvent, une existence oisive et dissipée, et je me demandais jusqu'à quel point Polyxène avait eu raison de l'empêcher d'entrer dans l'armée.

À cette occasion, je fis la connaissance de son ami Fedor Koltchine, un jeune homme mince, aux yeux rêveurs. Il n'était pas vraiment beau, mais quel charme ! Quand il vous regardait, vous vous sentiez soudain jeune et désirable. Il me parut bien empressé auprès de la jolie Marie Toutain qu'il courtisait.

Comment reconnaître ma petite Zina dans cette adolescente de seize ans qui, cet après-midi-là, arriva en riant accrochée au bras de deux garçons ?

— Grand-mère, je te présente le grand-duc Dimitri Pavlovitch et Pierre de Serbie.

Je crus à une plaisanterie.

— Pas du tout, me dit Polyxène, ces illustres jeunes gens sont très liés avec Vladimir et, depuis quelque temps, ils ne quittent plus Zina.

— Tu sais, ajouta-t-elle, Pierre est tellement pauvre que c'est moi qui raccommode sa redingote.

Zina se préparait pour son premier bal qui devait avoir lieu chez les Affanasieff à Tsarskoïe Selo. Sa robe était beaucoup trop osée mais Polyxène aimait choquer. De manière très inconsciente, elle était impudique. La robe en mousseline, de la couleur de sa peau, laissait deviner son corps harmonieux.

Elle m'écrivit tout cela et ajouta : «J'ai vu mon amour le grand-duc Boris. Je l'ai tellement dévisagé qu'il a fini par me regarder et je crois qu'il a demandé qui j'étais. Il est plus beau que sur la photo et je l'aime.»

Pauvre chérie, quelle chimère !

Et Nathalia ? Reçue première sur quatre-vingts candidates à son concours d'art dramatique, elle était maintenant pensionnaire du Théâtre impérial. Désormais, elle avait le droit de porter la célèbre broche en or et brillants qui reproduisait les initiales de l'impératrice, A. F. (Alexandra Fedorovna), ainsi que la couronne impériale.

Je remarquai la présence assidue d'un très beau Caucasien du nom de Tchouta et je m'aperçus que Nathalia l'observait, semblant troublée en sa présence, mais lui n'avait d'yeux que pour Polyxène. Celle-ci m'avoua que malgré Crown, Tchouta était son amant et que les «grimaces» de Nathalia l'agaçaient, elle n'avait pas d'affinités avec sa fille, tout en lui reconnaissant une grande intelligence.

En fait elle lui avait toujours préféré Vladimir qui comblait son orgueil par sa beauté, et Zina qui réchauffait son cœur par sa tendresse.

Consciente de cette injustice, je m'efforçai de gagner l'amitié de Nathalia. Ce ne fut ni facile ni rapide. Elle avait pris l'habitude de mener une vie indépendante avec ses amis de la troupe. Elle rentrait tard le soir et partait souvent en tournée, restant absente plusieurs jours. Petit à petit, une compréhension mutuelle finit par s'établir entre nous. J'appréciais sa connaissance de la littérature russe et étrangère, son insatiable désir d'apprendre et, quand elle parlait d'une pièce, la justesse de ses observations me frappait.

Plus je me rapprochais de Nathalia, plus je réalisais combien elle me ressemblait et je fus triste d'avoir mis tant d'années à la découvrir. Je le lui avouai et ma franchise fit tomber les dernières barrières ; devenue soudain timide, elle me dit :

— J'étais si seule enfant, je manquais tellement de cette tendresse que maman prodiguait à Vladimir et à Zina. Et puis je souffrais tellement de la disparition de papa. Dorénavant, je vous tiendrai au courant de mes projets et vous demanderai conseil.

— Nathalia, je suis touchée de ton amitié et de ta confiance, et j'aimerais que tu me tutoies. Tu sais, moi aussi j'ai besoin de toi, mon cœur a besoin de ton affection et ma peinture ne peut que s'enrichir au contact de ta jeunesse et de tes connaissances.

— Et si je venais passer Noël à *Alicia* ? Qu'en penses-tu ?

— C'est une merveilleuse idée, nous serons si contents de t'accueillir, Wilghlem et moi.

Avant notre départ, ma petite-fille nous emmena au théâtre assister à une répétition. Je fus tellement prise par son jeu, par l'émotion qu'elle savait exprimer et par son naturel que je restai stupéfaite : quelle grande artiste ! Wilghlem, qui partageait mon enthousiasme, me dit : « Voilà une comédienne authentique. » Et dans sa bouche, c'était le plus beau des compliments.

À *Alicia*, je retrouvai ma Fedossia dont les forces

déclinaient de jour en jour. Comment la convaincre de cesser de travailler ? Tout ce que je disais ne servait à rien, elle prenait son air buté et répliquait :

— Renoncer à ma tâche, c'est signer mon arrêt de mort. Laisse-moi me préparer à partir, doucement.

Un matin cependant, elle ne put se lever. Je voulus rester à son chevet, mais elle me renvoya :

— Ma colombe, j'ai besoin de solitude, je dois me sentir en paix pour me présenter devant le Seigneur. Il me faut réfléchir à ma vie et faire le compte de mes péchés.

Petit à petit, Fedossia refusa de se nourrir et se mit à s'affaiblir ; je ne quittais plus la maison et, à chaque instant, j'avais envie de me rendre auprès d'elle, mais je respectai sa volonté.

Un matin, elle me fit appeler :

— Regarde-moi, ma petite fille ! Vois dans mes yeux qui vont se fermer tout l'amour que j'ai eu pour toi. Ce n'est pas pour t'apitoyer que je dis cela, je suis prête, Dieu me tend la main, mon âme le désire. Je te bénis, tu as été mon bonheur. Va, maintenant, je souhaite rester seule.

Je me penchai, l'embrassai avec toute ma tendresse, puis je sortis selon son désir. Je tentai de retenir mes larmes malgré mon émotion : Fedossia avait tout au long de sa vie essayé de me transmettre son courage, je percevais sa grandeur, je ne devais pas la décevoir.

Le lendemain, elle perdit connaissance et tout doucement me quitta.

J'eus très froid, une solitude immense m'envahit, et subitement je sentis le poids des ans. Avec Fedossia, mon enfance était morte et je confiai mon profond chagrin à mon tiroir secret que je refermai à tout jamais, n'ayant plus rien à lui confier.

Nathalia arriva par une journée tiède et ensoleillée malgré le mois de décembre. Quelle joie sa présence, sa jeunesse, son affection ! Nous restions des heures à bavarder et je ne sentais plus mon âge. Elle savait écouter et me posait beaucoup de questions, cherchant à comparer mes recherches artistiques à son approche des textes dramatiques. Elle voulut que je lui raconte ma vie et, quand j'en arrivai à mon expérience avec le «groupe Berthold», je lui expliquai pourquoi je l'avais quitté, et ma petite fille me dit qu'elle approuvait entièrement mon comportement.

En l'entendant parler, j'étais frappée par le timbre de sa voix à la résonance étrange. Plus que sa beauté, sa personnalité se remarquait.

Wilghlem l'adorait : «Si j'avais vingt ans de moins, je serais éperdument amoureux d'elle comme je le suis de toi», me disait-il en riant.

Nathalia me demanda si son ami Fedor, qui était avec ses parents à Odessa, pouvait venir la retrouver. J'acceptai avec plaisir. Noël et cette fin d'année passée en leur compagnie furent particulièrement gais. Fedor, excellent pianiste, nous subjugua par son talent ; et aussi en chantant des romances tziganes aux accents nostalgiques et sensuels, qu'il dédiait en silence à Nathalia. Douceur de la musique, chaleur de la vodka, Wilghlem et moi étions pris par cette ambiance de jeunesse, de passades et de désirs et, quand nous nous éclipsâmes discrètement, minuit avait sonné depuis longtemps.

Je ne fus pas vraiment surprise lorsque ma petite-fille m'annonça que Fedor et elle avaient décidé de se marier l'année suivante. «C'est un secret, ne dis rien à maman, tu es la seule au courant.» Ils voulaient attendre un an, car Nathalia devait partir en tournée pour plusieurs mois tandis que Fedor participait à un relais aérien à travers l'Europe.

Je promis… Mais, tout en me réjouissant de leurs projets, je m'interrogeais sur leurs chances de bonheur. Leur vocation respective – le théâtre pour Nathalia, l'aviation pour Fedor – était si profonde que le reste et même l'amour semblaient secondaires.

Polyxène désapprouverait une telle union.

Les parents de Fedor, de richissimes bourgeois, ne satisferaient pas son snobisme, même si leur fils, de par son appartenance à l'École des cadets, était anobli à vie par ordre du tsar qui avait compris qu'il fallait élargir les privilèges d'une bourgeoisie de plus en plus puissante.

7

Vers la fin juin, un événement imprévu bouleversa notre famille. Tout commença, encore une fois, par un télégramme de Polyxène : «Maman, viens immédiatement.» Bien qu'habituée au style de ma fille, je m'inquiétai et partis précipitamment avec Wilghlem. Le motif de son appel était sérieux : Zina avait disparu.

Anna et Nathalia, revenues de Tsarskoïe Selo, nous racontèrent les faits :

— Je crois qu'il faut remonter au 20 juin, commença Anna. Ce jour-là, nous avions participé au clou de la saison, une course suivie d'une garden-party. Chacun se rendait d'une loge à l'autre. Nous recevions beaucoup de connaissances et Zoïa ainsi que Nathalia et Zina m'aidaient, s'occupant de nos invités.

«À ma surprise, je vis arriver le secrétaire du grand-duc Boris, qui me fit part du désir de celui-ci de se joindre à nous. Quel honneur ! Toutes mes amies seraient pâles de jalousie. J'acquiesçai et, quelques moments après, le grand-duc vint à moi. Il me remercia de mon invitation et me demanda de lui présenter ma famille. Ma fille et mes nièces plongèrent dans une profonde révérence puis, après avoir adressé quelques paroles aimables à chacun, il s'approcha de Zina et Nathalia. Je ne lui prêtai plus attention et retournai à mes devoirs de maîtresse de maison. Maintenant, continue, Nathalia.

— Le grand-duc se montra charmant avec nous, se souciant de nos goûts, nous posant des questions ; mais au bout d'un moment, je sentis qu'il ne s'intéressait qu'à Zina et m'esquivai.

« Le soir tombait. Jugeant qu'il était temps de rentrer, je cherchai ma sœur et constatai qu'elle s'entretenait toujours avec le grand-duc qui ne semblait pas s'apercevoir qu'il faisait presque nuit. La situation était fort piquante, car personne ne pouvait partir avant lui.

« Son secrétaire finit par s'approcher de lui et murmura quelque chose à son oreille. Alors le grand-duc Boris, regardant autour de lui comme s'il sortait d'un rêve, se leva et vint saluer ma tante, puis s'adressant à Zina et à moi : "Mesdemoiselles, me ferez-vous le plaisir de prendre une tasse de thé chez moi demain ?" Nous acceptâmes, ravies.

« Le lendemain, à l'heure convenue, un chauffeur vint nous chercher au volant d'une somptueuse limousine. J'étais bien plus émue que Zina dont j'admirais le calme. Après le thé, son secrétaire me proposa de m'emmener faire un tour dans l'automobile. Je le suivis, comprenant que le grand-duc et ma sœur souhaitaient rester seuls.

« Au retour, Zina, complètement absorbée dans ses pensées, ne dit mot. Elle se mit à faire de longues promenades solitaires dans le ravissant parc qui traverse Tsarskoïe Selo de part en part. Et puis un soir, elle ne revint pas, et depuis trois jours, personne ne l'a revue. Maman a interrogé ses amies et même tante Élisabeth, sans succès. Voilà, babouchka, tu connais toute l'histoire.

Devant l'angoisse de Polyxène, Crown proposa de prévenir la police, mais Nathalia l'arrêta, consternée.

— Surtout, n'en faites rien. Rassurez-vous, je sais où est Zina, mais à l'idée du scandale que risquait de provoquer sa fugue, j'ai préféré me taire. Je suppose que vous devinez où elle se trouve.

Un silence pesant s'ensuivit. Nous avions en effet compris.

Quelle catastrophe ! Polyxène supplia Anna de n'en parler à personne. Elle promit, sachant qu'une indiscrétion serait néfaste à toute la famille. Que faire ? Les grands de ce monde ont tous les droits. Mais la réputation de Zina ? Elle n'avait pas dix-sept ans.

Heureusement, cela ne se passait pas à Pétersbourg. Il ne restait plus à ma sœur qu'à retourner à Tsarskoïe Selo en faisant des vœux pour que sa nièce soit rentrée. Polyxène décida de l'accompagner. Deux jours plus tard, elle revenait, seule, le visage rayonnant.

— Le grand-duc m'a demandé la main de Zina et il a sollicité une audience auprès du tsar pour obtenir son autorisation. Zina et lui seront de retour dans une semaine. D'ici là, attendons.

Rassurée sur le sort de ma petite-fille, je retournai à *Alicia* où m'attendait une lettre de Zina.

Babouchka chérie, à toi, mon unique confidente, je te dois la vérité.

Je me trouvais dans la loge de tante Anna, le jour de la garden-party, quand les yeux de Boris se posèrent sur moi. Cela me parut si normal : depuis l'âge de douze ans, je ne vivais que pour cet instant et je lui avouai d'emblée que mon plus cher désir était de le connaître. Il parut surpris, troublé même, se mit à parler très vite avec un léger bégaiement qui ajoutait à son charme, et soudain s'arrêta :

— Mais quel âge avez-vous ?

— Dix-sept ans, presque.

— Mon Dieu, vingt ans nous séparent.

Et ses yeux se voilèrent de tristesse.

— Les années ne comptent pas, je suis si heureuse de vous rencontrer.

— Pourquoi ?

— C'était écrit et je le voulais si fort.

Le lendemain, je pris le thé chez lui avec Nathalia qui, par discrétion, nous laissa. Après son départ, nous demeurâmes silencieux, puis il s'empara de ma main et je me rapprochai de lui. Il caressa mes cheveux, son regard m'inonda de tendresse. J'avais confiance en lui.

Il me demanda de le revoir le lendemain. J'acceptai avec joie. Nous prîmes l'habitude de nous retrouver chaque après-midi : la voiture m'attendait dans le parc de Tsarskoïe Selo et nous partions pour de longues et tendres promenades. Personne n'avait découvert mes absences, mais je savais que cette situation ne pouvait durer. Aussi, un jour, suppliai-je Boris de me garder auprès de lui. Il essaya de me dissuader. Je me jetai dans ses bras. Il m'embrassa tendrement et murmura :

— Reste avec moi.

— Je pars, envoie-moi l'auto plus tard, le temps que je prenne quelques affaires.

Enfin, j'allais partager sa vie, ne plus le quitter !

Boris guettait mon arrivée sur le perron de sa résidence. Et devine, grand-mère, la surprise qu'il m'avait préparée ? L'escalier était jonché de pétales de roses rouges. Qui a vécu un conte de fées pareil ? Il m'accueillit par ces mots : «Zina, personne ne prendra jamais ta place. Veux-tu être ma femme ? »

Mon prince charmant est merveilleux et je suis si heureuse.

Voilà, grand-mère, ma confession. Réponds-moi, dis-moi que tu me comprends.

Comment la désapprouver ? Non seulement il l'aimait, mais en plus il voulait qu'elle soit sa femme. Le souvenir d'Alexeï traversa mon esprit.

Hélas, le rêve de Zina fut de courte durée, un mois à peine ! L'empereur, mécontent à l'idée de cette union, ordonna à son cousin de ne plus revoir «cette personne» et l'expédia sur un navire de guerre qui partait pour un an faire le tour du monde.

Boris obéit, sans discuter.

En apprenant cette nouvelle, Zina tomba malade et pendant quinze jours ne quitta pas sa chambre, refusant toute nourriture.

Elle attendit vainement une lettre, un mot ou un message de Boris lui expliquant son attitude.

Rien ne vint.

Polyxène, sur les conseils du médecin, l'envoya

passer quelque temps à Riga chez Xenia, et elle revint apaisée, du moins en apparence. Mais son regard, qui avait perdu sa candeur enfantine, était devenu dur.

Trois mois après, coup de théâtre : Zina m'annonçait son mariage avec l'un de ses amis d'enfance, Nicolaï Elisseieff. Elle ne me donnait aucun détail sur ses sentiments, se bornant à me dire qu'ils allaient en voyage de noces à Paris.

Polyxène était fort perturbée par la vie sentimentale de Zina. Aussi, pour la distraire, Crown l'avait-il emmenée dîner chez *Medved*, l'un des restaurants en vogue de Pétersbourg. Nathalia était seule à la maison, car elle avait un rôle important à répéter. Tout d'un coup, elle sentit une forte odeur de brûlé et, inquiète, sortit : l'écurie était en flammes. Elle se précipita, appelant le cocher qu'elle trouva complètement ivre, affalé devant la porte et qui devait être le responsable de la catastrophe.

Nathalia rassembla les autres domestiques et fit prévenir les pompiers, tandis que des crépitements entrecoupés d'explosions se faisaient entendre. Elle se souvint alors que Fedor avait laissé sa motocyclette dans ce bâtiment et que Vladislav y entreposait autrefois quantité de vieux films.

Le feu se propageait rapidement. Les domestiques et beaucoup de volontaires faisaient la chaîne pour passer les seaux d'eau, tentant de dresser de rapides pare-feu afin de circonscrire l'incendie. Mais un vent maléfique soufflait ce soir-là, et les flammes atteignirent rapidement les arbres puis la maison.

Nathalia, avec un beau sang-froid, dirigeait les

opérations. Elle réussit à sortir un grand nombre de meubles, puis elle s'élança à plusieurs reprises dans la fournaise, rapportant bijoux, fourrures, robes et bibelots de valeur.

Les pompiers n'étaient toujours pas là. Quand ils arrivèrent enfin, des flammèches s'échappaient des fenêtres et une partie du toit venait de s'effondrer dans un fracas épouvantable. Rien ne put sauver cette maison, construite entièrement en bois à l'exception des soubassements.

Lorsque Polyxène rentra chez elle, sa demeure n'était plus qu'un amas de décombres encore fumants. Pour comble de malheur, elle avait négligé de payer l'assurance le mois passé. Elle fut contrainte de vendre le terrain qui, heureusement, avait pris beaucoup de valeur, ce qui lui permit de louer un véritable palais, celui de l'émir Boucharra.

Trois jours après le sinistre, Vladimir, le teint hâlé, s'en revint de sa merveilleuse croisière. Il n'en croyait pas ses yeux, sa maison n'était que débris calcinés. Mais il y avait pis : Polyxène, qui voulait mettre un terme à l'existence oisive de Vladimir, lui avait trouvé un travail d'employé de banque. Une véritable provocation pour ce garçon aux goûts de luxe, qui jugea rapidement cette besogne fastidieuse indigne de lui.

Sa beauté, son charme, son succès auprès des femmes lui ouvraient toutes les portes et il reprit son existence désordonnée, vivant dans le sillage de ses riches amis.

Wilghlem et moi, nous avions beau être à des milliers de verstes, dans notre douce Crimée, nous sentions bien que la Russie était une poudrière prête à exploser. Il aurait fallu des individus honnêtes, énergiques et compétents pour diriger cet immense pays et lui apporter plus de justice et d'égalité. Je n'ajouterai pas «plus de liberté», parce que je n'avais aucune confiance en ce mot. J'avais compris qu'en son nom, les hommes satisfaisaient leur soif de pouvoir ou leur cupidité. De vérité, il n'en existait qu'une à mes yeux : la parole du Christ – amour, charité, oubli de soi. Mais quelle utopie et comme nous étions loin de Ses préceptes !

Avec l'âge, les passions, la rage de vivre, le désir de profiter des joies matérielles s'atténuent. Combien d'actions accomplies dans ma jeunesse me semblaient aujourd'hui irréfléchies, égoïstes. Pourtant, je n'avais pas à me plaindre, Dieu m'avait tellement favorisée. Mais comment Le remercier ? Je savais si mal prier. Parfois, quand je me concentrais intensément sur mon travail, une petite lueur venait m'éclairer, alors je percevais Sa présence et une grande sérénité m'envahissait.

Laisserais-je derrière moi quelques tableaux valables ?

En revanche, je reconnaissais en Wilghlem un artiste authentique et j'éprouvais une grande admiration pour son œuvre.

Maîtresse incontestée des lieux, Polyxène dirigeait les êtres et les choses avec fermeté. De plus en plus autoritaire, elle n'admettait pas la moindre contradiction et, si par hasard quelqu'un s'opposait à ses desseins, sa voix montait, montait, frôlant l'hystérie.

Quant au pauvre Nicolas Nicolaevitch Crown, les foudres de sa bien-aimée s'abattaient très souvent sur lui. Alors ses paroles devenaient un murmure à peine audible, sa haute taille se repliait en une tentative désespérée pour disparaître.

Nous étions réunis chez Polyxène pour fêter la nouvelle année, quand ma fille nous offrit le spectacle d'une de ses redoutables colères. Nathalia venait d'annoncer son intention d'épouser Fedor au mois de juillet.

— Jamais, hurla Polyxène, je n'admettrai un *koupetz*[1] comme gendre !

Nathalia, très calme, laissa passer l'orage qui dura fort longtemps. Puis elle tourna le dos et quitta la maison sans un mot.

Vladimir défendit son ami et même Nicolas Nicolaevitch osa émettre un avis différent de celui de Polyxène. Zina n'était pas encore revenue de son voyage de noces. Quant à moi, je savais que rien ne changerait l'oukase de Polyxène.

Il faut dire, à sa décharge, que le mauvais mariage de Zina l'avait remplie d'amertume. Boris était devenu un « Allemand, un faible comme tous les Romanoff ». Elle revendiquait à juste titre une noblesse russe, descendant en ligne directe de Rurik. Elle était furieuse du mariage de Zina avec cet Elisseieff, garçon effacé qu'elle avait épousé sur un coup de tête. Elle finit d'ailleurs par la convaincre de son erreur et, deux mois après son retour à Pétersbourg, Zina divorçait.

---

1. Koupetz : riche bourgeois.

Nathalia souhaitait que je rencontre les parents de Fedor et je cédai à son désir d'autant plus facilement que je l'aimais beaucoup.

Je fus reçue par un homme extrêmement distingué, aux cheveux blancs, aux mains longues et fines. Je ne pouvais en dire autant de son épouse, une forte femme aux traits empâtés, à la conversation aussi laborieuse qu'anodine. Je fis également la connaissance de leur fille, déjà mariée, Élisabeth von Taoubey, qui, par son physique comme par son comportement, me rappela Larissa, et du jeune frère, Nicolas, un Fedor en miniature, très avenant.

Les Koltchine habitaient un quartier des plus élégants. Cavalergardsakai, la maison, était somptueuse mais tellement lugubre… Le mariage fut fixé au 2 juillet à Saltykovka, dans la magnifique propriété de l'un des meilleurs amis de Fedor, le prince Saltykoff.

Je ressortis de cette visite avec une impression pénible, car je me rendais bien compte que les futurs beaux-parents de Nathalia, eux non plus, n'étaient pas satisfaits de cette union et, dans mon for intérieur, je donnais raison à Polyxène : jamais ma rieuse et fantaisiste Nathalia ne pourrait s'accoutumer à une telle famille.

Le jour de la cérémonie, Polyxène refusa d'être présente et interdit à Vladimir et à Zina de s'y rendre. Devant son attitude méprisante, les parents de Fedor décidèrent à leur tour de ne pas y assister.

Mon cœur se serra, c'était trop cruel.

Wilghlem vint à moi : « Nous y allons », me dit-il

devant tout le monde, et je fus heureuse qu'il ait devancé mon désir et ma réaction.

Une surprise nous attendait à Saltykovka : la longue silhouette de Nicolas Nicolaevitch, qui avait enfreint l'interdiction de Polyxène, se tenait parmi les invités. Nous étions une dizaine : Wilghlem et Crown étaient les témoins de Nathalia, Élisabeth et le prince Saltykoff, ceux de Fedor. Il faisait un temps superbe et les mariés rayonnaient de bonheur, même si chacun devait en vouloir à ses parents de n'être point venus.

Nous nous rendîmes à pied à l'église toute proche. La cérémonie fut célébrée par un jeune prêtre à l'éloquence persuasive. Fedor avait fait venir le chœur de Pétersbourg et les chants aussi splendides qu'émouvants emplissaient la voûte.

Au retour, un déjeuner nous attendait au bord de la rivière qui serpentait dans le parc. Des tables étaient préparées à l'ombre des bouleaux et à la vue de ce spectacle champêtre, je pensai à Manet, ce peintre dont j'avais admiré les œuvres à Paris.

Après le repas, je partis me promener le long de la rivière qui faisait une boucle et se perdait ensuite dans le lointain.

Les rires s'éloignèrent puis s'éteignirent ; une petite embarcation se balançait au bord du rivage. À l'horizon, je distinguais un village typiquement russe, avec ses isbas en rondins, leurs volets de toutes les couleurs encadrés de colonnades également peintes. Je devinais plus que je ne le discernais le puits et son seau suspendu à une très longue tige.

Cachée derrière un talus, les pieds presque dans l'eau, je goûtais la tranquille beauté du lieu quand soudain, j'entendis un bruit de pas et deux silhouettes complètement nues apparurent : Nathalia, toute menue et potelée, tenant par la main son mari à la nudité souple et musclée. Ils ne pouvaient m'apercevoir et je n'osais bouger, éblouie par ce tableau grandeur nature.

Je les vis s'élancer dans la rivière, leurs corps se rapprochèrent et leurs lèvres s'unirent. Je profitai de ce moment où les amoureux sont seuls au monde pour m'éloigner, et je regagnai la maison, émue par cette image de l'amour, de la jeunesse et de la passion naissante.

Pour leur voyage de noces, Fedor et Nathalia n'avaient pas, contrairement à la mode, choisi l'Europe mais la Russie et ses immensités. Au retour, ils devaient s'arrêter à Riga chez les Affanasieff, leurs amis intimes, puis rentrer à Pétersbourg ou plutôt Petrograd, puisque ma ville avait changé de nom cette année-là.

Quelques jours avant le mariage de Nathalia, une ombre était venue assombrir ce bel été. Le 28 juin 1914, l'assassinat de l'archiduc François-Ferdinand et de son épouse laissait présager de funestes événements. Nicolas II avait tenté de persuader son peuple que jamais son oncle Guillaume II, roi de Prusse, n'entre-rait en guerre contre lui. Mais le 28 juillet, l'Autriche déclarait la guerre à la Serbie, le 1er août, Guillaume II ouvrait les hostilités. Quelle déception pour le tsar ! Il ne comprenait pas qu'on pût trahir sa confiance.

Je tremblais à l'idée que l'origine allemande de Wilghlem fût découverte. Heureusement, on l'oublia. Malgré mon isolement, je suivais les destinées de mes petits-enfants, grâce à Polyxène qui m'écrivait régulièrement.

Zina venait de recevoir du grand-duc Boris, revenu de son voyage forcé, une longue et tendre lettre, accompagnée d'un magnifique bracelet en émeraude qu'elle lui avait retourné sans un mot.

Nathalia refusa de vivre sans Fedor chez ses beaux-parents, et partit. Fedor était dans une école d'entraînement située près de Petrograd, où il recevait une formation de pilote qui lui permettrait de rejoindre l'aviation alliée dans deux ans. Il proposait souvent à sa femme de l'emmener dans son « oiseau-cage », mais Nathalia n'aimait pas ce genre de sensations. En revanche, il trouva une fervente adepte en Zina, qui adorait cette impression de planer au-dessus de vastes étendues. Et, revêtue de sa *chouba* (pelisse) et de ses *valenki* (bottes en feutre), elle ne manquait pas une occasion de l'accompagner, à la grande joie de Fedor, très fier d'avoir une belle-sœur aussi brave.

Signe des temps : désormais, autour de moi, les femmes de la famille travaillaient. Nathalia était actrice, Zina avait passé ses diplômes d'infirmière et occupait maintenant un poste dans un hôpital militaire, la sœur de Fedor, Élisabeth, malgré un riche mariage, venait d'ouvrir un cabinet de chirurgie esthétique. Autour de nous, le seul à refuser une profession était Vladimir, qui continuait à mener son existence nocturne et oisive. Étant donné la situation, il devait remercier sa mère de l'avoir empêché d'entrer dans l'armée.

En février, Nathalia m'annonça une grande nouvelle : à soixante-six ans, j'allais être arrière-grand-mère ! Elle n'était guère enthousiasmée de cette grossesse qui ne facilitait pas ses déplacements, mais Fedor éprouvait un tel bonheur…

Je me rendis à Petrograd pour accueillir ma première arrière-petite-fille, qui arriva le 28 septembre et fut nommée Natacha, comme le voulait son père. Elle eut Zina pour marraine et Nicolas Koltchine pour parrain. Je découvris un petit être gesticulant, aux cheveux sombres et épais comme ceux de Fedor et aux yeux d'une couleur rare pour un nouveau-né : ils étaient gris pâle avec la pupille cernée d'un trait noir. Une imposante niania se tenait auprès du bébé que Nathalia avait décidé d'allaiter.

Vers la même époque, je reçus une lettre de Zina. «Grand-mère, je l'aime plus que ma vie.» Que s'était-il passé ?

Elle avait revu Boris à une fête de charité donnée par l'impératrice au profit de l'hôpital où travaillaient ses deux filles ainsi que Zina.

En voyant arriver le grand-duc, me racontait Zina, je me jurai de ne pas lui parler. C'était méconnaître l'obstination de Boris, qui trouva rapidement le moyen d'être seul avec moi et me supplia de l'écouter.

Il me jura qu'il m'aimait toujours et même plus fort que jamais.

Je dus me résigner, et le grand-duc me rapporta que

l'empereur s'était opposé à notre mariage et lui avait ordonné de choisir : partir en exil ou se marier avec une des princesses qu'il lui présenterait. Il s'agissait des deux filles du roi de Norvège et d'une princesse allemande, toutes trois fort belles. Mais il avait préféré s'exiler.

À ce moment, Boris s'interrompit et, avant même que j'aie réalisé son geste, je me retrouvai devant l'impératrice et l'entendis prononcer ces paroles : «Majesté, permettez-moi de vous présenter Zianaida Rachevskaia. Je l'aime et désire l'épouser. »

Je plongeai dans une révérence et n'osai lever les yeux de peur que, contrariée par l'audace de Boris, elle ne me dédaigne. Quand je relevai la tête, je vis une femme d'une grande beauté qui souriait et me tendait la main :

— Vous êtes employée dans notre hôpital, n'est-ce pas, mademoiselle ?

— Oui, Majesté.

— Voici mes filles. Tatiana, dit-elle à l'une des grandes-duchesses, prenez cette enfant sous votre protection.

Puis plus bas, s'adressant à Boris :

— Je prierai pour que Dieu bénisse ton amour et exauce ton souhait.

Boris n'est ni un faible ni un lâche. Je l'aime plus que ma vie.

Tous les jours, elle travaillait sous les ordres de la grande-duchesse Tatiana, qui parfois lui parlait de leur enfance avec Boris et ses frères. Je pensais à Serguëi qui mentionnait dans son Journal Boris. Quel étrange destin. Peut-être deviendra-t-il le mari de sa fille. Leur liaison reprit, sans que ni le tsar ni Polyxène interviennent.

Toute la famille s'était réunie à Petrograd chez Polyxène à l'occasion des fêtes de fin d'année. Je me réjouissais de revoir ma sœur qui, lassée des mondanités, venait de vendre sa maison de Tsarskoïe Selo pour s'installer à Odessa avec sa fille Zoïa dont le mari était mobilisé. J'étais heureuse qu'Anna et les siens se rapprochent de moi et j'avais aussi réussi à convaincre Élisabeth, âgée maintenant de soixante-dix-sept ans, de vivre avec nous à *Alicia*.

Minuit allait sonner. Quels vœux allions-nous faire ? Chacun en son for intérieur hésitait à se prononcer, sentant confusément que cette année 1916 aurait un visage inquiétant.

L'année commençait plutôt mal pour la famille. Les rapports entre Nathalia et ses beaux-parents se dégradaient rapidement. Les Koltchine voulaient qu'elle abandonne le théâtre afin de se consacrer à sa fille, mais Nathalia, qui ne se souciait nullement de leur avis, n'envisageait pas un instant de renoncer aux tournées. Avant de partir, elle me demanda si je pourrais garder sa Natoussia et j'acceptai, ravie, sa proposition. Polyxène décida de venir également.

Avec ce bébé, une nouvelle génération faisait son apparition à *Alicia*. J'écoutais son «langage bruité», comme disait Wilghlem, et observais le moindre de ses gestes, et quand à la fin du mois d'août Fedor et Nathalia vinrent rechercher leur fille, je me sentis très triste car je m'étais attachée à cette enfant qui me tendait si volontiers ses petites mains en babillant. J'ignorais alors que c'était notre dernière réunion de famille. Mais il fallait m'habituer à cette époque : c'en était fini des grandes maisons où plusieurs générations se côtoyaient dans le bruit, les rires et parfois les larmes. Maintenant, chacun vivait de son côté, les parents étaient même souvent séparés par leurs métiers.

J'allais avoir soixante-huit ans, ma propre vie n'avait plus grand intérêt. Une question me préoccupait et me revenait constamment à l'esprit : qui, après moi, poursuivrait l'histoire de notre famille ? Je savais que je ne devais pas compter sur Polyxène. Elle ne manquait pas de qualités, bien au contraire : avec l'âge, sa personnalité s'affirmait : très intuitive, elle possédait un goût parfait et son charme persuasif envoûtait ses interlocuteurs. Mais elle était trop absorbée par sa propre vie comme par la réussite de ses enfants pour entreprendre une pareille tâche.

Les lettres qui me parvenaient n'étaient guère rassurantes. Les Allemands marchaient sur Riga et Hélène, comme la plupart de ses voisins, s'apprêtait à s'installer à Petrograd. Les Koltchine étaient déjà partis pour leur somptueuse résidence d'Odessa.

Zina vivait à présent avec le grand-duc Boris et la situation était bien trop grave pour que quiconque se soucie de sa réputation. Vladimir parlait ouvertement de la liaison entre Boris et sa sœur. À Odessa comme à Petrograd, une atmosphère lourde, un sentiment d'incertitude planaient sur la ville. Un peu partout, les révolutionnaires provoquaient des troubles et chacun attendait un dénouement, pressentant qu'il ne pourrait être que tragique.

Et il le fut…

8

« La Russie s'écroulera avec moi, ainsi que le tsar et Dieu. » L'année se termina sur cette malédiction que Raspoutine avait prononcée juste avant de disparaître dans les flots glacés de la Neva.

Polyxène me rapporta dans les moindres détails cet assassinat du staretz. Elle les tenait du grand-duc Dimitri. Le prince Youssoupoff et quelques amis, dont Dimitri, avaient décidé de se débarrasser du staretz auquel ils reprochaient ses pouvoirs occultes, sa vie de débauche et surtout son influence à la cour. Il tenait en effet sous son emprise le tsar et la tsarine qui étaient convaincus que seul « l'homme de Dieu » parviendrait à guérir leur fils Alexis, atteint d'hémophilie.

En fin de compte, qui avait raison ? Raspoutine était-il un saint homme ou bien un individu cynique et dévoyé ? Nul ne connaissait la véritable identité de ce moujik qui possédait un réel don d'hypnotiseur, et les bruits qui couraient sur son compte n'étaient peut-être dus qu'à la jalousie.

Le meurtre, écrivait Polyxène, devait se dérouler chez le prince Youssoupoff qui, le jour convenu, invita Raspoutine chez lui. Après quelques échanges de politesse, on apporta le thé et des gâteaux, Raspoutine en accepta un disant tout à coup avec un sourire narquois : « Je sais que ces gâteaux sont empoisonnés, vous perdez votre temps ! »

Youssoupoff parut scandalisé de cette accusation. Il était tellement certain que dans un moment le staretz tomberait foudroyé. Or l'incroyable se produisit, le poison n'agissait pas ! Le temps passait, Raspoutine se leva, commençant à prendre congé des personnes présentes, quand soudain Youssoupoff se précipita vers une table, prit un revolver et tira froidement plusieurs coups dans le dos de son invité. Raspoutine vacilla, mais marcha droit vers la sortie. Une panique gagna l'assistance, la peur des conséquences de cet acte raté. D'un commun accord tous les hommes se ruèrent sur le malheureux, le ligotèrent et décidèrent de le jeter dans la Neva car Raspoutine ne savait pas nager ! Avant de tomber dans cette eau glaciale, il leur cria : « La Russie s'écroulera avec moi, ainsi que le tsar et Dieu. » Quelle horrible fin, premier acte de cruauté par des hommes qui se croyaient des justiciers.

Cette année débuta mal à tout point de vue : il y eut beaucoup de déserteurs parmi nos soldats qui n'avaient pas le cœur à se battre hors de nos frontières ; pourtant nous bénéficions d'une très bonne résistance sur nos fronts et d'une offensive en Arménie, Galicie Bukovine.

En février[1], les événements se précipitèrent : le 27,

---

1. Ces dates sont celles du calendrier orthodoxe, qui est en retard de treize jours sur notre calendrier (calendrier grégorien).

la révolution éclatait, le 2 mars, le tsar abdiquait et quelques jours plus tard, il était retenu prisonnier à Tsarskoïe Selo avec sa famille, tandis que le gouvernement de Lvov se mettait en place.

Raspoutine avait raison : la Sainte Russie se mourait.

Très vite, il devint difficile de correspondre et ce mois-là, je reçus seulement deux lettres : l'une de Nathalia m'annonçant son divorce, l'autre de Zina qui me disait qu'une épidémie de grippe espagnole propagée par des soldats revenus du front ravageait la population. «Les gens meurent comme des mouches, la guerre fait moins de victimes que cette terrible maladie», m'écrivait ma petite-fille, qui n'évoquait pas la situation politique, craignant sans doute la censure.

Après, plus rien, le silence. Je maudissais notre isolement. Que devenait ma famille ? Comment savoir ? J'avais constamment froid, et l'impression de vivre un cauchemar.

Et puis, un matin de juin, Vladimir arriva à *Alicia* accompagné d'une très belle femme.

— Grand-mère, je te présente ma fiancée, Valentina Soblina, et je t'apporte des nouvelles de tous les nôtres.

— Raconte vite, Vladimir.

— Rassure-toi, maman va bien, même si elle est très inquiète pour l'avenir. En ce moment, elle vend nos meubles et compte venir ici le mois prochain. Zina vit chez Boris, ils ne se quittent plus. Nathalia joue tous les soirs, quant à Fedor il vient d'épouser Natacha Affanasieff et habite maintenant Odessa.

— Et notre tsar ?

— Il est toujours prisonnier avec sa famille à Tsars-koïe Selo, et maintenant celui qui s'adresse à lui ne doit plus dire «Son Altesse» mais simplement «Nicolas Romanoff». Je ne veux pas demeurer dans ce pays que je ne reconnais plus, je vais m'embarquer pour la France avec Valentina, et là-bas nous nous marierons.

Trois jours plus tard, en effet, Vladimir vint me faire ses adieux avant de prendre un de ces bateaux étrangers qui faisaient encore escale à Yalta.

La semaine suivante, Polyxène arriva avec Nicolas Nicolaevitch, mais sans Zina qui ne voulait pas quitter Boris, ni Nathalia qui refusa de partir. Elle restait donc avec sa fille à Petrograd. Polyxène m'apprit qu'un nommé Kerenski avait formé un gouvernement provisoire et que la situation du tsar n'avait pas évolué. Mais, par miracle, jusqu'ici le grand-duc Boris n'avait pas été inquiété.

— Attendons leur arrivée et filons tous en France, me dit-elle, ajoutant : Il serait plus prudent que Wilghlem et toi veniez avec nous.

— Tu n'y penses pas. Jamais je n'abandonnerai Élisabeth. Et puis là-bas, de quoi vivrions-nous ? Je reste à *Alicia*, dans ma Russie.

Wilghlem partageait mon opinion et Polyxène, voyant notre détermination, ne revint pas sur cette question.

Les jours passaient et Zina ne nous avait toujours pas rejoints.

Après un mois d'attente, elle vint enfin, soutenant un homme décharné, méconnaissable. Ma petite-fille aussi était l'ombre d'elle-même.

— Enfin, nous voilà ! Ne vous inquiétez pas de l'aspect de Boris, dit-elle en constatant nos regards effarés. Il a quitté Tsarskoïe Selo mourant mais maintenant il va mieux. Laissez-moi vous aider à préparer sa chambre, je vais l'installer et ensuite, je vous raconterai notre périple.

Avant de se retirer, le grand-duc vint à moi :

— Madame, je vous remercie de votre hospitalité. Notre Russie est bien malade. Nicky[1] est toujours retenu prisonnier avec sa famille et Dieu seul sait le sort qui les attend. Je tiens à vous donner ma parole d'homme que votre petite-fille, que j'aime profondément, sera ma femme dès que nous aurons quitté la Russie.

J'étais profondément émue et je ne pouvais mettre sa sincérité en doute. Ainsi Zina allait épouser le cousin de notre malheureux tsar !

Zina revint peu après. Nous étions tous impatients de connaître le récit de ses aventures.

Nous avions décidé de quitter Tsarskoïe Selo, abandonnant à leur destin le tsar et sa famille que personne ne pouvait approcher, quand Boris tomba malade. Le médecin que j'appelai aussitôt ne me cacha pas son inquiétude : il avait attrapé l'influenza et souffrait aussi d'une hépatite. La fièvre ne le quittait pas, il délirait et je restai à son chevet nuit et jour, l'entendant prononcer des mots sans suite. Pourtant, je remarquai une phrase qui revenait souvent : « Mama, ses bijoux, il faut trouver John. »

---

1. Nicky : diminutif donné au tsar Nicolas II par sa famille.

Qui était ce John ? Je me renseignai auprès de son valet de chambre. Celui-ci m'apprit que c'était le nom du maître d'hôtel de sa mère, la grande-duchesse Marie, et qu'il se cachait dans leur résidence. Je résolus alors de m'y rendre, seule.

Des soldats en armes montaient la garde devant l'entrée principale ; je longeai le parc, tentant de trouver une autre issue, mais partout je rencontrai des sentinelles. Aucun espoir de pénétrer dans la maison. Je m'apprêtais à remonter dans le fiacre, quand un homme âgé s'approcha de moi et me dit avec un fort accent anglais :

— Barichnia, je vous ai vue aux courses avec mon maître, le grand-duc Boris. Mon ambassade m'a obtenu une place sur un bateau à destination de l'Angleterre et je pars demain. Mais auparavant, je dois absolument voir le grand-duc.

— C'est impossible. Le grand-duc, très malade, ne vous reconnaîtrait probablement pas. En outre, ce serait dangereux de vous rendre chez lui. Je suis ici dans l'espoir de trouver John, le maître d'hôtel de sa mère dont il parle souvent dans son délire et…

— Mais je suis John. Écoutez, barichnia, dit-il en baissant la voix, j'ai en ma possession les bijoux de la grande-duchesse. Venez jusqu'à mon logement, je vous les donnerai, puisque les frères du grand-duc ont déjà quitté le pays.

John regarda autour de la voiture, personne. Alors il s'engouffra sous un portail. J'attendis un long moment avant de le voir réapparaître avec un paquet enveloppé dans de vieux journaux.

— Je vous les confie. La grande-duchesse m'avait

dit : En cas d'événement grave, prenez ma boîte à bijoux et remettez-la à Boris, mais seulement à lui.

— Sa volonté sera respectée, vous avez ma parole. Donnez-moi votre adresse en Angleterre. Une fois sortie de Russie, je ne sais dans combien de temps, je vous écrirai.

À la vue du coffret, Boris sembla heureux, malgré son état très affaibli.

Je commençais à être inquiète : comment partir avec mon malade ? La veille, j'avais vu des hommes rôder autour de la maison ; il fallait faire vite. J'eus une idée : nous avons préparé, le cocher et moi, une *téléga*[1], en mettant une bâche sur le tout. Je me fis apporter des vêtements de paysan, pour moi ainsi que pour le cocher. Nous avons transporté Boris, installé sur un lit de camp, dans la téléga, l'entourant de barils et surtout d'énormes ballots de linge. Sa valise prête servait de table. On avait glissé sous le lit le fameux coffret ainsi que des provisions. J'avais emballé des vêtements et quelques objets personnels dans un panier en osier.

Nous étions début juillet. Je voulais atteindre Moscou, où j'espérais avoir la chance de trouver un train pour Yalta. Boris avait vu son médecin qui nous avait prévenus que le lendemain toutes les maisons des grands-ducs devaient être réquisitionnées. Pas un mot de ce qu'il adviendrait des propriétaires, mais certains d'entre eux s'étaient sauvés et le sort des derniers était

---

1. Téléga : voiture attelée de deux chevaux, dans laquelle on transportait les légumes, le linge sale, les commissions pour la maison.

incertain. Il me fournit des médicaments et, me recommandant son patient, m'encouragea avec un bon sourire paternel : « Il y a un léger mieux. Je vous souhaite de réussir, bon courage ! Heureusement que Dieu protège les amoureux ! »

Nous en avions bien besoin de cette protection. Si vous saviez comme mon cœur battait ! Quelle responsabilité. Non seulement j'embarquais l'homme de ma vie, mais j'aidais un membre de la famille impériale à fuir. Je pris place près du cocher qui se signa, et nous voilà partis. Naturellement, il fallait éviter les grandes localités, ne passer qu'à travers les villages et, ainsi jusqu'à Moscou où nous espérions avoir la chance de trouver un train pour Yalta. Nous ne pouvions rouler que le soir de peur qu'une sentinelle trop zélée ne regarde ce que nous transportions, tout au moins au début. Le jour, nous nous arrêtions dans un coin désert loin des villages, au bord d'une rivière ou à l'orée d'un bois, le cocher et moi. Boris alla mieux au bout de deux jours de voyage, mais les secousses, le bruit des roues en bois cerclées de fer le fatiguaient énormément.

Un matin il ouvrit les yeux : Mouchka (petite mouche) – il m'appelle ainsi –, où sommes-nous ? Alors je lui racontai. Il voulut s'asseoir mais je m'y opposai.

Il nous fallut dix jours pour parvenir aux environs de Moscou. Personne ne nous avait inquiétés et Boris n'avait plus de fièvre, mais ses jambes le portaient à peine et le cocher dut le soutenir pour descendre de la téléga. Le cocher avait acheté des habits de paysan et des provisions. Il faisait chaud et un ruisseau coulait à nos pieds. Boris se plongea avec délice dans cette eau tiède, puis je l'habillais en paysan, prenant soin de dissimuler sa chemise de nuit sous les broussailles d'un talus. Après avoir replié le lit et ôté la bâche, nous nous sommes assis sur les bancs de la voiture. Comme c'était bon d'être enfin à l'air libre et de sentir la main de Boris ! À ce moment, il était plus mon enfant que mon amant.

Nous voilà repartis pour Moscou. Le médecin nous avait donné l'adresse d'une infirmière qui lui était entièrement dévouée, Olga Pavlovna. Nous fûmes accueillis par une forte femme au rire communicatif, qui prépara nos chambres et notre dîner puis s'occupa plus particulièrement de Boris, contrôlant sa température et sa tension. Nous étions d'humeur joyeuse et la perspective de prendre un bain, de coucher dans un vrai lit nous ravissait.

Le lendemain, Olga Pavlovna vint nous trouver, le visage bouleversé :

— Monseigneur, le tsar et sa famille seront demain en gare de Moscou.

— J'irai les voir, il le faut, dit immédiatement Boris.

— Mais c'est un risque terrible pour vous et pour eux. Ils sont gardés nuit et jour et personne ne peut les approcher. Donnez-moi le temps de réfléchir, il y a sûrement un moyen.

Olga nous quitta pour se rendre à l'hôpital où elle travaillait, et je restai avec Boris. C'était le 7 juillet et nous nous demandions ce qu'on allait faire de ces malheureux.

Le soir, Olga Pavlovna revint, le visage rayonnant.

— Figurez-vous qu'on est venu à l'hôpital demander une infirmière qualifiée qui soit disponible dans la matinée de demain. Apprenant que c'était pour le tsarévitch Alexis qui, au moment de quitter Petrograd, avait eu une forte hémorragie, je me suis immédiatement proposée avec mon aide-infirmier. Monseigneur, si vous voulez toujours courir le risque de les voir, je vous emmène.

— Olga Pavlovna, je vous accompagne et quoi qu'il arrive, je vous serai éternellement reconnaissant.

— Je pense qu'il est difficile de vous reconnaître avec cette barbe et votre maigreur. Mais, par prudence, je vous prêterai des lunettes et une blouse d'infirmier.

Malgré mes supplications, Boris refusa de se laisser fléchir et, tôt le matin, il me quitta. Cette attente fut un véritable cauchemar. J'avais beau me dire que personne ne pourrait découvrir un grand-duc dans cet infirmier maigrichon, j'imaginais le pire, voyant mon amour emmené à tout jamais avec les autres membres de sa famille.

Enfin, vers une heure Boris revint seul, et la vue de son visage décomposé me bouleversa. Il se jeta dans mes bras en sanglotant comme un enfant. Je le fis s'asseoir, le berçai et le rassurai, attendant que son émotion s'atténue pour le questionner. Il se reprit et me raconta cette matinée cruelle et historique.

« En partant, nous sommes passés à l'hôpital prendre la trousse d'Olga Pavlovna, ainsi que différents ustensiles qu'elle me donna à porter dans un gros panier. Une automobile-ambulance nous conduisit ensuite à la gare et un soldat nous guida jusqu'à un wagon aux rideaux fermés gardé par deux sentinelles. L'infirmière m'avait prié de l'aider en silence. Elle essaierait de trouver le moment opportun. Je lui donnai ma parole, sachant quels risques elle courait.

« On nous fit entrer dans le compartiment et je vis Alexis allongé, les yeux clos, avec à ses côtés Alexandra. Mon Dieu ! comme son visage diaphane était bouleversant. Entièrement absorbée par la contemplation de ce fils qu'elle adorait, elle ne me jeta pas un regard. Pauvre enfant, il subissait un véritable calvaire depuis sa naissance. Je restai humblement derrière Olga Pavlovna, lui passant les instruments qu'elle me demandait d'une voix autoritaire mais douce. Alexis avait les jambes à moitié paralysées, ses yeux maintenant ouverts étaient fiévreux, et la douleur le rendait indifférent à tout ce qui se passait autour de lui.

« Soudain le miracle se produisit. Alexandra se retourna, ses yeux croisèrent les miens et s'arrêtèrent un long moment : "Pourriez-vous appeler mon mari qui se trouve dans le compartiment voisin", dit-elle d'un ton neutre.

« Je fis un signe d'assentiment et passai dans le couloir où le soldat de garde, vaguement assoupi, ne broncha pas. Je poussai la porte et entrai. Nicky, assis près de la fenêtre, fumait ; Maria, Tatiana, Olga et Anastasia, silencieuses, l'entouraient. Une faible ampoule éclairait ce pitoyable tableau de famille. J'ouvris la bouche mais les mots ne sortaient pas et je dus m'y prendre à deux fois : "Votre femme vous demande."

« Nicky leva la tête, son regard triste et résigné m'effleura, puis une lueur d'étonnement éclaira son visage : "Boris", murmura-t-il.

« Tous me dévisagèrent ; je mis un doigt sur mes lèvres. Nicky dit alors tout haut : "Je vous suis, le temps d'éteindre ma cigarette", et plus bas : "Nous partons pour la Sibérie, ma vie ne m'appartient plus, prie pour nous et que Dieu te garde." Puis il sortit.

« Des mains se tendirent vers moi, m'agrippèrent, Anastasia, la plus expansive, me sauta au cou. Mais je m'arrachai de son étreinte et, pour ne pas éveiller les soupçons, retournai auprès d'Olga Pavlovna. J'agissais comme dans un rêve, exécutant ses ordres à la manière d'un automate.

« Combien de temps sommes-nous restés ? Je l'ignore, vingt minutes, peut-être.

« Ce fut sa voix qui me ramena à la réalité : "Nous avons terminé." Alexandra s'approcha, la remercia, puis elle me sourit et prit mes mains : "Merci à vous aussi."

« C'était fini.

« Mes mains tremblaient, je ne savais plus ce que je faisais. Je considérai Nicky qui me fixait intensément. L'infirmière sortit, les yeux remplis de larmes et, après un dernier regard qui n'en finissait plus, je la suivis.

« Puis ce fut le retour, morne et silencieux. Nous étions sous le choc de cette entrevue muette et douloureuse.

« Tu sais, Mouchka, nous sommes peut-être tous fautifs d'avoir mené une vie insouciante sans nous préoccuper de la réalité qui nous entourait. Mais pas lui, pas Nicky. Il n'a jamais voulu être empereur, seul le destin l'a désigné. Seuls sa femme et ses enfants comptaient pour lui. Il manquait peut-être d'autorité, mais il était si loyal. »

Il nous fallut attendre encore trois jours avant d'obtenir nos billets pour Yalta. Je fis don de la téléga au cocher et lui conseillai de se rendre auprès des siens. Je me procurai des habits de fonctionnaire cette fois, pour Boris que j'obligeai, par prudence, à conserver sa barbe et à porter des lunettes. Avant notre départ pour la gare, il s'approcha d'Olga Pavlovna qui, toujours attentionnée, nous avait préparé un gros panier de provisions, et il lui donna une petite montre en émail bleu suspendue à une chaîne en or.

Le train était bondé et nous étions entassés dans un compartiment avec une famille au grand complet : les parents, trois enfants et la niania. Je préférais toutefois leur présence bruyante à celle de fonctionnaires qui auraient pu se montrer curieux et nous poser des questions embarrassantes. À mesure que nous nous éloignions de Moscou, la vie redevenait paisible, chacun accomplissait ses tâches selon un rituel immuable. Qui aurait pu croire, en voyant ces paysans occupés à finir les foins, qu'une tragédie historique s'était abattue sur notre pays ?

Voilà, mon histoire est terminée, je m'en vais rejoindre Boris.

Une fois Zina sortie de la pièce, le silence s'installa. Nous étions enfin réunis, nous aurions dû être heureux. Pourtant Polyxène, Nicolas Nicolaevitch, Wilghlem, Élisabeth et moi, nous ressentions une sorte d'angoisse qui venait probablement de cette impression d'insécurité que Boris et Zina avaient apportée avec eux.

Je ne reverrai probablement jamais Zina, cette enfant si fragile et menue que j'avais élevée et qui aujourd'hui affrontait les événements avec un courage et un sang-froid exceptionnels. J'essayai de fixer dans ma mémoire ce visage encore enfantin, plein de charme et de gentillesse, cette silhouette élancée, parfaite. Elle s'apprêtait à me quitter, pour toujours peut-être. Mon cœur se serra. Un maillon de la chaîne se détachait : Zina volait vers son destin au bras de cet homme de vingt ans son aîné qui la regardait avec adoration.

Le grand-duc et ma petite-fille partirent quelques jours plus tard pour Anapa, une célèbre ville d'eaux où se trouvaient la mère de Boris, la grande-duchesse Marie, et son frère André. Il n'était pas question de loger dans le même hôtel qu'eux, car la grande-duchesse se refusait à rencontrer Zina aussi bien que Malia Kchessinskaï qui vivait avec André. Boris dut trouver un hôtel pour Malia, Zina et Marie Toutain, se partageant en fils respectueux entre sa mère et sa bien-aimée.

J'avais du mal à réaliser que Polyxène aussi allait s'en aller. Nicolas Nicolaevitch passait ses journées à Yalta à l'embarquement, tentant d'obtenir des places sur un bateau étranger. Mais, avec les événements, il y avait de moins en moins de navires qui faisaient escale et de plus en plus de gens qui voulaient partir. Alors, chaque jour la réponse revenait, invariable : « Attendez. »

Nous étions sans nouvelles de Nathalia. En revanche, nous eûmes la surprise de voir arriver Fedor avec sa nouvelle femme, d'une beauté exceptionnelle. Il espérait trouver ici sa fille et, devant sa déception, Polyxène le rassura sur le sort de Natacha, lui disant qu'elle lui ressemblait beaucoup, ce dont il fut très fier. Comme je lui proposai du thé, Fedor me dit qu'il prendrait volontiers un peu de vodka et, devant ses yeux brillants et sa main légèrement tremblante, une image me vint à l'esprit : celle de Vladimir à l'époque où il s'était mis à boire. Fedor bavardait, riait mais sa gaieté me paraissait factice et je sentais qu'il était frustré de n'avoir pu défendre son pays. Il envisageait l'avenir avec pessimisme :

— Une guerre plus une révolution, la Russie ne se relèvera pas de sitôt, conclut-il en me demandant un autre verre.

Sa femme, qui ne se rendait pas compte de son état, le regardait avec tendresse. Pauvre Fedor ! Malgré son épouse ravissante, il ne semblait pas heureux. Quel était donc ce mal qui le rongeait ? Je ne le saurais jamais. Quelques mois après notre rencontre, j'appris que sa femme et lui avaient péri lors de la terrible épidémie de typhus qui avait sévi à Odessa. J'éprouvai de la peine à l'annonce de sa disparition, et ma seule consolation fut de savoir que ses parents étaient auprès de lui au moment de sa mort.

Fedor avait mené une vie quelque peu dispersée et n'était peut-être pas doué pour le bonheur, mais sa fantaisie et son courage faisaient de lui un être particulièrement attachant. Il fut le premier pilote d'essai de Sikorsky et sa guerre lui valut deux croix de Saint-Georges pour sa témérité qui frisait l'inconscience. Outre le souvenir de son charme, Fedor nous laissait sa fille qu'il aimait tant.

Une amie de Nathalia, venue à Yalta avec une troupe de théâtre, nous apporta de ses nouvelles. J'appris ainsi qu'elle s'était remariée avec le directeur d'un théâtre, Nicolai Vassellevitch Petroff, et que Natacha était maintenant remise d'une mauvaise scarlatine qui avait inquiété sa mère. Cette amie ne dit pas un mot des événements et nous ne lui posâmes aucune question. Nous savions qu'un certain Lénine, grand théoricien marxiste et l'un des instigateurs de la révolution de 1905, avait renversé Kerenski et repris le pouvoir.

Malgré les promesses, aucun bateau ne voulait accepter Boris et sa famille, aussi Zina vint-elle trouver Crown à *Alicia* pour le supplier d'entreprendre des démarches en leur faveur. Nicolas Nicolaevitch eut la chance de pouvoir passer en Roumanie d'où il revint une semaine plus tard : il avait obtenu pour Boris et Zina la permission de partir en France. Restait à trouver un bateau qui veuille bien d'eux. On lui conseilla d'abord le *Calypso* – un bâtiment de guerre anglais –, mais son capitaine se récusa ; puis le *Marlborough.* Celui-ci donnait son autorisation à condition que Boris embarquât seul.

Nous commencions à désespérer lorsque le 6 avril, Zina nous annonça que le commandant Muselier, de l'aviso français *La Scarpe*, était d'accord pour emmener tout le monde jusqu'à Constantinople. Quel soulagement ! Le départ était prévu le lendemain au petit jour. Il fallut en toute hâte préparer les bagages, prévenir Marie Toutain et sa fille. Une agitation fébrile régnait et nous n'avions guère le temps de nous laisser aller à la tristesse de la séparation.

Le 7 avril 1919, un canot vint d'abord chercher Boris et Zina, puis Polyxène et Nicolas Nicolaevitch. Nos adieux furent brefs mais pathétiques. Je remis à ma fille une icône ayant appartenu à ma mère et à sept heures, tout était fini. À la jumelle, je regardai le navire qui s'éloignait et je sentis en moi une blessure qui s'ouvrait et ne se refermerait jamais.

Wilghlem était là, silencieux, mais si proche. Quel sort nous réservait l'avenir ? La réponse ne se fit pas attendre.

Nous vîmes entrer dans Yalta une « armée horde » portant ses emblèmes sanguinolents avec partout du rouge, encore du rouge.

La sonnette de la porte d'entrée retentit, un militaire se tenait devant moi.

— Camarade, nous aurons besoin de ta maison, notre chef viendra demain te donner ses instructions.

Que répondre ? Je devais me soumettre. Je songeai aux miens : Dieu merci, ils étaient partis à temps.

Le soir, pour calmer ma tristesse, je me mis au piano, un luxe, un adieu. Je jouai ce qui me passait par la tête, laissant flotter autour de moi les souvenirs de mon père, ma mère, Nicolas, Koursk et ses rossignols.

J'eus un choc lorsque la porte du salon s'ouvrit et que, tournant la tête, je vis apparaître... Berthold.

— Bonjour, Zinaïda. Tu vois, le destin nous réunit

à nouveau et je suis heureux de te revoir ainsi que Wilghlem. M'offres-tu l'hospitalité ?

— Tu sais très bien que tu es chez toi, Berthold.

Et j'appris, autour d'une tasse de thé, que Berthold était maintenant un des conseillers de Lénine chargés d'organiser l'occupation d'Odessa. Il nous raconta que toute la Russie était désormais aux mains des bolcheviks et nous confirma ce que la rumeur nous avait déjà rapporté : Odessa, comme bien d'autres villes, avait été le théâtre de scènes de pillage, de viol et de carnage. J'attendais qu'il justifie ces excès d'une phrase sèche du genre : « Tu sais, Zinaïda, on ne bouleverse pas l'ordre social sans verser le sang. » Non. Il nous annonça surtout que le tsar et sa famille étaient morts, mais sans préciser dans quelles circonstances, et, soucieux du présent, il me dit :

— Zinaïda, je devais réquisitionner ta maison. Quand j'ai appris qu'*Alicia* t'appartenait, je n'ai eu qu'une idée en tête, t'aider et te protéger. Ne m'as-tu pas sauvé la vie, autrefois ? Je crois même avoir trouvé une solution pour que tu puisses demeurer ici. Nous la nommons bibliothèque nationale et populaire d'utilité publique. Je vais faire apporter des caisses de livres de propagande défendant notre cause et des auteurs récents. Wilghlem sera conservateur et toi professeur de piano, ainsi vous devenez tous deux des citoyens utiles à la nation. Qu'en pensez-vous ?

Sa proposition nous parut fort judicieuse et d'ailleurs, nous n'avions pas le choix. Dès le lendemain, nous étions au travail, retirant les meubles du rez-de-chaussée, fabriquant des étagères et surtout classant, rangeant et numérotant les montagnes de volumes envoyés avec célérité par les nouvelles autorités, soucieuses de se faire bien voir du conseiller de Lénine. Tante Élisabeth ne ménageait pas ses efforts pour nous aider.

À l'étage, je conservai trois chambres et j'installai le piano dans une autre plus spacieuse, qui servirait désormais de salon. Je fis disparaître toute trace de luxe dans notre intérieur et détruisis les ouvrages compromettants, me conformant à la liste des auteurs proscrits établie par Berthold.

La façade de la maison s'orna d'une immense pancarte où il avait fait graver : « Bibliothèque Nationale et Populaire d'Utilité Publique », et au-dessous, en plus petit : « Cours de Piano. »

Berthold resta avec nous pendant une semaine. Au début, je sentais Wilghlem mal à l'aise face au représentant de Lénine ; mais, petit à petit, leurs rapports devinrent sinon amicaux, du moins plus spontanés, même si chacun évitait, selon un accord tacite, toute discussion d'ordre politique. Je trouvais d'ailleurs Berthold plus humain que par le passé, ses jugements étaient moins catégoriques. L'avènement de cette révolution à laquelle il avait consacré sa vie, les tragédies qu'elle suscitait et qu'il ne pouvait ignorer l'avaient peut-être amené à réfléchir sur le sens de certains mots comme liberté ou égalité dont il faisait autrefois un usage abusif.

Avant de partir, Berthold nous remit des papiers signés de sa main attestant le nouveau statut de la maison et nous recommanda de les conserver précieusement. Puis il sortit de notre existence, pour toujours sans doute, après nous avoir donné cette dernière preuve de fraternité.

Le 4 octobre 1919, j'eus soixante et onze ans. Que me restait-il à raconter ? Probablement rien.

Pourtant, au printemps 1920, je vis arriver Nathalia tenant par la main une petite fille. Une grave pleurésie l'avait obligée à séjourner à Odessa et, une fois rétablie, elle était venue jusqu'à *Alicia*, ignorant si j'étais encore en vie.

Quel bonheur de revoir ces enfants et que de choses à se raconter ! Première nouvelle, Nathalia avait un fils, Serge, né le 17 octobre de l'année précédente. Elle jouait au théâtre Pouchkine à Petrograd, sous la direction de son mari, et devenait une actrice célèbre. Je la trouvai belle mais bien maigre et le lui fis remarquer :

— Tu sais, me dit-elle, à Petrograd c'est la famine, et puis la maladie n'a rien arrangé. Regarde aussi comme Natoussia est pâle, je compte l'envoyer chez sa nourrice pendant l'été.

J'observai cette petite fille aux yeux immenses perdus dans ce visage trop fluet, son regard gris-bleu, calme et sérieux.

Je lui pris la main, elle me sourit.

— Je suis babouchka.

— Je sais, me dit-elle.

Une joie soudaine inonda mon esprit, un courant chaud traversa mon corps.

— Natoussia, quand tu seras grande, tu écriras l'histoire de notre famille ?

Elle vint s'asseoir sur mes genoux et, m'entourant de ses bras, m'embrassa :

— Oui, babouchka, je te le promets.

Le Livre de Poche s'engage pour
l'environnement en réduisant
l'empreinte carbone de ses livres.
Celle de cet exemplaire est de :
300 g éq. CO_2
PAPIER À BASE DE   Rendez-vous sur
FIBRES CERTIFIÉES   www.livredepoche-durable.fr

Composition réalisée par Maury-Imprimeur SA

Achevé d'imprimer en juin 2014 en France par
CPI BRODARD ET TAUPIN
La Flèche (Sarthe)
N° d'impression : 3005883
Dépôt légal 1re publication : juillet 2014
LIBRAIRIE GÉNÉRALE FRANÇAISE
31, rue de Fleurus – 75278 Paris Cedex 06